18

LES VENDEURS DU TEMPLE

Maquette de la couverture:
JACQUES DES ROSIERS

L'illustration de la couverture a été tirée
d'un tableau original d'ANTOINE PRÉVOST,
grâce à la collaboration de la GALERIE MORENCY.

DISTRIBUTEURS EXCLUSIFS:

- Pour le Canada
  AGENCE DE DISTRIBUTION POPULAIRE INC.,
  955, rue Amherst, Montréal 132, (514/523-1182)
- Pour l'Europe (Belgique, France, Portugal, Suisse, Yougoslavie et pays de l'Est)
  VANDER
  Muntstraat 10, 3000 Louvain, Belgique;
  tél.: 016/204.21 (3L)
- Pour tout autre pays
  DEPARTEMENT INTERNATIONAL HACHETTE
  79, boul. Saint-Germain, Paris 6e, France; tél.: 325.22.11

2

Bibliothèque Nationale du Québec
Dépôt légal — 1er trimestre 1973

ISBN-0-7752-0031-X

Yves Thériault

LES VENDEURS DU TEMPLE

955, rue Amherst, Montréal 132

DU MÊME AUTEUR CHEZ LE MÊME ÉDITEUR

LA FILLE LAIDE, roman, première édition: 1950, réédité en 1971;

LE DOMPTEUR D'OURS, roman, première édition: 1950, réédité en 1971;

AARON, roman, première édition: 1954, (Prix de la Province de Québec, 1954), réédité en 1971;

CUL-DE-SAC, roman, première édition: 1961, réédité en 1970;

TAYAOUT, FILS D'AGAGUK, roman, première édition: 1969, réédité en 1971;

LE DERNIER HAVRE, roman, 1970;

AGAGUK, roman, première édition: 1958;
Premier Prix de la Province de Québec;
Prix France-Canada, 1961;
réédition en 1971 à L'ACTUELLE;
Edition de luxe: Editions de la Frégate;

Traductions: Editions Riron-Sha, Tokyo, 1960;
Editions Herbig, Berlin, 1960;
Editions Portugalia, Lisbonne, 1960;
Editions Znanje, Zagreb, 1961;
Editions Aldo Martello, Milan, 1962;
Editions Ryerson Press, Toronto, 1963;

OEUVRES PRINCIPALES CHEZ D'AUTRES ÉDITEURS

LES VENDEURS DU TEMPLE, roman. Institut Littéraire, 1952 (réédition);

ASHINI, roman, Editions Fides, 1961;

LES COMMETTANTS DE CARIDAD, roman, Editions de l'Homme, 1966;

N'TSUK, roman, Editions de l'Homme, 1968;

LA MORT D'EAU, roman, Editions de l'Homme, 1968;

KESTEN, roman, Editions du Jour, 1968;

LES TEMPS DU CARCAJOU, roman, Editions de l'Homme, 1969;

AGAGUK, roman, tirage de luxe avec gravures inédites esquimaudes, Editions de la Frégate, 1971.

PREMIÈRE PARTIE

Chapitre I

Au temps de la Rébellion de '37, alors que le Colonel Gore venait s'emparer de Saint-Léonide à la tête de cinq cents miliciens, un dénommé Bazinet habitant le chemin de la rivière fut capturé par les soldats du Roi.

Retenu à Montréal, puis relâché deux mois plus tard, on le vit revenir au village, tout guilleret mais le poil long d'une aune au menton. Durant son séjour au cachot il avait appris trois mots d'anglais: *shit, hungry* et *Goddam.*

Les deux premiers vocables n'impressionnèrent personne et furent vite oubliés. *Goddam,* cependant, fut mieux retenu. Pendant longtemps, il fut l'apanage des Bazinet à tous les degrés de parenté de se servir exclusivement de ce juron qui rendait plus forte la colère, plus important le dépit, plus supportable la douleur. Si bien qu'aujourd'hui encore, dans le Quatre, il existe un certain Victor Bazinet, surnommé Godame Bazinet, descendant direct du prisonnier bilingue.

Sauf les deux familles d'Ecossais protestants établis en 1838 et dont la descendance peu nombreuse est depuis ce temps tolérée dans le troisième rang, c'est à peu près la seule trace qui reste de la rébellion dans le village. Il y a bien un monument aux Braves, un parc; des plaques commémoratives apposées ici et là. Mais dans le caractère même des gens, dans leurs souvenirs, dans leurs habitudes de chaque jour, rien ne rappelle plus l'insurrection et ses avatars que ce Godame Bazinet, qui ne se souvient même plus du véritable prénom de son illustre ancêtre.

Si la paix de ces temps révolus avait été troublée par les sourdes explosions du canon ou par le claquètement des anciens mousquets; si plusieurs Léonidiens, faux en main, s'étaient endommagé les chairs en tombant sur la lame traîtresse après avoir trébuché dans une rigole ou sur des ados de guérêts; si certaines femmes racontaient avec une sainte horreur que leur arrière-grand'mère s'était fait violenter par quelque magnifique soldat anglais, aujourd'hui, de calme maison en calme maison et de sombre feuillée en sombre feuillée, aucun écho ne subsiste de ces heures sanglantes d'autrefois. C'est que, né benoîtement sur les bords d'une tranquille rivière, un moment brusqué, un moment fouaillé par les épées anglaises, Saint-Léonide avait vite retrouvé sa norme, s'était vite laissé retomber dans l'habitude.

Depuis ces jours d'antan, alors que des soldats français licenciés du fort de Sorel et nantis de lettres patentes leur accordant les terres allant d'une rivière à l'autre s'étaient construit des maisons, avaient reculé les orées et taillé un chemin sur la berge du cours d'eau, rien n'avait tellement progressé dans Saint-Léonide.

Un peu par force de la vie qui va, des rues avaient été pavées, des trottoirs de ciment s'étaient tracés de long en large; des maisons neuves, elles aussi enfouies sous les arbres, s'étaient ajoutées aux autres. Mais sans que cela changeât le calme profond de Saint-Léonide.

Le village même est long. Il repose sur la rive, s'y agrippe, s'y retient. C'est un sinueux bosquet d'arbres séculaires sous lequel sont placées les maisons propres, toutes pimpantes, toutes en bon état, chacune reflétant une vie lente de gens dont l'avenir est assuré.

Ici et là, et comme honteux de ses bruits et de ses efforts, un établissement de commerce. Le barbier au coin de la côte du bac, les trois garagistes où le va-et-vient des tracteurs est aussi considérable que celui des autos; trois marchand généraux, deux cordonniers et deux restaurateurs. D'autres petits commerces, aussi, sans presque d'identité, dont le morne aspect n'augure pas de leur prospérité.

Sur les chemins menant aux rangs, une parade quotidienne, constante, de fermiers venant aux provisions ou retournant chez eux en transportant les nombreux sacs de moulée que le troupeau prospère requiert chaque mois.

Et en marchant lentement le long de cette rue sans fin qui suit les méandres de la rivière, le long de cette rue ombragée, silencieuse, on n'entend que les vagues bêlements d'un agneau quelque part, que le halètement sec du moteur poussant le bac d'une rive à l'autre, que le cri occasionnel d'un enfant jouant dans les hautes herbes.

Derrière les habitations où il n'y a que cette rue et avant que ne débouchent les deux rues parallèles qui forment le coeur du village, s'élève une pente très douce, celle des terres cultivées du village, la ferme de Doré, celle de Souard, le laitier, les côteaux de maïs de Leboeuf, neveu du maire.

Rien ne peut égaler cette torpeur. Nulle paix divine, semble-t-il, ne peut se comparer à cette quiétude, ce sentiment de sécurité.

Et pour ces gens, aucun pasteur n'aurait pu être choisi avec plus de bonheur et de sagesse par l'évêque que ce curé Bossé, dont en un étrange dimanche la voix avait annoncé aux Léonidiens qui n'en croyaient pas leurs oreilles le déménagement incroyable, illogique, inutile, impossible, du cimetière paroissial.

....

A dix-neuf ans, alors qu'il était au séminaire depuis l'âge de treize ans, Alphonse Bossé décida une fois pour toutes d'entrer dans les ordres.

Plusieurs raisons motivèrent cette décision. Pour tout dire, il avait toujours été normalement pieux. Les pratiques de l'Eglise ne l'ennuyaient pas. Il ressentait une certaine émotion des grandes cérémonies, et il possédait un esprit capable de rester pur sans difficulté. Les filles, du moins ses voisines dans le rang des Seize de Saint-Gélas, et quelques filles du village, n'éveillaient rien en lui. Il avait parfois entrevu les demoiselle de la ville, avec leur poitrine audacieuse; il avait chaque fois bien aimé leur peau fraîche, leur bouche comme une vicieuse blessure, leurs yeux francs, presque effrontés. Mais chaque fois aussi, malgré la comparaison nettement à leur avantage, elles n'avaient réussi qu'à le raffermir plus solidement dans sa chasteté. Elles restaient pour lui comme des pays dont il ne pourrait jamais espérer traverser les frontières. Et, lorsqu'elles étaient parties, soustraites à sa vue, il ne lui restait que ses voisines et ses soeurs. Braves filles, mais complètement asexuées par les vêtements de mauvaise coupe réprimant impitoyablement les rondeurs, par les camisoles de coton dont on voyait les hautes et pudiques bornes par l'échancrure du dos de la robe.

Si, à cette époque, ces femmes représentaient la tentation, Alphonse Bossé pouvait se sentir bien en sécurité. Curé à la campagne, tel qu'il ambitionnait, il pourrait facilement triompher des obstacles de la chair.

Et ces obstacles restaient les seuls.

Tout l'attirait vers cette vocation. D'abord, il avait en mémoire l'expérience de ses frères, Romuald et Maurice. Tous deux gagnaient péniblement leur vie à la ville, à travailler à l'usine. Prosper Bossé, son père, était mieux loti avec sa grande terre, son roulant bien conservé et un beau troupeau. Mais la culture n'intéressait pas Alphonse. Il ne se voyait pas du tout en fermier, et par ailleurs il ne se sentait aucun attrait pour les profession libérales.

Une fois consacré ministre de Dieu, toute inquiétude de l'avenir disparaîtrait, et cela n'était pas à dédaigner. Les élans mystiques redoublèrent du jour où la décision lui apparut clairement. Il fit une retraite fermée où il put tout à son aise savourer les douceurs de la vie religieuse. Quelque doute qu'il lui restât, le prédicateur eut tôt fait de les dissiper. Il revint au séminaire décidé à entrer dans les ordres.

Il se pencha un peu vers les ordres réguliers. L'absence de toute initiative personnelle, si minime fût-elle, l'attirait. Mais il opta pour les ordres séculiers en songeant qu'au monastère il serait astreint à des privations systématiques. Et Alphonse Bossé jugeait que les autres sacrifices requis par le sacerdoce suffisaient amplement pour qu'il n'ait pas à se priver de ses grillades de lard salé au petit déjeuner.

Il devint donc prêtre, fut vicaire et curé à divers endroits. Partout il fut remarqué par son habileté à administrer les organisations paroissiales qui assuraient la prospérité de l'entreprise. Arrivée à la soixantaine, l'âge du repos, on le nomma, pour le récompenser, curé à Saint-Léonide-le-Confesseur.

La paroisse était riche, mais elle avait besoin d'un pasteur rassis, sachant administrer et surtout économiser.

Les curés précédents avaient habitué leurs ouailles à un minimum de services en retour de la dîme et du casuel. Prudemment, malgré ses talents, le curé Bossé décida de conserver le statu quo dans Saint-Léonide. Il pouvait s'attirer certaines critiques, mais elles seraient plutôt rares. Comme les vieux étaient en majorité parmi les paroissiens, il était sûr que ceux-ci verraient d'un bon oeil que la paroisse ne dépensât pas trop pour des initiatives destinées tout au plus à “exciter les jeunesses” et à les empêcher de travailler.

Une seule ligne de conduite apparaissait la bonne au curé Bossé. Un moindre effort qui ne fût marqué d'aucune transgression aux devoirs du prêtre. Il convient de souligner ici qu'Alphonse Bossé était vraiment demeuré chaste, et tout aussi intègre.

Aussi connut-il un moment d'angoisse en recevant un certain lundi, une convocation brève, ne comportant aucune explication, et lui demandant de se rendre à l'évêché dès le lendemain.

Toute entrevue avec l'évêque n'augurait rien de bon. Il était rare que les curés du diocèse fussent, dans le cours normal du ministère, invités à visiter personnellement le prélat.

Avant même que de savoir les raisons de cette convocation, Alphonse Bossé se doutait que le sujet en devait être grave. Et, d'instinct, il devinait que les desseins de l'évêché seraient probablement complexes. Que la douceur et la quiétude des jours pouvaient bien n'être plus que vains mots. Il fallait que la question fût sérieuse pour qu'on le convoquât de telle façon. De quoi s'agissait-il ? Des questions de dogme ? Mais on se servait d'ordinaire de la poste pour les questions de dogme, ou bien, dans une lettre pastorale, on exposait les changements ou les confirmations. Question d'administration de Fabrique ? Que signifierait une ingérence soudaine de l'évêché dans ce domaine ? Y aurait-il eu plainte, ou délégation ? Alphonse Bossé se creusait la tête en vain. Aucune raison valable ne s'offrait à son esprit pour qu'une telle démarche eût été entreprise. D'ailleurs, par qui ? Insidieusement, un mot traversa la pensée du prêtre: *politique.* Mais il chassa cette coupable déduction. L'évêché ne se préoccupait aucunement des questions politiques ! Son Excellence — et le curé se convainquait du fait — ne jouait pas le jeu des politiciens. Une fois, le docteur Pigeon avait tenté d'insinuer à son pasteur que dans certains évêchés, parfois, il arrivait que... Mais Alphonse Bossé avait été courageux. Avec un geste presque vengeur, il avait ordonné au docteur de se taire.

— Je n'endurerai pas ces calomnies, docteur. On mange trop facilement du prêtre dans notre province. La soutane n'est plus un rempart...

Combien il était humiliant de se rappeler aussi clairement la réponse du docteur ! Il s'était esclaffé, puis,

— Il est grand temps qu'elle ne le soit plus, monsieur le curé. On cède trop facilement aux tentations mauvaises quand on se croit invulnérable.

Cette fidélité de mémoire nuisait au curé Bossé. Il passa d'un état d'esprit rasséréné (alors que toute introspection ne lui révélait rien qui fût de nature à expliquer les événements) à un état de crainte sourde, d'inquiétude vague, mal formulée, où l'atteinte faite à sa paix journalière lui apparaissait comme une audace dont il jugeait bien pouvoir se passer.

Après le souper, il se rendit à l'église y faire une longue prière. Avec une ferveur que l'indécision rendait plus profonde encore, il invoqua les lumières de Dieu. Il avait l'âge, songeait-il, de jouir sans heurts de ses loisirs et de ses oeuvres. Mais il n'osait implorer cette grâce.

Quand il sortit sur le perron de l'église, le soir avait presque fini de tomber. Une ombre douce rejoignait les moindres recoins. De la rivière montait une brise froide qui enveloppait tout. Seules, les fenêtres éclairées rappelaient que la chaleur était encore de ce monde, et que dans tous les foyers le poêle ronronnait béatement.

Ici et là, des rares cris d'enfants; le vrombissement d'une auto traversant le village; devant le bureau de poste, sur la deuxième rue, un attroupement. Dans quelques instants, ce serait l'heure de la "malle".

Depuis quelques jours, on constatait la mort des jours chauds, la fin des bons soirs. Le temps du proche-hiver était venu.

Le curé descendit le perron et marcha tranquillement vers la rue. Sur le trottoir de la Fabrique, le bout ferré de sa canne sonnait presque allègrement. Il se dirigea résolument vers le magasin de Guérard Demeules, où il savait trouver un fort groupe de villageois réunis là comme chaque soir.

Il avait soudainement besoin de se sentir parmi eux. Il lui semblait rassurant de les voir et de les entendre, avec leurs propos parfois exaspérants mais dont il savait apprécier la verdeur comme souvent aussi la justesse.

Une dizaine de vieux et de moins vieux étaient là, écoutant Séraphin. C'était un rendez-vous et un rituel. Ils se retrouvaient toujours les mêmes, répétant les mêmes mots.

On causerait ainsi jusqu'à neuf heures. Puis, Guérard Demeules irait baisser le store vert de la porte, il verrouillerait soigneusement l'huis. Les couche-tard utiliseraient la porte de côté, celle qui donnait sur la grande cour abritée où les cultivateurs pouvaient garer leur voiture loin des atteintes de la neige ou de la pluie suivant la saison, et où s'ouvraient aussi les larges baies de chargement donnant sur l'entrepôt de moulées à grain et de ciment.

Autour de la fournaise, et au pied de l'escalier menant à la réserve au-dessus du magasin, il y avait, hors le vieux Paré toujours assis au même endroit soir après soir et de six heures à neuf heures, Damien Leblanc, court, bedonnant, retiré au village après avoir donné la terre à son fils l'année précédente; Eustache Demeules, l'oncle du marchand, un grand homme sec qui fumait du tabac américain, Didace Vigeant, Tancrède Leblanc, frère de Damien, les deux St-Germain, du Trois, et autres bretteurs de même acabit assis dans l'escalier là où les marches étaient libres de marchandise.

Le calme régnait. Le vieux Paré fumait bruyamment sa pipe et le curé songeait qu'il lui faudrait aller chez le maire qui faisait office d'entrepreneur de pompes funèbres car, exposé en chapelle ardente, s'y trouvait le vieux Rondeau, mort à la ville à quatre-vingt-dix ans. ("Une belle mort", avait-on dit. "Il laisse vingt mille piasses, puis une bonne maison au village. Ça va aller à sa bru, la petite Domithilde Chrétien. Elle va manger ça en deux ans, dépensière comme elle est...!")

Un silence de bonne amitié engourdissait toutes les pensées. Ce n'était pas la gêne oppressive de gens qui n'ont rien à dire qui faisait taire les langues, mais cette espèce de connaissance des effets et des causes, de la vie et de ses gens. Pendant ce temps, le petit appareil de radio, juché sur une tablette entre les boîtes de DDT-50% et les cartouches de fusil .12, déversait sur eux les chansonnettes françaises. Car, dès Séraphin terminé, Guérard Demeules avait crié à son commis Poléon de "mettre le radio au poste de Sorel".

La porte d'avant battit sèchement. Trois nouveaux arrivants sonnèrent des bottes jusqu'au groupe. Il y eut un sourire sur la plupart des visages. On se redressa. Les trois qui entraient feraient diversion.

Pareillement vêtus de chemises à carreaux, chaussés de fortes bottines de cuir, ils marchaient avec assurance. Ils possédaient dans le regard cette espèce d'effronterie des audacieux. Villiard, Rosaire Cormier, Lucien Laflamme, trois hardis, chasseurs en temps permis, braconniers hors saison, mauvais fermiers, mais le coeur plein d'aventure. Inséparables amis, on les voyait rarement travailler aux entreprises ordinaires du village, et quand ils y venaient, c'était bien plus par un soudain besoin de hâblerie que par nécessité.

Villiard avait épousé une fille qui avait du bien. Il avait ensuite hérité de sa tante. Pour lui, comme pour Lucien Laflamme, chasser occupait les loisirs qui autrement auraient été un fardeau pour chacun. Quant à Rosaire Cormier, il trouvait profit à cette chasse. A trois, ils dénichaient le moindre gibier, chassaient pour la fourrure en hiver, nettoyant les bois des rares bêtes à poil qui s'y trouvaient encore, considérant, chacun des deux fortunés aidant en cela le troisième, que tout pelage se vendait et que toute bête rapportait. Ils vidaient tranquillement les berges environnantes des derniers rats musqués. Les écureuils du bois se prenaient à leurs collets. Durant tous les mois de l'année, ils traquaient impitoyablement les renards. Et, chaque jour de bonne saison, ils revenaient au village soit avec des marmottes, soit avec des belettes, des taupes, et même un jour ils revinrent avec un lynx magnifique dont personne ne put jamais comprendre comment il s'était trouvé dans des bois aussi peu sauvages et sur un terrain aussi plat.

Au temps d'hiver, on savait que la majorité des quelques chevreuils s'aventurant jusqu'aux bois du Quatre seraient tués par les trois chasseurs, et que la viande serait vendue clandestinement à la ville.

Ils formaient un joyeux trio, et plus d'un vieux du village enviait chez eux cette liberté de vie, cette verdeur de langage, ce laisser-aller, et les heures plaisantes qu'ils passaient à courir l'aventure dans ces bois étroits et peu peuplés.

Ils furent accueillis à l'arrière du magasin avec un plaisir évident. Même par le curé, resté un peu à l'écart, et que le silence ce soir-là désappointait. Il avait soif de leurs récits, de leurs blagues. On ne savait jamais s'ils étaient sérieux ou non. Et on se racontait encore, d'une veillée à l'autre, certaines de leurs "entreprises" comme on les appelait, certaines de leurs histoires, relatées avec le plus grand sérieux et auxquelles, invariablement, trois ou quatre plus crédules se faisaient prendre.

Ils s'installèrent dans le cercle. Justin Villiard, grand et sec, trente ans à peine, les yeux noirs et malicieux, le visage mince, long, la bouche largement fendue. Lucien Laflamme, plus court, plus trapu, les yeux embroussaillés, la bouche ronde, qui souriait rarement. C'était le plus vieux des trois. Il avait quarante ans, malgré un air de perpétuelle jeunesse.

Rosaire Cormier, lui, avait vingt-sept ans. Il était aussi mince que Villiard, mais plus fort en épaules. Il avait des cheveux frisés et bruns, les yeux gris, le teint basané. Avant son mariage avec la fille de Conrad Poitras, de Saint-Gélas, il avait longtemps fait palpiter la poitrine des filles. Surtout celles des rangs, lorsqu'elles venaient à la grand-messe du dimanche. Du jubé, elles le dévoraient des yeux quand il prenait place à l'orgue. Et lui, missel en mains, les yeux aux arches, la bouche largement ouverte, chantait de sa voix de clair ténor les antiennes et les motets, les introïts et les offertoires du grégorien rituel.

Lorsqu'il fut marié, le calme revint aux jeunes extases et les yeux de pucelles se fixèrent sur de nouvelles proies possibles. Rosaire n'en continua pas moins d'être l'un des plus beaux gars du village. Sa femme — la petite Françoise à Conrad — non contente de tirer profit de cette belle jeunesse tiède qu'elle possédait en plein don, aimait bien aussi marcher dans la rue le dimanche, en route vers l'église, pendue au bras de son époux et conquérant. Elle était minuscule, sa menue poitrine un soupçon sous la robe, son petit derrière une miniature des accessoires désirables de toute femme bien née et bien constituée. Si proche de son homme et en tel contraste avec lui, elle en ressentait une espèce de montée de sève. Elle se serrait contre lui, happait le bras offert, s'en emparait comme d'une gaffe qui va vous sauver de la noyade. Rosaire Cormier s'en sentait bien aise. Tous les soirs, depuis son mariage, il jouait à la poupée. Il trouvait des sommets dans la douceur. Il manipulait cette fragilité comme s'il se fût agi d'un vase précieux en porcelaine. Avec une habileté rare il put enseigner à la petite Françoise des aperçus si nouveaux, si fantastiquement merveilleux, si désirables qu'ils durent, pour faire taire les langues, déménager de la maison qu'ils habitaient.

C'était l'ancienne maison paternelle du barbier Messier. Il avait séparé l'édifice en logis de trois et quatre pièces. La plupart des cloisons restaient les mêmes qu'autrefois et servaient mal à étouffer le son. D'un logis à l'autre on s'entendait même respirer. Et, comme voisinage immédiat à la chambre de Rosaire et de Françoise, il y avait la veuve Aurélie Lecompte. Au début, elle se contenta de saluer Françoise avec une certaine raideur. Comme cette attitude contrastait avec ses effusions passées, la jeune femme en fut toute surprise. Plus tard un peu, un certain matin, alors que Françoise pendait sa lessive sur le fil roulant à l'arrière, la veuve Lecompte sortit, et après trois phrases au sujet de la température, du beau soleil, de la venue du printemps (on était au mois de mai et tout soupirait d'aise, depuis les moucherons jusqu'aux Holsteins de Magloire Branchaud), la veuve asséchée avait placé carrément le sujet de conversation sur son temps à elle, sur sa jeunesse à elle, sur son mariage à elle...

— Oui, un matin de même, ça me rappelle le septième jour de notre voyage de noces, mon défunt Jos puis moi. On avait été à Sainte-Anne de Beaupré, puis on était revenu dans le bout de Berthier, chez son oncle... Ça nous faisait rien d'aller chez le monde, puis de coucher dans leur maison, nous autres !

Elle eut un regard chargé de noires nuances vers Françoise, puis se tournant les yeux au ciel:

— On n'était pas comme les jeunes d'à c't'heure... On passait pas des heures à se lamenter de... de... vice tous les soirs...

— Vous voulez parler pour nous autres, hein, madame Lecompte?

Le vent chassait le soleil et le projetait partout. La lumière faisait briller les yeux noirs de la petite, découpait son corps aguichant à travers la robe de cotonnade gaie. Appuyée sur le garde-fou de la grande galerie barrant l'arrière de la maison, elle tenait du linge à la main.

— Pas rien que pour vous autres, dit la veuve avec un pincement dégoûté des lèvres. Tous les jeunes... Je vous dis que le bon Dieu doit tressaillir de honte dans son ciel...

— Bien, écoutez, madame Lecompte. J'ai pour mon dire qu'on a assez l'occasion de crier quand on se fait mal, tous les jours de notre vie, que pour une fois que ça nous fait du bien, ça doit être permis de crier de plaisir... Appelez ça une compensation, si vous voulez...

— Nous autres, mon Jos puis moi, on se retenait, ma petite fille!

—Ça, interrompit Françoise sans perdre son calme, c'est chacun sa façon. D'ailleurs, des fois, il doit y avoir des femmes qui sont mal servies... C'est pas facile, quand on n'a pas la sorte d'homme...

— Je vous demande bien pardon! Mon Jos était un homme capable. Aussi capable que le vôtre!

— Des fois aussi, poursuivit Françoise, c'est les femmes qui sont pas déclenchées, comme dit mon Rosaire, puis... pas déclenchables...

Cette fois, la vieille veuve devint sidérée de colère et d'étonnement.

— Les femmes . . . ? Vous allez retirer vos paroles, ma petite effrontée! J'étais normale. J'étais comme tout le monde . . . Seulement, ces plaisirs-là sont pas déjà assez propres qu'on doive s'étaler comme des impudiques, des immoraux . . . Jos puis moi on se respectait, puis on respectait la morale, vous apprendrez ça!

— Bien, si vous étiez normaux, vous aviez rien qu'à vous laisser aller comme on le fait . . . Peut-être que ça vous aurait moins séché la peau sur vos vieux jours!

Ceci dit, Françoise tourna le dos à la veuve Lecompte et, faisant la sourde oreille aux invectives, elle épingla sans plus de cérémonie sa lessive sur le fil.

Quelques jours plus tard, le propriétaire, le timide barbier Messier, à qui ce devoir était une misérable corvée dont il se serait départi sans protester, vint frapper à la porte un soir que Rosaire et Françoise s'aguichaient en subtiles paroles, préparant ainsi — et pour le mieux — le terrain que tout à l'heure ils défricheraient, laboureraient et ensemenceraient selon les plus sacrés devoirs de la multiplication des peuples.

— J'viens, dit le barbier après de vagues paroles de salutations, à propos du train que vous menez le soir... C'est ma locataire, madame Lecompte, qui se plaint . . . Y paraîtrait que . . . bien que . . .

— Qu'on se lamente? dit tranquillement Rosaire.

— Bien . . . oui . . . oui . . . quelque chose comme ça, bégaya Tristan Messier. Puis ça l'empêche de dormir . . .

— Oui, fit Rosaire. Oui . . . c'est embêtant ça. J'pensais pas que vous vous en mêleriez . . . Tout d'un coup j'irais dire au curé que vous voulez empêcher ma famille, vous?

— Ecoutez, c'est pas ce que j'veux dire . . . Mais si c'est pour . . . la famille comme vous dites . . . bien, me semble que . . .

— On va-t-y en faire, ou bien si on n'en fera pas des enfants? dit Françoise.

— Vous parlez bien cru! s'exclama le barbier dont la bouche n'eût jamais laissé sourdre de telles audaces. J'veux pas dire que vous devriez . . . euh . . .

— Non? s'enquit Rosaire. Bien d'abord, quoi c'est que vous venez faire ici? Le train qu'on mène, c'est dans la nature de le mener. Si la vieille Lecompte aime pas ça qu'elle se bouche les oreilles... J'suis d'avis que c'est parce qu'elle aime trop ça, puis elle est dans les transes de nous entendre...

Le barbier décida de retraiter.

— En tout cas, dit-il, si vous dérangez les voisins, j'vas vous envoyer. C'est tout c'que j'peux dire...

Il sortit sur ces mots, et de ce jour commença à se répandre dans le village que les jeunes époux procédaient à de diaboliques orgies; qu'ils pratiquaient ensemble des vices contre nature.

La veuve Aurélie colportait ces histoires en portant au ciel des regards scandalisés, en invoquant saints et saintes et en appelant sur la tête de ces jeunes corrompus les malédictions du ciel. Tant et si bien que, pour la faire taire, Rosaire et sa femme déménagèrent dans une maison isolée, à l'autre bout du village, où, derriè-les stores baissés, ils purent en toute paix et sans crainte d'oreilles indiscrètes procéder aux travaux normaux de la conception.

On s'était vite désintéressé des ébats nocturnes des jeunes époux. D'autres préoccupations étaient venues qui avaient troublé les esprits léonidiens. On ne pouvait — sans risquer que cela passât pour du vil acharnement — nier à ces jeunes époux le droit civil, moral et physique de se complaire en ces émois, bien que l'évident et complet plaisir de Françoise de même que les sons en résultant fussent jugés étranges par les passives concitoyennes de la jeune femme. Il y avait, pour inciter les langues à s'adonner aux salutaires et catholiques exercices de la calomnie, de fort stupéfiantes nouvelles se propageant par tout le village. On disait, par exemple, que le subit amaigrissement de la plus jeunes filles Archambault, après un séjour de trois mois à Montréal, n'était certes pas causé par le surcroît de besogne... On disait aussi que ce Lavallée (venu épouser la Fidélia de Valmore Cormier l'année d'auparavant, et dont on n'avait rien pu savoir) s'était avéré un anormal et que, s'il avait disparu du Petit Cinq, c'était que Fidélia, sa femme, après entente à l'amiable, l'avait renvoyé de la maison et qu'elle avait suffisamment de motifs pour une annulation.

Ceci, cela, et la tentative de vol à la Caisse Populaire, alors que le chef de police s'était contenté d'observer les bandits par la fenêtre de sa maison, empêché qu'il avait été de leur courir sus par sa femme timorée et soucieuse de conserver intacte la peau de son homme . . .

Bien d'autres choses encore firent que Rosaire put de nouveau marcher tête haute dans le village. Et on le revit d'un magasin à l'autre, au hasard des occasions. Comme ce soir-là où il s'était assis sur le comptoir de Guérard Demeules tandis que ses deux compagnons s'appropriaient les chaises qui restaient. Les trois chasseurs n'engagèrent pas tout de suite la conversation. Au bout d'un temps, le curé leur demanda:

— Et la chasse, les gars? Ça recommence pour vous autres, n'est-ce-pas?

— On a poigné des rats d'eau en masse tout l'été, dit Villiard.

— Ah, pas pour la fourrure, précisa Lucien Laflamme avec un grand visage sérieux. On a clôturé un bout de crique dans le bois de Martial Paré, au Quatre. On veut faire une colonie . . . De quoi élever assez de pelleterie pour faire des capots de poil pour les chevaux de Pitou St-Germain! Y sont maigres que le frimas leur passe en travers!

Une joie bruyante, générale, envahit l'établissement. Jusqu'au curé Bossé qui se laissa gagner par un rire homérique.

— J'aurais dû me douter! arriva-t-il à dire. Seulement à te voir le visage, Lucien.

St Germain riait jaune, car ses chevaux étaient vraiment des haridelles à mauvais poil.

— Laisse faire, Lucien dit-il. Si mes chevaux ont

besoin de capots de fourrure, ton chien a besoin de se faire percer l'nez... Y s'assit dans sa chiure puis y la sent même pas!

— Bon, bon, morigéna le curé. Finissons-en. Inutile de passer aux gros mots.

— Moi j'ai quelque chose de sérieux à dire, prononça Justin Villiard.

Il battait des jambes contre le comptoir. Le bruit attira l'attention sur lui.

— On a vu des pistes de loup, aujourd'hui, dans le Trois, déclara-t-il. Dans le bois à MacPherson.

Le brouhaha s'apaisa brusquement.

— Conte-nous pas de peurs à soir, Justin.

Mais Villiard affirma, devant tous les visages sceptiques:

— Quand j'vous dis! J'connais ça des pistes de loup! D'abord on les a trouvées au milieu du bois. Dans une éclaircie. Y'a pas un chien qui va se promener tout seul jusque là. Les chiens, c'est pas si brave que ça peut en avoir l'air. C'est un loup, craignez pas! Un vrai loup. Puis un maudit gros. J'dirais aussi gros que le chien de Pépére Garneau...

— Ouais, dit le vieux Paré. Ouais...!

— J'cré pas ça, dit l'antique Eustache Demeules. De mémoire d'homme y'a pas eu d'loups icitte. On est dans les terres faites depuis cent ans presque. Faut du bois pour un loup. Faut d'la grande forêt. Avec nos p'tit bois, trois arpents de large, quatre arpents... Non, non, c'est un chien qui a passé par là.

— Correct, dit Lucien. D'abord que vous l'savez mieux que moi... Mais j'tiens à ça moi, c'est un loup. C'est des pistes de loup qu'on a vues.

— Comme ça, dit le curé Bossé, ça vous donne de quoi chasser, mes vieux. Il va falloir que vous nous débarrassiez de cette bête-là si elle habite nos parages.

— C'est certain, dit Rosaire Cormier. J'en ai chassé du loup, en Abitibi. Ça m'connaît.

— Mois aussi, dit Lucien Laflamme.

— Tant qu'à moi, dit Villiard, j'vas faire mon possible. J'en ai jamais chassé...

—J'reste sus mon dire, affirma Eustache Demeules. La dernière fois qu'on a entendu parler d'un loup par icitte, c'était au temps de la mort de mon grand-pére. Dans l'fond du Cinq, y avait du bois par là. Un des garçons de Narcisse Archambault avait vu un loup. Y l'avait pas tué. Y'a essayé de l'prendre au piége pendant dix-quinze jours, mais y'a jamais réussi. Après ça, y l'ont pas revu.

— En quelle année qu'y est mort, ton grand-pére? demanda Magloire Paré.

— En 1889, dit Magloire. L'année que j'me sus marié.

— Ça fait-y soixante-et-un ans que vous êtes marié? demanda Lucien Laflamme.

— Ben certain. J'avais dix-neuf ans. On s'mariait betôt dans not' temps. On s'dépêchait pour avoir des grands enfants jeunes, pour s'faire aider sur la terre. À part de ça que les temps étaient pas les mêmes. On s'mariait avec une hache, une couvarte, pis un fanal. De même on avait d'quoi bûcher tard le soir, pis de quoi coucher. Ça v'nait encore pas mal vite. Moi, j'me sus bâti la première année, pis six ans après j'avais dix vaches pis cinq-z-enfants. Seulement, on travaillait. D'un soleil à l'autre, pis tard le soir à faire les p'tites ouvrages qui pouvaient se faire dans la maison. Le soir, moi, j'gossais. Des bers pour les p'tits; les miens pis ceux d'ma soeur. Nos meubles. J'ai tout fait ça moi-même avec du chêne rouge que Ti-Pit Doyon du Quat' m'avait changé pour des piquets de cèdre... Ah oui, c'étaient des durs temps, mais on vivait avec cinquante piasses par année. Pas d'cochonneries en boîtes sus la table par exemple. Du lard, des binnes, des galettes de sarrazin... On s'nourrissait avec une piasse par mois pour le sel, la m'lasse, la poudre à pâte pis le l'vain pour le pain. Même en 1900, j'faisais mon l'vain moi-même. J'avais eu la recette de Ti-Crousse, quand y est r'venu des Etats. Un gars qui faisait d'la biére par là qui y'avait donnée... Pis on savait ménager. On ménageait sus toute. Sus l'habit, sus l'savon. Pas de changeage de corps de laine une fois par semaine comme les jeunes d'à c't'heure! Une fois par mois c'était assez . . .

Comme les réminiscences du vieux, toujours pareilles et pareillement dites, pouvaient durer encore longtemps, ce fut le curé qui l'interrompit.

— Pour revenir à ce loup, avez-vous vraiment l'intention de le chasser, les gars?

— Bien oui, monsieur le curé, dit Rosaire Cormier. Vous devez bien savoir qu'on est pas pour le laisser là à faire des ravages partout. J'sais pas quand, mais on ira . . .

— De quelle façon avez-vous l'intention de vous y prendre?

— On va aller dans le bois le soir, puis on va l'cerner, dit Lucien. Y'a pas d'autre moyen. Les pièges, ça vaut pas d'la . . .

— Chut ! interrompit le curé. Tâchez donc de parler mieux que ça ! Tu dis, toi Lucien, qu'au piège ça ne se prend pas ?

— J'ai pas dit que ça s'poignait pas au piége, un loup. Mais moi j'sais pas comment emmancher l'piége. J'aime autant ma façon. La nuit, dans l'bois, on piste le loup, on l'cerne, on l'tire du mieux qu'on peut quand on l'aperçoit . . .

— Faut aller dans l'bois la nuit? demanda Villiard.

— C't'affaire, oui! Le jour, un loup, tu vois pas ça, excepté des fois en hiver quand ça peut avoir faim. C'est la nuit que ça se chasse.

Le curé Bossé avait écouté cette nouvelle avec une certaine angoisse. Il n'aimait pas ces événements qui troublaient la paix du village.

Sa nature se révoltait. Ces loups ne pouvaient-ils trouver asile ailleurs?

Il en oublia presque l'invitation de l'évêché, tant

son imagination s'enflammait à la pensée de ces gueules bavantes attaquant les moutons, courant librement les champs, dévorant peut-être un enfant éloigné par mégarde de son foyer à la brunante.

— Il va falloir, dit-il d'une voix résolue aux trois chasseurs, que vous nous débarrassiez de ces bêtes. Je suggérerais même que le conseil offre une prime spéciale . . .

— J'ai pas dit qu'il y en avait dix-quinze, monsieur le curé, protesta Villiard. J'ai vu une piste . . . Un loup. Ça se pourrait qu'on ait le couple, mais pas plus. Y'a jamais de quoi nourrir plus que deux loups dans nos bois. Ça mange pas des bibites, les loups. Y leur faut d'la viande chaude, d'la viande à poil tuée sur l'coup...

— J'admets ça, dit le pasteur. Mais n'empêche que le plus tôt nous serons débarrassés de cet animal, s'il n'y en a qu'un évidemment, le mieux ce sera.

Didace Vigeant, le visage impassible, regardait le curé.

— Voulez-vous que ça soit proposé à la prochaine assemblée, monsieur le curé? demanda-t-il.

— Assurez-vous d'abord, dit Guérard Demeules qui était venu se joindre au groupe, que c'est bien des loups. Moi, je serais pas contre une manière de récompense. C'est de l'engeance à tuer, ça. Puis nos trois chasseurs sont bien qualifiés pour nettoyer nos bois.

— On va nettoyer ça en criant ciseau, dit Lucien Laflamme. Surtout si le conseil se sent d'équerre . . . Plus la prime du gouvernement . . .

Didace Vigeant leva la main.

— Minute, minute. Allez pas crier au monde qu'on va payer des primes pour tuer des loups. On va en discuter, on va étudier l'affaire, puis on verra...

Quelqu'un entra par la porte de côté. Guérard Demeules laissait cette porte ouverte jusqu'à dix heures parfois, de peur qu'en obéissant trop strictement aux règlements municipaux décrétant la fermeture à neuf heures, il ne perde ainsi une vente ou deux. Et bien lui en prenait, car chaque soir un attardé entrait et la caisse enregistreuse continuait de fonctionner derrière les stores baissés.

Cette fois, c'était Horace Bilodeau, du Trois, qui entrait furtivement.

— On peut-y acheter encore, Guérard ?

Horace venait chercher de la moulée, des outils, de la broche, des quantités de clou. Depuis deux ans qu'il reconstruisait tous ses bâtiments, et avec le troupeau de soixante têtes qu'il nourrissait, il était l'un des plus gros clients de Guérard Demeules. De le renvoyer bredouille eût signifié pour Guérard deux nuits d'insomnie. Tout à coup Horace, mécontent, irait chercher ses besoins à la Coopérative?

— Certain, répondit Guérard jovialement. Tu peux entrer certain.

Le curé s'apprêtait à partir. Déjà, au contact de toutes ces bonnes gens, de ces paroissions enjoués, aux voix assurées, aux opinions vertes et sans réplique, il se sentait l'âme moins lourde.

Cependant, ce fut le vieux Paré qui donna le signal du départ. Il se leva, vida sa pipe sur le bord du crachoir, la remit en bouche et suça à petites hâlées rapides et bruyantes, pour s'assurer que tout fonctionnait selon la normale, puis jetant un rapide coup de tête vers le curé . . .

— On va aller se coucher, j'pense . . . Y' fait brun depuis six heures sonnées . . .

Après lui, d'autres quittèrent. Bientôt ne restaient dans le magasin que les trois chasseurs, Poléon, le demi-imbécile blond et fade qui servait de commis à Guérard Demeules, Demeules lui-même et le curé.

Ce dernier, réconforté par cette veillée en bonne compagnie, obliqua à son tour vers la porte d'arrière.

— Non, non, monsieur le curé, dit Guérard. Faites pas le tour pour rien. Venez, j'vas débarrer la porte d'en avant. J'ai fermé tout à l'heure, mais pour vous personne ne dira rien.

Dehors, le village s'engourdissait à mesure que le soir tombait. Il y avait sur tout St-Léonide cette quiétude heureuse, ce silence et cette immobilité qui plaisaient tant au curé Bossé.

Il prit par le chemin de terre coupé derrière la Coopérative et aboutissant à la rue du Bord de l'Eau. Tout y était noir, solitaire, attirant. Il marcha à pas lents, savourant ce répit, fermant sa pensée à toute émotion, ne laissant que le calme lui entrer dans l'âme, que la satisfaction de l'immédiat toucher son coeur.

Et puis, en débouchant sur le trottoir de la grand'-rue, il se trouva nez à nez avec le docteur Pigeon, dont la maison était sise justement de l'autre côté, face à la Caisse populaire.

Chapitre II

Il avait toujours existé un état de malaise entre le docteur Pigeon et le Curé Bossé. Cela n'avait été au début que cette réaction instinctive, sans raison précise comme sans identification absolue, qui caractérise la rencontre de deux êtres non encore certains de la portée ou de la nature des sentiments qu'ils auront l'un envers l'autre. Les années devaient favoriser cet aguet. Bientôt le curé Bossé dut se rendre à l'évidence. Ce qu'il éprouvait pour le docteur Pigeon n'était pas l'inimitié non plus que c'était de la haine. Encore moins du mépris. Il admirait le docteur, il conservait pour lui une certaine estime; il enviait même sa faconde, sa parole rapide, sans effort comme sans recherche, mais extrêmement convaincante. Ce qui le figeait absolument chaque fois qu'il faisait face au practicien, c'était surtout de la crainte. Une crainte inexplicable. Un sentiment fort complexe, et surtout issu des instincts primaires. Le curé Bossé se sentait malhabile, nerveux, vulnérable devant le médecin.

Depuis que le docteur Pigeon, par quelque déséquilibre subit de sa conscience était devenu organisateur pour le parti politique occcupant la dictature à Québec, le curé Bossé était doublement craintif. Car le curé Bossé, tout en se tenant en dehors de toute politique et en évitant soigneusement tout geste pouvant provoquer l'imagination de ses paroissiens en ce domaine, connaissait fort bien le mot d'ordre de ce parti. Il connaissait le fameux *"Gagnez les curés et sacrez-vous du reste de la population"*. Posté sur une prudente défensive, il n'avait pas été une proie facile pour le docteur Pigeon. D'ailleurs, ce dernier n'avait pas véritablement tenté de rallier le curé Bossé à ses manoeuvres. Tout au plus s'était-il contenté, à diverses reprises et lors de réunions dont le caractère politique n'était pas bien défini, de souligner adroitement les octrois généreux que le gouvernement offrait ici et là dans le comté. Mais cette passivité du médecin n'avait pas suffi à faire disparaître les craintes du curé Bossé.

Et voilà que ce même soir où il venait de reconquérir sa quiétude un instant ébranlée, au moment juste et précis où il entrevoyait de dormir sans trop de cauchemars peuplés d'évêques brandissant des crosses menaçantes, voilà que le seul paroissien susceptible de le troubler, le seul homme dans tout Saint-Léonide avec qui le curé ne pouvait causer sans se sentir déprimé durant deux jours, se trouvait devant lui, le saluant de ce ton que le curé Bossé n'avait jamais pu identifier complètement. Etait-ce ironie? Condescendance? Menace?

— Monsieur le curé . . . ! Tenez, quelle surprise de vous apercevoir dans la rue à une telle heure un beau lundi soir! Souffrez-vous d'insomnie, ou croyez-vous trouver quelques-uns de nos vieux paroissiens en train de molester nos Dames de Sainte-Anne dans les bosquets du parc ?

Le ton désinvolte désarma le curé Bossé. Il ne put s'empêcher de rire franchement de la saillie.

— Vraiment, docteur, rétorqua-t-il, si toutefois il m'arrivait de surprendre quelques-uns de nos vieillards à de pareils jeux, je crois franchement que je ne les importunerais pas. Ils auraient assez de difficultés dans leur entreprise sans que je vienne leur compliquer la vie. Surtout s'ils étaient avec certaines Dames de Sainte-Anne que je connais.

A sa propre surprise, et cette fois contrairement à toutes les autres, le prêtre éprouvait un peu moins de malaise devant le médecin. Le ton de la conversation y était pour quelque chose.

— Il y a suffisamment d'événements qui sont appelés à compliquer la vie de ces pauvres vieux, tout de même, monsieur le curé! Je vous approuve entièrement.

Le curé, encore tout attiédi par le rire qu'ils avaient partagé, approuva à grands coups de tête.

— Oui, la vie n'est pas tellement rose, en effet. Et pas tellement simple.

— Surtout de ce temps-ci, déclara le docteur.

Il était assez grand, très mince, maigre même. Il avait un visage osseux, irrégulier, aux traits durs. Ses yeux sombres étaient placés au creux de profondes orbites. Il parlait toujours avec une certaine animation, d'une voix métallique, tranchante. Il avait le rire facile, mais sa répartie était souvent foudroyante. C'était surtout cette défense immédiate, cruelle qui le faisait craindre.

— N'est-ce pas, monsieur le curé, que de ce temps-ci nos gens n'ont qu'à bien se tenir?

La question semblait précise, et pourtant le curé ne la comprenait pas.

— Je ne . . . saisis pas bien . . . dit-il.

— N'êtes-vous pas convoqué pour bientôt à l'évêché . . . ?

— Qui vous a dit, demanda-t-il d'une voix qui cachait mal son angoisse. Qui vous a dit cela?

— Oh, les roches parlent. Les roches et bien d'autres choses encore.

Le docteur se mit les mains aux poches. Il se raidit un peu, son grand corps un fil noir dans la nuit sombre, son visage à l'abri des reflets de la lune.

— Je ne suis pas fâché de vous rencontrer, monsieur le curé. Pas fâché du tout. J'aurais peut-être laissé passer l'occasion de vous souligner certains faits, mais je vois que vous avez besoin de les entendre.

— Je ne comprends absolument rien à ce que vous me dites, docteur!

— Je vous crois, monsieur le curé. Vous ne joueriez pas facilement les complices. J'ai une tout autre opinion de vous que celle-là, je vous assure.

La nuance de pitié qui soulignait les paroles du docteur finit par exaspérer le curé.

— Mais expliquez-vous à la fin!

— Vraiment, je crois que vous ignorez tout, en effet. Et je ne vous renseignerai certes pas. A vous de découvrir dans quel guêpier on cherche à vous fourrer. Mais je tiens expressément à vous avertir que des jeux de ce genre se jouent à deux, à trois, quatre même. Quand vous irez à l'évêché, il n'en tient qu'à vous de savoir prendre le bon chemin.

Un accès de colère ramena du courage au curé qui se tenait, figé, impuissant devant l'organisateur politique.

— Mais de quoi vous mêlez-vous, docteur? Je vais visiter Son Excellence, demain, c'est exact. Mais je ne sache pas en quoi cela puisse vous intéresser. Et je suis certain de n'apprendre là que des choses qui me concernent personnellement, comme ministre de Dieu. Vos insinuations, non seulement m'étonnent, docteur, mais je les trouve impertinentes.

Le docteur eut un léger ricanement.

— Ne faisons pas un drame si tôt. Je vous ai dit ce qu'il fallait vous dire. Il se joue un jeu. Ou vous serez une marionnette qui danse selon le jeu des ficelles, ou vous serez un homme ferme et digne. Je n'ai aucun conseil à vous donner, car j'ai confiance en vous. Je sais que vous resterez ce que vous avez toujours été... D'ailleurs lorsqu'on m'a averti de ce qui se préparait, j'ai tout de suite exprimé mon doute en une réussite du plan. Et ce doute se basait sur votre personnalité que je sais franche et sans détours. Vous seul pouvez tout bloquer. A condition d'avoir les yeux grands ouverts, et de savoir reconnaître le blanc du noir... ou, si vous aimez mieux, le bleu du rouge.

— Politique, donc? s'enquit froidement le curé.

— Disons, oui! admit le docteur en s'inclinant légèrement.

— Mon invitation à l'évêché demain serait de caractère politique?

Le docteur ricana de nouveau.

— A vous de juger... demain. Des rumeurs courent. Elles ne sont pas agréables. Je ne sais jusqu'à quel point elles seront confirmées dans l'avenir. Mais chose certaine, la convocation de Son Excellence apporte des conclusions pratiques à ce qui se dit...

— Mais quoi? s'exclama le curé. Quoi docteur? Que se passe-t-il que je ne sache pas? Je vous jure que j'ignore totalement de quoi vous parlez...

— Il s'agit de politique, monsieur le curé. Mais je

ne vous en dis pas plus long. Je compte maintenant sur votre honnêteté qui saura bloquer toute ingérence.

— Et comment savez-vous que j'ai reçu une convocation de l'évêché?

Le docteur eut un geste d'apaisement.

— Non, n'allez pas douter de votre servante, ou des gens du bureau de poste... J'ai su par des amis du parti, à la ville, que cette communication devait vous être adressée, voilà tout. Si j'ai bien deviné, voilà un point de plus qui se confirme.

La voix d'Alphonse Bossé se fit brève. Pendant quelques secondes il ne craignit ni le docteur ni le parti qu'il représentait.

— Expliquez-vous! somma-t-il.

Le docteur Pigeon qui n'avait à aucun moment perdu son calme n'allait pas s'en laisser imposer par le ton de son pasteur.

— Je n'expliquerai rien, monsieur l'abbé, parce que même si je vous affirmais ce soir qu'une manigance politique plus ou moins subtile et plus ou moins propre se prépare où vous jouerez un rôle — innocent bien sûr, mais très important — vous ne me croiriez pas, et vous m'accuseriez probablement de communisme, en plus de ce dont vous m'accusez déjà.

Et ce disant, laissant le curé bouche bée par cette sortie, le docteur vira les talons, traversa rapidement le chemin et entra chez lui.

S'il avait eu, plus tôt dans la soirée, un moment de détente, un soulagement temporaire à ses misères, le curé Bossé voyait maintenant renaître le mal qui l'avait rongé. La paix était morte, l'engourdissement avait fait place à une angoisse aiguë. Et ce qui n'avait été qu'un soupçon dans l'esprit d'Alphonse Bossé cherchait insidieusement à se matérialiser en certitude.

Non qu'il crût un seul instant les insinuations du docteur. Elles étaient claires, soit. Mais Pigeon (là le curé mordait dans le nom en le jetant devant lui sans patronyme et sans titre, comme un nom de chien, comme un numéro de forçat) avait voulu profiter de quelques vagues indices obtenus on ne sait où et, en exagérant leur portée comme leur signification, avait voulu apeurer son pasteur en jouant au m'as-tu-vu! Pigeon était vraiment un homme à redouter. Un bas calomniateur. Voulait-il dire que Monseigneur, demain, obéirait à la politique? Mais dans quel but? L'infâme charlatan! Calomnie, vile saloperie! Ah, s'il croyait pouvoir soulever une dissension entre la paroisse et l'évêché pour mieux en profiter dans ses odieux desseins politiques, il trouverait à qui parler!

Et pas plus tard que demain!

Demain . . .

Le mot devenait un éclatement de trompette. Cela emplissait l'espace, la vie, le conscient. Demain, soudainement, prenait des proportions de murailles hautes jusqu'au ciel qu'il lui faudrait escalader.

Pour une fois, Alphonse Bossé s'endormit sans dire ses trois avés.

Chapitre III

La ville épiscopale était coquette, propre, enfouie sous les arbres. Une ville riveraine au boulevard magnifique. Féconde, pieuse, gracieusement obéissante aux appels religieux, c'était aussi une ville industrielle où régnait la prospérité.

Rues calmes, pelouses et fleurs en parterre. La paix divine reposant sur une population saine, à peine assaillie par le mal prôné au cinéma, dans la chanson française ou dans les "grills" que les curés de l'endroit surnommaient l'antichambre de l'enfer, la porte maudite par où s'engouffraient les âmes.

Défendues par la rhétorique des tracts, nourrie par l'éloquence religieuse, enrichie par ses industries actives, habilement menée au cordeau par une astucieuse équipe politique, perle du comté et havre désiré des fermiers riches qui souhaitaient y goûter les joies sereines de leurs vieux jours, cette ville était chère au coeur du curé Bossé.

Il y venait habituellement avec joie. Il comptait de vieux amis à l'évêché. Sa tête blanche, son port digne, le sourire en biais qu'il affectait, la moue des lèvres qui caractérisait toute réaction négative chez lui, son grand corps d'homme autrefois magnifiquement taillé, étaient une image aussi familière dans l'évêché que pouvait l'être, par exemple, celle du chanoine présidant au Comité diocésain d'Action Catholique.

Ce mardi matin, le curé Bossé entrait toutefois avec moins de gaieté de coeur qu'à l'accoutumée dans cette maison épiscopale où auparavant il avait trouvé repos et joie.

Il manoeuvra distraitement sa voiture sur le chemin d'entrée qui traçait une ligne bissectrice dans la pelouse, et rejoignit le terrain de stationnement aménagé entre la cathédrale et le corps principal de l'évêché.

Plusieurs des automobiles déjà stationnées le long de l'arrêt de béton lui étaient familières. Entre autres, la Buick noire du curé Ross-Ingles, l'Ecossais francisé qui occupait la chaire à Sainte-Lucienne de Smithson. Non loin, la Buick du curé Vigneault de St-Gélas, et à ses côtés, une longue Hudson qui devait appartenir, décida le curé Bossé, à un vicaire de quelque riche paroisse de Montréal ou bien à un curé des Laurentides. Une Pontiac, en tout point semblable à la sienne, le laissa perplexe. Plus loin, une Ford et une Météor qu'Alphonse Bossé savait appartenir à des professeurs du séminaire. Il ne fit même pas mine de voir une petite camionnette blottie dans un coin, à peine visible d'ailleurs. Sans doute appartenait-elle à quelque communauté de Frères, toujours à l'affût de bizarreries.

Il traversa la cour gravelée d'un pas ferme et entra par la porte principale de l'édifice.

Dans le grand hall, il accrocha son paletot à une patère, y ajouta le feutre noir, et se dirigea vers un bureau dont la porte était un carré de haut soleil, et d'où émanaient les sons affairés d'une dactylographe tapotée avec maîtrise.

Encadré dans cette embrasure, Alphonse Bossé fit une pause légère et examina la pièce où se tenait, six jours de chaque semaine, la sténo Lyette Lyonnais.

C'était une jeune fille très mince, très longue, à la bouche comme un fil; une jeune fille qui riait bien rarement et d'ailleurs sans joie véritable quand cela se produisait. Elle avait des cheveux d'une couleur indéfinissable, des yeux sérieux, et elle était vêtue comme il se doit. Collet discret et manches longues, petite médaille bleue au cou, elle devenait le prototype de la vierge active, de la fille consacrée à la propagation de la vertu, au combat contre le mal. Et comme dans la province de Québec celui des péchés qui surpasse tous les autres en horreur et en punition est celui de la chair, Lyette employait toute son énergie à le combattre. Elle était, de ce fait, chaste.

Aussi chaque matin rendait-elle grâce à Dieu et à la Vierge d'être, par son travail à l'évêché, constamment à l'abri des tentations mondaines.

Il est à se demander ce qui serait survenu si Lyette avait appris que Son Excellence cédait parfois à de toutes petites jouissances du boire et du manger et qu'Elle n'y apportait aucun scrupule qui fût exagéré. En voyage dans les Laurentides ou à New-York, Monseigneur savait être homme du monde. Connaisseur de vins et de fines liqueurs aux noms exotiques et troublants, l'évêque eût été de son côté fort étonné qu'une de ses ouailles pût lui reprocher, sous prétexte de sacrifice à consentir à l'esprit, le plaisir d'y goûter.

Il reçut Alphonse Bossé aussitôt, sans lui laisser faire cette antichambre dont on disait que c'était sa plus sûre arme. Pour l'abbé Bossé, les portes s'ouvrirent toutes grandes.

L'évêque était debout devant un grand pupitre d'acajou sculpté. Il tendait la main, et Alphonse Bossé, en gestes automatiques appris au cours de quarante années ou presque de respectueuse obéissance aux rites et à l'étiquette imposés à tout prêtre non anobli, s'avança le plus dignement qu'il put vers la haute stature de son prélat.

Il s'inclina, baisa la bague qui lui était offerte en un geste ayant rendu Monseigneur célèbre par tout le pays, tant il comportait de morgue hautaine, de dignité épiscopale, et de subtil rappel à la soumission des fidèles à qui l'insigne faveur était accordée.

Les préliminaires furent brefs. D'un geste lent, l'évêque indiqua au curé Bossé un siège à l'extrémité du pupitre et adossé au mur.

— Mon cher Bossé . . .

L'évêque fit une pause, se détourna légèrement, trouva son siège et s'y déposa lentement. Il s'appuya le menton sur les doigts joints.

— Mon cher Bossé, répéta-t-il, vous vous demandez pourquoi vous êtes ici?

Le curé Bossé chercha des mots, et ne réussit qu'à gémir tristement. Il se sentait infiniment grossier, balourd, brutal. Sa soutane lui semblait rougie d'âge. Le cuir de ses souliers pourtant violemment astiqué le matin apparaissait terne et défraîchi. Car le bureau était somptueux. Les murs étaient d'une teinte indéfinissable de gris platine sur lequel se détachaient des tableaux de prix. Au-dessus du fauteuil épiscopal se trouvait un crucifix d'un giselé superbe. Le pupitre d'acajou fin, le tapis si richement tissé, les chaises de maître dessin, cette longue table d'acajou elle aussi adossée au mur. (Que portait-elle donc, caché sous une chape violette, qui surgissait ici et là en bosses de formes étranges à travers le velours?) Tout dans ce bureau respirait un faste, un luxe inspiré certainement — conclut l'abbé Bossé pieusement — par Dieu lui-même et par l'amour de Dieu chez les dignitaires de l'Eglise.

— Excellence . . . arriva-t-il à murmurer.

— Je sais que vous êtes inquiet, mon cher Bossé. Mais avant d'aller plus loin, laissez-moi vous assurer que votre présence ici ce matin n'implique en rien votre administration spirituelle ou matérielle de Saint-Léonide-le-Confesseur. Au contraire. C'est justement l'habileté que vous montrez à conserver intacte la grande foi, la véritable foi de votre paroisse qui m'amène à vous confier un projet . . . .

Une grande lumière se fit en Alphonse Bossé. Un allègrement de tout son fardeau, une soudaine envie de s'élancer vers de roses nuages. Il était encore *persona grata!* Monseigneur ne l'avait pas convoqué dans un but de réprimande. Pour un peu, il en aurait oublié les paroles du docteur Pigeon, la veille.

— Excellence, articula-t-il faiblement, je suis touché de...

Mais le prélat l'interrompit.

— Je n'ai à vous donner que peu de temps. Je serai donc bref, et je vous demanderais de m'accorder votre complète attention afin que nous puissions conclure le plus rapidement possible.

Il consulta son bracelet-montre.

— Il est déjà dix heures. A onze heures je reçois quelqu'un... Voici donc...

Il se leva, rassit d'un geste le curé Bossé qui n'oubliait pas ses bienséances, contourna son pupitre et alla se placer devant une des larges fenêtres. Dehors, contrairement aux pronostics, subsistait un reste d'été. Très loin, comme dans un autre monde, la ville faisait ses sons de vie quotidienne.

— Nous avons conçu, disait l'évêque, un pieux projet, un dessein dévotieux qui pourrait ramener nos populations devant les réalités de la religion. La foi se perd. Il y a un relâchement. Nos fidèles ne conçoivent plus le respect de l'autorité religieuse de la même façon...

Par un jeu des sourcils et un hochement de tête, le curé Bossé approuvait, n'osant interrompre son évêque.

— De ce fait, poursuivait ce dernier, l'administration des diocèses est devenue un grand problème. Il y a des audaces coupables, dans le secret des salons et partout où nos fidèles se rencontrent et causent. Parfois aussi dans certains journaux . . .

— Nos gens mangent du prêtre, en effet, approuva le curé Bossé qui reprenait peu à peu son aplomb.

— C'est une façon d'exprimer ce que je veux dire. Parfois cette habitude devient subtile et ressemble à une profession de foi qui, analysée, s'avère basée sur des sophismes. On ne peut respecter ce que l'on méprise intérieurement . . .

Il se détourna, étendit les bras en un geste dramatique.

— Bossé, si vous étiez responsable de tant d'âmes, ne chercheriez-vous pas les moyens de remettre le peuple en présence de Dieu et de ses ministres ?

— Oh, Monsigneur, je vous comprends, allez . . . Dans Saint-Léonide . . .

— Non, ne vous plaignez pas de vos gens. Je n'entends que des éloges sur la foi de vos paroissiens. Je vous plaindrais d'être dans certaines paroisses de ce diocèse . . .

— J'ai depuis longtemps compris que vous m'aviez grandement favorisé en me nommant à Saint-Léonide, Monseigneur . . .

— Village pieux, village intègre. Bonnes âmes . . . Oui, Bossé, c'est un endroit de prédilection et que je garde bien cher à mon coeur. Si tous mes fils religieux étaient aussi humbles, aussi animés de la foi vivante, des principes du saint Evangile que vous l'êtes! Si tous les fidèles possédaient autant de fermes principes qu'en possèdent les Léonidiens, je vous affirme que mon ministère ici, avec toutes ses responsabilités, en serait un de paix et de bonheur.

Il inclina le menton sur la poitrine et resta ainsi un moment.

— Je veux, dit-il quand il releva les yeux, confier à Saint-Léonide une bien grande mission !

— Monseigneur, vous honorez mes paroissiens . . .

Mais le prélat étendit la main.

— Ils le méritent, et vous aussi . . . Devant Dieu, nous avons un devoir. De l'imagination que nous montrerons à conserver vivaces les sentiments évangéliques dépendra en grande partie la survivance de cette foi de nos ancêtres qui nous a été donnée en garde. Et puisque les manifestations ordinaires ne semblent plus attirer autant nos fidèles du diocèse, puisque les cérémonies telles que le Mois de Marie, le Mois du Rosaire et le Salut du Saint-Sacrement se déroulent souvent dans des églises presque vides, il faut fouetter ce sang paresseux. Les veines de la Fille du Christ, de l'Eglise notre Mère ne doivent contenir qu'un sang vigoureux, audacieux, puissant. Le grand Corps catholique doit être fort ! Je veux ranimer la foi ! Je veux ramener dans notre diocèse ces processions extérieures, ces ralliements sous le Coeur Sacré de Jésus ! Je veux masser les fidèles emportés dans les élans mystiques et leur faire crier leur amour du Christ à pleine voix vers le ciel. Bossé, voulez-vous cette tâche ?

Humblement, Alphonse Bossé murmura,

— Je la veux, oui, Monseigneur. Mais il me faudrait la mieux connaître. Me croyez-vous digne . . .

Les mots étaient automatiques. Les desseins de l'évêque semblaient encore mystérieux pour le pauvre curé qui n'en devinait pas tous les contours. D'ailleurs, l'idée prédominante en lui concernait les mensongères affirmations du docteur Pigeon. Politique, ce désir de l'évêque de ranimer la foi ? Il fallait être méchant et — puisque les mots doivent se dire — *communiste* pour adjoindre à de telles paroles des intentions politiques ! Cette chrétienne noblesse, le curé Bossé se demandait soudain si le docteur Pigeon en aurait pu saisir la grandeur . . .

— Vous en êtes digne, et vos paroissiens aussi. C'est la raison pour laquelle vous avez été choisi. Savez-vous ce que nous ferons de Saint-Léonide ? Savez-vous ce que deviendra votre paroisse ?

Le curé fit signe que non.

Le prélat s'avança, vint se placer devant lui et, d'une voix tremblante d'émotion, les mains tendues en avant, paumes au ciel, en ce geste du Christ qui offre sa vie pour la rédemption des fautes, l'évêque déclara:

— Votre paroisse deviendra un lieu de pèlerinage unique en son genre, car on y viendra observer la plus grande dévotion jamais encore surpassée dans nos rites religieux, celle du Chemin de la Croix.

Une grande joie monta en l'âme d'Alphonse Bossé. Lui qui avait souvent déploré chez ses fidèles les énergies perdues en dévotions à d'obscurs saints dont même l'Eglise semblait avoir oublié l'existence; lui qui avait souvent prôné la pratique habituelle du Chemin de la Croix, parfaite intégration des élans spirituels au mystère du Dieu incarné . . .

Et que l'on choisisse sa paroisse . . . !

— Monseigneur, au nom de Jésus que vous honorez ainsi, je veux vous remercier. Au nom de mes paroissiens aussi . . .

Le prélat se redressa. Dans sa voix se glissa une pointe d'autoritaire fermeté.

— Vous vous demandez, je suppose, de quelle façon nous allons procéder, mon fils ?

— Je vous avoue, Monseigneur, que je ne sais pas trop bien . . .

— Voici. Tout d'abord, l'évêché vous fournira l'aide financière nécessaire, afin que vous ne soyez pas obligé de faire contribuer cet argent par les paroissiens. Je crois ce détail important, même si nous ne procédons pas ainsi normalement. Vous allez construire, selon les plans et maquettes que je vous montrerai tout à l'heure, un chemin de croix en plein air qui sera une oeuvre d'art tout autant qu'un lieu de dévotion. Et vous débuterez, dès le printemps venu, par un ralliement hebdomadaire. Les fidèles de toutes les paroisses environnantes seront conviés. Chaque vendredi soir, vous accomplirez le douloureux calvaire de notre Sauveur. Des faveurs seront sûrement obtenues. Et je ne doute aucunement que la foi aveugle et sans ambages de certains de nos catholiques amènera des guérisons. En peu de temps, ce lieu atteindra à la réputation d'un Oratoire du Mont-Royal, d'une Basilique de Sainte-Anne de Beaupré, d'une Tour des Martyrs de Saint-Célestin.

Il eut un geste tranchant.

— Quant à vos paroissiens, je crois que nous leur accorderons la part du lion. Le diocèse ne constitue pas cette dévotion dans un but lucratif, et vous le savez bien . . .

— Je le sais, Monseigneur.

L'évêque se dirigea rapidement vers la grande table. D'un coup, il arracha la chape violette et découvrit aux yeux du curé, qui n'en put retenir une exclamation de surprise, des maquettes en pierre sculptée, chacune une oeuvre d'art en elle-même, deux stations d'un Chemin de la Croix d'une telle perfection, d'un dessin tellement exquis que rien encore, le curé Bossé en était persuadé, n'avait été créé qui fût aussi beau.

— Les stations auront dix-huit pieds de haut chacune, sur environ douze de large. Comme vous voyez, elles constituent chacune une espèce de grotte. Ces grottes seront érigées à bonne distance l'une de l'autre, de façon à ce qu'environ trois mille personnes puissent facilement participer au calvaire de notre Sauveur. J'ai ici . . .

Il montrait un plan délicatement dessiné, en vives couleurs, d'un emplacement parcouru de larges allées, que les quatorze stations entouraient comme en une espèce d'énorme garde de corps. Devant chaque station, une surface libre qui semblait être considérable...

Le curé Bossé paraissait médusé.

— Je ne vois pas bien, cependant, Monseigneur, hasarda-t-il, où nous érigerons ce Chemin de la Croix. Je vois bien qu'il est magnifique, qu'il est une réalisation artistique importante . . .

— A la bénédiction de ce Chemin de la Croix, mon fils, nous convierons des évêques de tous les diocèses. J'inviterai Monseigneur l'Archevêque à officier. Les journalistes seront là, et nous terminerons cette journée pieuse par un grand banquet en plein air où l'on aura invité le premier ministre, les députés, tous les dignitaires, enfin . . .

— Mais où, Monseigneur ? Pardonnez-moi d'insister, Mais une construction de telle envergure devra être postée là où elle . . .

— Vous alliez me tirer les paroles de la bouche . . . Ce Chemin de la Croix, où le verriez-vous dans Saint-Léonide, mon cher ?

— Mais . . . je ne sais pas . . .

— Résumons, si vous le voulez. Il faut que ce lieu de pèlerinage soit disposé sur un emplacement suffisamment grand pour prévoir tout épanouissement futur. Il faut, de plus, que cet endroit soit au centre du village autant que possible.

— Naturellement, Monseigneur.

— Et surtout, qu'il soit près de l'église . . .

— Mais alors, il n'y a pas de . . .

— Si, coupa l'évêque . . . Si, il y a un endroit ! Voici jusqu'à quel point mon projet est audacieux . . . Vous allez déplacer votre cimetière, Bossé, sur ces terrains que votre Oeuvre et Fabrique possède, à l'autre bout du village . . .

— Le côteau de sable à Langlois, comme mes paroissiens nomment ces terrains ? Je prévoyais y aménager une salle paroissiale, plus tard . . .

— Cette salle peut attendre. Vous érigerez le Chemin de la Croix à la place de l'ancien cimetière. Ainsi, votre lieu de pèlerinage sera à côté de l'église. En plein centre du village et, de plus, si jamais il y avait lieu de l'étendre, il y a toute la terre de la paroisse derrière le cimetière. Quarante arpents de disponibles, mon cher, n'est-ce pas suffisant ?

Maintenant, tout le projet devenait un fardeau pour le pauvre curé. Déplacer le cimetière . . . ?

— Mais, Monseigneur . . . !

— J'ai longuement mûri ce projet. Je l'ai étudié soigneusement. Le transfert d'un cimetière est bien petite chose, comparé à la grandeur de l'oeuvre que nous allons accomplir vous et moi. Et souvenez-vous que seul ce déplacement est à la charge de la fabrique. La caisse diocésaine se chargera du reste. Vous n'avez donc pas à craindre l'ire de vos paroissiens . . .

Le prélat posa sa main sur l'épaule du curé.

— Seulement, j'ai ceci à ajouter. Si vous voulez m'en croire, il vaut mieux ne rien dire tout de suite de ce Chemin de la Croix. Retournez dans votre village. Dimanche, à la messe, annoncez le transfert du cimetière. Donnez, si vous le voulez, une raison qui vous semblera acceptable par vos paroissiens et procédez à ce travail avant la gelée. En faisant corvée, vos gens déménageront vos morts en une semaine. Au printemps, nous commencerons à ériger le Chemin de la Croix. A ce moment, et seulement là, serez-vous autorisé à annoncer la grande nouvelle. C'est compris ?

Le curé fit signe que oui de la tête.

— Je puis compter sur votre discrétion ? Je verrais d'un mauvais oeil qu'un autre diocèse . . . Enfin, vous me comprenez. Nous avons tout intérêt à garder le silence.

Docilement, mais la mort dans l'âme, Alphonse Bossé approuva.

— Bien, Excellence.

— Donc, je m'en remets à vous ? Sans crainte d'ailleurs, croyez-moi.

En sortant de l'évêché, Alphonse Bossé se dirigea lentement vers sa voiture. Il avait promis le secret. Il tiendrait parole. Mais il sentait qu'il eût été tellement plus facile d'annoncer à ses paroissiens l'érection prochaine d'un Chemin de la Croix en compensation pour ce déménagement pour le moins extraordinaire . . . Perdu dans ses pensées, il ne vit pas qu'une longue Continental s'arrêtait devant l'entrée principale de l'évêché. Le député fédéral, Edmour Lanciault, gravissait les marches du perron.

CHAPITRE IV

Les premiers hurlements retentirent aux oreilles des trois chasseurs vers dix heures, alors qu'ils étaient en pleine forêt, près d'un grand étang.

Ils étaient là depuis une heure, dans le froid et le noir, à chercher une piste quelconque leur indiquant la retraite du loup. Et puis il hurla.

A deux ou trois arpents, semblait-il. Lucien Laflamme n'hésita pas un moment.

— Avez-vous spotté où c'est qu'y hurlait ?

— Là! montra Justin. Là, à peu près !

Il y avait une descente rocheuse, une espèce d'avenue taillée dans le bois et cascadant vers l'étang.

— Y m'a l'air d'être dans l'bout des grosses talles de sapinage, là-bas . . .

Ils montraient tous les trois le même endroit.

La lune se levait, et déjà on distinguait mieux.

— Allons-y, dit Cormier. En partant de là, on va pouvoir le suivre à la piste. C'est pas plus agile que nous autres, un loup. Où ça passe, on passe nous autres aussi.

Ils suivirent Cormier. Quelques minutes plus tard ils arrivaient à l'endroit d'où en toute vraisemblance avait originé le son. Ils fouillèrent le sol longtemps. Ce fut Lucien Laflamme qui trouva le premier indice. Il lança un sifflement bref, doux. Justin et Rosaire le rejoignirent près d'un bosquet.

— Là, dit-il.

On distinguait nettement l'endroit où la bête s'était accroupie, ainsi que les pistes creusées dans la terre humide quand elle s'était éloignée.

— Y court pas, dit Cormier. Y marche !

Ils suivirent les pistes pendant un temps, jusqu'à ce qu'elles se perdissent dans les aiguilles de sapin.

— Y s'en va en ligne droite, dit Justin, vers la mare. On a dû le rencontrer.

De son doigt mouillé, Laflamme chercha le vent. Puis il scruta le chemin qu'ils venaient de parcourir.

— L'vent est contraire, dit-il. Y nous a pas sentis. Retournons vers l'eau. Mon avis qu'y s'tient là. Y doit y'avoir du gibier qui vient boire à l'eau, puis y les poigne sur l'fait.

Ils reprirent leur marche, en portant grande attention à leurs mouvements. Il fallait éviter tout bruit inutile.

Lucien Laflamme murmura :

— On est pas pressé. Allons-y doucement. D'abord, le bois est pas si grand. La minute qu'on a une idée où c'est qu'on va le trouver, on va se séparer puis on va le cerner.

Quelques minutes plus tard, ils étaient de nouveau près de l'eau immobile, infiniment mystérieuse dans la nuit argentée. Et le loup hurla encore une fois, en face d'eux, de l'autre côté de l'étang. Puis un autre loup répondit derrière eux, dans le dévalement.

Consternés, les trois hommes se regardèrent.

— Y en a deux, dit Lucien Laflamme.

— Ça parle au beau maudit ! proféra Cormier.

Les bêtes continuaient à hurler, et brusquement ce fut le silence. Deux ou trois fois les chasseurs crurent entendre la course d'animaux dans les fourrés. Mais c'était vague, lointain, et le vent qui se levait peu à peu couvrait le bruit.

— Ouais, nous v'là joliment bien pris nous autres, dit Lucien Laflamme.

— Pas rien que ça, continua Justin. Moi j'suis pas

pour chasser deux loups pour le prix offert par le curé. Ça fait pour un loup, ça. Mais pas pour deux.

Cormier se gratta la tête sous la casquette.

— Rapport que c'est double ouvrage, on l'sait.

Ils réfléchirent.

— J'suis d'avis qu'on s'en retourne au village. On va aller voir le curé demain au matin, puis on va y demander carrément, fit Lucien Laflamme.

C'était l'avis des autres. Villiard hésitait cependant.

— Y voulait bien qu'on l'poigne à soir, le loup . . .

— Oui, répondit Laflamme. Oui j'suis d'accord avec toi. Mais l'entente, c'était-y pour un loup ou bien deux?

— Pas deux, j'pense pas, fit Cormier à son tour.

— C'est correct de même, admit Justin. Allons-nous en !

Soulagés, ils remirent leur carabine en bandoulière et retournèrent au village.

Au matin, Justin se rendit à pas pressés vers l'église, n'attendant pas la cloche annonçant la messe de huit heures. Il voulait parler au curé au plus tôt.

Il le trouva dans la sacristie.

— Tiens, notre chasseur ! Et puis, quel succès ? J'ai cru entendre hurler deux loups, hier soir, Justin. Est-ce que je me suis trompé ?

— Non . . . non, vous vous êtes pas trompé, monsieur le curé.

— Alors, raconte-moi ça. Tout a bien marché ?

— J'vas vous dire, monsieur le curé, que c'est justement c't'histoire des deux loups qui a tout chambardé . . .

— Vous êtes revenus bredouilles ? C'est ça ?

— C'est quasiment ça, oui.

— Justin !

— Fâchez-vous pas, monsieur le curé. On s'est vu en face de tout un problème, les deux autres puis moi . . .

— Mais quel problème ? Vous étiez dans le bois. Vous aviez deux loups à tuer au lieu d'un. Pourquoi, bons chasseurs comme vous l'êtes, ne les avez-vous pas tués ?

— C'est rapport à . . . l'argent . . .

— Mais quel argent ? Que veux-tu dire ?

— Rapport à la prime que vous nous aviez promis...

— Eh bien, quoi ?

— L'argent promis pour un loup, ça comptait-y pour deux, monsieur le curé ?

— Je ne comprends pas . . .

— On aurait-y eu double montant pour deux loups ?

— Es-tu à me dire, mon pauvre Justin, que vous êtes revenus au village sans tuer les loups simplement parce que vous n'étiez pas certains de la prime que je verserais ?

— C'est un peu ça oui. Ecoutez, monsieur le curé, j'étais pas tout seul là-dedans, moi !

Pour un peu le curé Bossé se serait laissé aller à de grossières injures, à une rage peu séante chez un ministre de Dieu. Il avait tenu à ce que ces loups fussent tués parce qu'il n'aimait pas voir de telles bêtes rôder dans les parages. Il y avait assez des paroisses du Grand Nord qui devaient endurer la déprédation de ces carnassiers sans encore laisser Saint-Léonide subir, sans raison, le même sort.

Le peu de confiance que le pasteur avait en la générosité du conseil municipal, comme en sa célérité, l'avait incité à offrir une prime pour la destruction des loups. Celle-ci, ajoutée à la prime normale du gouvernement et aux argents touchés pour la pelleterie, rendait le travail des chasseurs plus intéressant.

Mais leurs tergiversations, leur hésitation typique, cet atavisme qui dictait à ces aventuriers comme aux autres Léonidiens, mesquinerie, marchandage, délais interminables et complications chaque fois qu'une somme d'argent était en jeu, le mettaient en furie. Il avait maintes fois été mis en présence de ce trait de caractère chez ses gens. Il avait vu des cultivateurs discuter pendant des heures sur une question de sous. Il avait constaté l'avarice, l'égoïsme, l'absence de toute charité chrétienne, l'attachement effarant aux biens terrestres de tous ses paroissiens.

Lentement, au prix de singuliers efforts, le curé Bossé parvint à se calmer.

— Je vous offrais, dit-il d'une voix blanche, une prime de cinq dollars la tête. Je n'ai pas spécifié le nombre de loups, car je vous croyais suffisamment intelligents pour comprendre. Je ne risque pas grand-chose, car les bois ne doivent pas en être tellement infestés, mais je m'attendais tout de même à ce qu'au moins deux bêtes parcourent nos bois. Est-ce assez clair ?

....

Dès le lendemain, chacun des trois chasseurs rapportait une dépouille de loup.

— Trois loups, et les seuls qui se trouvaient dans le bois ! clamèrent-ils à qui voulut l'entendre.

Le curé Bossé se sentit fort satisfait des événements.

On était au jeudi et les trois loups étaient occis. Resterait vendredi, et samedi ensuite pour que le village revînt à son calme usuel.

Dimanche, il pourrait en toute quiétude porter devant ses ouailles la nouvelle dont il savait qu'elle serait sûrement accueillie avec étonnement, pour ne pas dire plus.

Vendredi paisible.

Samedi d'accoutumée. Beau temps, beau soleil, le vent plus froid mais le ciel immuablement bleu. Rien ne transpirait. Il semblait que le docteur n'avait pas propagé ses suppositions infâmes, car les villageois avaient repris, sitôt le retour des chasseurs, leur calme habituel.

Mais en songeant au docteur Pigeon, le curé Bossé se rendit compte qu'un instinct le poussait à accoler à sa visite chez l'évêque et aux discussions qui y avaient pris place l'épithète de “politique” que le docteur lui-même avait employée. Mais aussitôt il reconnut le démon hideux et ses tentations. Que cherchait donc Lucifer ? A le faire tomber, lui, pauvre prêtre ? Politique ? Allons donc ! Politique, un plan d'ensemble aussi dévotieux ? Allons donc ! Arrière Satan, tu mens!

D'ailleurs, et cela le curé Bossé se le répétait, jamais, jamais Son Excellence . . .

Jamais !

Dimanche vint. La messe, la foule attentive et le moment du prône.

Et puis, cet instant où le curé prononça avec une hâte timide les mots qui allaient tout déclencher: "*Ce soir, à sept heures trente, dans la salle des tombolas au couvent, aura lieu une assemblée spéciale des marguilliers anciens et nouveaux pour discuter du déménagement du cimetière. Cette assemblée est très importante, et je demanderais à tous les intéressés d'y assister sans faute. N'oubliez donc pas cette assemblée ce soir à sept heures trente, à la salle des tombolas au couvent.*"

S'il avait craint l'émoi chez ses paroissiens, jamais le curé Bossé n'avait anticipé la réaction qui se produisit. La foule sur le parvis après la messe, les paroles qu'il devinait sans les entendre témoignaient d'une violence qu'il n'avait pas crue possible.

Aussi éprouva-t-il une soudaine faiblesse, un besoin irraisonné de fuir, une lâcheté nouvelle qui troublait son jugement. Les habitants de Saint-Léonide prenaient figure de guerriers massés devant lui, prêts à tirer au signal. Sans doute Satan qui faisait des siennes.

Le bedeau Sauveur Potvin tenta vainement de disposer de deux génisses à la criée. Ce fut en pure perte, personne n'écoutait.

Le parvis était noir de monde. Les bras gesticulaient et les questions fusaient, s'entrecroisaient, volaient par-dessus les têtes comme autant d'oiseaux de malheur.

Derrière les rideaux, dans le grand salon du presbytère, le curé Bossé surveillait ce raz-de-marée. Sitôt la messe dite et en constatant l'agitation houleuse des fidèles dans l'église, le pasteur avait éprouvé une certaine faiblesse, ressenti le besoin irraisonné de fuir.

Jamais, vraiment, les groupes n'avaient été aussi nombreux, aussi surexcités. Déjà même se dessinaient les factions, les modérés se défendant des violents, les loyaux tentant mollement de calmer les extrémistes. Les commerçants faisaient bande, liés par des intérêts communs. Les cultivateurs, plus pondérés, avaient été plus lents à réagir, mais ils commençaient à bouger. On voyait de plus en plus de têtes qui opinaient, de pipes fougeusement brandies.

L'un empoignait le bras de l'autre. St-Germain retrouvait Demeules, Didace Vigeant accostait le maire Leboeuf. On se parlait sous le nez, on montrait le ciel, l'église, le presbytère et d'un geste arrondi et combien éloquent: le cimetière derrière l'église. Vigeant se mouchait une narine d'une claque du pouce, s'essuyait du dos de la main, asséchait celle-ci sur le paletot et reprenait l'argument de plus belle. Demeules empoignait Leclerc par le bras, délaissant St-Germain, Vigeant passait de Leboeuf à Dosquet et Dosquet ralliait Villiard, Ti-Blanc Parthenais, Théodule Messier et Grandmaison à son groupe. Femmes et filles y allaient de leur émoi, filles et garçons étaient en pleine polémique. Non, jamais le curé Bossé n'avait aperçu de tels remous chez ses paroissiens. Et voilà que trois hommes se détachaient des groupes, s'avançaient vers le presbytère. Trois porte-parole. Le maire Leboeuf, Didace Vigeant et 'Mégilde Parthenais, les trois plus habiles discoureurs de la place . . .

Et soudain, le curé Bossé retrouva son courage. On l'affrontait? Il trouverait bien les mots pour répliquer aux trois hommes. Au besoin, la force de les attaquer s'il le fallait. Le sort en fut tout à coup jeté. Il résolut de combattre. L'astuce naquit en lui au fur et à mesure que les émissaires gravissaient l'escalier. Il n'existait qu'un moyen de les subjuguer; d'instinct, beaucoup plus que par science, le curé Bossé allait l'employer.

Avec un sourire indéfinissable qui intrigua grandement 'Mégilde Parthenais, Albini Leboeuf et Didace Vigeant, les trois chargés d'affaires des paroissiens inquiets, le curé Bossé ouvrit grande la porte.

— Entrez, messieurs, dit-il, j'étais certain que quelqu'un viendrait dès la messe terminée.

CHAPITRE V

Ils entrèrent en se suivant comme des témoins à un procès.

Didace Vigeant le premier, puis le maire Albini Leboeuf, et 'Mégilde Parthenais qui fermait la marche. Tous trois graves, le visage sévère et implacable. Le curé les dirigea le long du corridor, le large et haut corridor garni de portraits de défunts évêques et de défunts chanoines, et les fit entrer dans son bureau.

C'était une grande pièce aux fines boiseries. Au-dessus de l'imposante cheminée, et autour, sur le linteau et les jambages, un sculpteur sur bois avait taillé à même du coeur de chêne des figures symboliques du plus mauvais goût. Le pupitre, en chêne aussi, coupait un coin de l'appartement. Des classeurs de métal occupaient l'autre coin, et plusieurs chaises à siège de cuir étaient rangées le long des murs. Un tapis brun recouvrait le parquet.

— Messieurs, asseyez-vous, je vous prie.

Ils prirent place. Seul 'Mégilde tira sa chaise pour la rapprocher d'un coin du grand pupitre.

Sans plus de cérémonie, le curé se décida à prendre le taureau par les cornes.

— Je suppose que vous venez discuter de cette question du cimetière, mes chers amis ?

Didace Vigeant murmura quelque chose que personne ne saisit, et le maire Leboeuf fit plusieurs fois, et rapidement, oui de la tête.

— C'est de l'effronterie ! grommela 'Mégilde.

Alphonse Bossé soupira, regarda tour à tour les trois hommes devant lui.

— Vous semblez... bouleversés, messieurs.

— Moi, dit 'Mégilde, c'est surtout parce que vous nous avez pas consultés avant.

— J'ai fort bien dit, en chaire, déclara calmement le prêtre, que je convoquais une réunion spéciale des marguilliers afin de discuter du transfert du cimetière. Cela signifie donc que je veux vous consulter.

'Mégilde fit un grand geste du bras.

— On sait ben, c'est facile à dire. Vous trouvez pas qu'avant de mettre tout le village en branle avec c't'affaire-là, ça aurait été mieux qu'on en parle tout doucement ? C'est des carrées d'nouvelles à apprendre d'un coup sec, pensez-y donc ! On s'en vient à la messe, un beau dimanche de même, ben tranquilles, puis vous nous envoyez ça en pleine face . . . !

— Vous aurez tout le loisir de discuter ce soir, 'Mégilde. Et je crois qu'il est bien inutile d'en parler ce matin. C'est prématuré.

Le maire avait bourré sa pipe, et, en tenant l'allumette en feu sur le tabac, il dit, entre deux aspirations de fumée,

— Pour ma part, monsieur le curé, l'assemblée des marguilliers, ça m'concerne pas directement. J'parle à matin comme maire. On sait pour le savoir que si vous prenez la peine d'annoncer la nouvelle de même, en chaire, c'est parce que votre idée est faite. C'est pas du nouveau, des assemblée d'mêmes, faites après coup, faites pour faire plaisir mais pas plus de conséquence qu'une partie de croquet entre amis . . .

Didace Vigeant approuvait en grands gestes perpendiculaires de la tête, et le curé leva la main lentement.

— Monsieur Leboeuf, dit-il, vous allez trop loin.

Mais le maire resta sur ses positions.

— Vous comprenez ben qu'y a personne ici qui en est revenu encore. On est comme des gars qui viennent de s'faire donner un coup de poing. Dehors, tous les paroissiens sont là. J'vous assure que c'est pas drôle de les entendre. Y'en a qui restent avec vous, monsieur le curé, mais c'est les brasseurs de chapelets, les rongeurs de bois de balustre. Le p'tit Loiselle, le fancy de la Caisse Populaire, pis des vieilles. Le reste des gens du village, c'est pas drôle comme y sont montés ! Savez-vous c'que Dosquet dit ?

— Oh, lui . . . ! murmura le curé.

— Lui, monsieur le curé, ça peut être un gueulard, puis un faiseur de trouble, ça, j'vous l'concède à plein. Mais quand y'a la chance de dire la même chose que tout l'monde pense, y parvient à avoir de l'influence. Y les a assez chauffés dans cinq minutes que nous v'là, nous autres, envoyés par le village pour avoir des explications.

— C'est ça, renchérit Didace Vigeant.

— Ferme ta yeule ! Laisse-moi parler, continua 'Mégilde. J'ai d'quoi à dire, moi aussi !

Mais le curé, d'un geste, fit taire 'Mégilde.

— Attendez, attendez une minute. Tout d'abord, pourquoi le village est-il "monté" comme vous dites ?

— Vous trouvez pas que c'est assez votre nouvelle ? demanda 'Mégilde.

— A part de ça, renchérit le maire Leboeuf, qu'on n'est pas habitué à voir des décisions aussi importantes être faites aussi vite. On n'en a pas entendu parler, pas une miette, monsieur le curé. Pas même une rumeur! Tout d'un coup, v'là dimanche, on s'doute de rien, bang ! comme un coup de fusil en pleine église. C'est ça que les gens comprennent pas.

— Ça aurait dû être discuté avant aujourd'hui avec les marguilliers, dit 'Mégilde. C'est là-dessus que j'en suis, moi.

Et il s'avança vers le curé, le corps en avant, comme pour lui parler sous le nez.

— C'est pas toute ! D'où c'est que ça vient une idée d'même ? Etes-vous capable de m'dire, vous, monsieur le curé, pourquoi vous allez faire déménager le cimequière ? C't'une dépense de plusieurs mille piastres... puis pourquoi ?

— Mes chers amis...

— Envoyez-nous ça vite, dit 'Mégilde. Laissez faire les grandes phrases d'évêque !

Le curé sursauta, regarda un moment 'Mégilde, mais vit bien que la parole était une simple comparaison et qu'à date rien ne transpirait encore. Surtout pas ça ! Surtout un délai jusqu'à ce soir !

Il croyait bien pouvoir influencer ses trois marguilliers et leur faire voter un oui sans conditions. Mais jusqu'à l'assemblée, la position restait vulnérable. S'il avait choisi de mettre le village au courant de cette réunion et de son but, c'est qu'il avait tenté de jouer les factions l'une contre l'autre. La stratégie au service d'une sainte cause.

— Mon cher Leboeuf, dit le curé, je suis surpris que vous soyez accouru ici à seule fin de plaire à Dosquet.

Leboeuf sursauta.

— Il n'est pas question de plaire à Dosquet. C'est pas lui qui...

— Vous l'avez dit vous-même qu'il avait été assez violent pour vous amener ici devant moi, à rechercher des explications que vous aurez ce soir, à l'assemblée...

'Mégilde l'interrompit.

— Vous avez pas répondu à ma question, monsieur le curé, dit-il. Pourquoi voulez-vous déménager le...

Ce fut au tour du curé d'interrompre le marguiller.

— Excusez-moi, Parthenais, mais je crois qu'un maire a préséance sur un marguillier, fût-il un marguillier du banc. Alors laissons la parole au maire Leboeuf.

Estomaqué, rouge de colère, 'Mégilde Parthenais ne trouvait plus de mots.

Il réussit finalement, et ce fut un...

— Maudit torrieu de maudit torrieu...!

Le curé, debout, le bras levé en justicier, tonna dans le bureau.

— Parthenais, vous allez sortir d'ici ! De telles grossièretés sont absolument interdites entre gens honnêtes. Et je ne les endurerai pas ! Moins ici que n'importe où ailleurs !

Parthenais, brusquement ramené à lui, balbutia...

— Leboeuf est pas plus important que moi !

— Non, non, mon cher Parthenais, vous vous trompez. Comme curé, j'ai le devoir de respecter la position de chacun, surtout en questions administratives. Leboeuf est maire d'une municipalité de deux mille âmes. Il représente ici l'autorité civile. Il est beaucoup plus important que Didace Vigeant, simple conseiller...

— Ouais, ben, dit Vigeant. Attendez, là...

Le curé le fit taire à son tour.

— Parfaitement, Didace. Il est plus important que vous. Et en questions générales, 'Mégilde, il a préséance sur vous. Allez, mon cher Leboeuf, dites ce que vous aviez à dire.

Mais le maire, soudain gonflé par une importance qu'il ne se soupçonnait pas, voyait les choses d'un tout autre oeil. Il se leva, repoussa dédaigneusement les genoux de Didace Vigeant encore assis et lui barrant le chemin, et vint se placer devant le curé. Il lui tendit une main franche.

— Vous avez raison, monsieur le curé. J'aurais pas dû me laisser emporter par Dosquet pis les autres. Il faut agir comme des hommes, pas comme des enfants. J'vous reverrai à soir, à l'assemblée. Comptez sus moi, hein !

Il se tourna vers 'Mégilde.

— Pis, si t'es un homme, 'Mégilde, tu vas voir ça du même oeil que moi.

Le marguillier du banc était rouge. Il ne prenait pas la main du maire. Il était debout, se dandinant comme un ours en cage qui veut se saisir d'une proie et l'étrangler. Ses petits yeux porcins luisaient férocement.

— C'est à nous autres de s'arranger avec notre curé, dit le maire. Y doit avoir des raisons pour son affaire.

C'est pas utile de lui sauter sur l'dos comme des chiens sus un lièvre. On va attendre à l'assemblée, à soir.

Le curé, avec un sourire amical, dit doucement à 'Mégilde.

— D'ailleurs, ce soir, mon cher 'Mégilde, il va vous falloir diriger l'assemblée. Moi, je ne puis être là qu'en simple aviseur. Et c'est à vous que reviendra de conserver de la dignité à nos délibérations. Vous savez comme moi que ce sera orageux, mais je n'ai aucune crainte. Je n'en avais pas ce matin, même en prévoyant ce qui arriverait, parce que je sais que vous êtes un chef, un meneur d'hommes, un gars à la poigne solide...

'Mégilde, radouci, se frottait les mains.

— Pour ça, monsieur le curé, vous avez pas tort. J'sus capable d'les maîtriser, c'te gang de râleux-là !

Ce disant, il lança un regard du côté du maire Leboeuf. Celui-là, il n'avait qu'à bien se tenir ! A l'assemblée des marguilliers, c'était lui 'Mégilde qui ferait le jar !

— On est pas plus râleux que toi, protesta Didace, du fond de son siège où il boudait depuis la clarification de la hiérarchie effectuée par le curé.

— On verra ça à soir, dit 'Mégilde. On verra ça à soir ! Vous avez besoin d'filer doux, puis de pas vous énerver, parce que j'vas vous calmer, moi !

Il était joyeux. Il souriait. Il tendit à son tour la main au curé.

— On se reverra à soir, dit-il. Vous pouvez compter sus nous aut'...

Il entraîna à sa suite le maire Leboeuf. A la porte, il se retourna.

— Bonjour, monsieur le curé. On va être là en temps.

Et à Didace Vigeant,

— Reste pas là collé comme une mouche dans la m'lasse. Viens-t'en !

Dehors, sur la grande galerie, avant de descendre vers ceux qui attendaient les nouvelles, Didace prit le bras de 'Mégilde et celui du maire.

— En tout cas, dit-il, vous v'nez de vous faire saigner comme des agneaux de boucherie . . .

— Oui ? fit 'Mégilde d'une voix belliqueuse. Explique-toi donc, Didace !

— Y vous l'a pas dit encore, hein ? continua Didace. Y vous l'a toujours ben pas dit pourquoi y veut l'déménager son cimequiére. Y vous a fait parler, y vous a flattés sur le sens du poil, y'a fait semblant de vous gratter la démangeaison, mais y vous l'a pas dit !

Et, se rabattant le chapeau sur les yeux, triomphant, le bonhomme descendit les vingt-deux marches menant au trottoir, pendant que 'Mégilde, le chapeau à la main, le regardait aller.

Chapitre VI

Cet après-midi de novembre s'annonçait mouvementé. La visite des trois émissaires avait surpris le curé Bossé. Il s'attendait certes à de la stupéfaction chez ses villageois. On ne va pas ainsi parader des ossements — une tombée de main sans crier gare, voilà la nouvelle et protestez si cela vous chante ! En déménagements de cimetière comme en amour, il y a la façon. Et le curé Bossé savait bien que sa façon, telle que dictée par ce malheureux secret qu'il avait promis à Monseigneur, était pour le moins surprenante.

Rendu méfiant par la visite de ses paroissiens, il décida que la température était assez belle, le soleil assez invitant, le vent suffisamment calmé pour qu'une promenade en auto eût de l'agrément.

Si d'autres venaient chercher noise au presbytère, ils trouveraient porte close. Ils ne pourraient assoiffer leur curiosité, ni poser prématurément les mêmes questions que leur curé devrait détourner le soir venu. Une assemblée est un lieu sûr. Le curé Bossé le savait et cette pensée le rassura. Sans qu'il arrivât à préciser en lui les raisons profondes de ce sentiment de sécurité qu'il éprouvait à l'idée de faire face aux paroissiens groupés plutôt qu'à chacun d'eux individuellement, il reconnaissait que c'était en ces lieux et en ces moments qu'il gagnait ses plus belles victoires. De plus, le succès obtenu cet avant-midi le réconfortait. Il s'étonnait lui-même d'avoir été si retors. Il lui en venait des remords confus cependant. Ce péché dont si facilement il accusait les autres, cette duplicité qu'il détestait, la pratiquerait-il ?

Ce projet d'une si grande envergure était un projet diocésain, et l'évêque lui-même en était le parrain. Qu'il lui fût permis de le dire ou de le taire ne changeait rien à la chose. Rien donc ne prévaudrait contre la réussite complète, et les moyens un peu rusés étaient justifiés. Quant au secret à garder, n'était-il pas dans l'intérêt même des citoyens de Saint-Léonide ? Le jour viendrait où ils seraient tous heureux de ce lieu de pèlerinage qui rendrait célèbre leur village et y apporterait une édifiante et dévotieuse prospérité. Advenant une nouvelle dépression, le village en profiterait même davantage. On ne pouvait nier que les temps durs sont fructueux pour les oeuvres pies. On n'a jamais vu un oratoire de dévotion publique, où s'allègent en tout temps les souffrances et se guérissent les maux, péricliter en années de dépression. Bien au contraire...

Le bon curé songeait à tout cela en se préparant à partir, dès le repas terminé. S'il avait pu trahir le secret juré, comme il aurait été facile de faire entendre raison à ses paroissiens !

Il endossa son paletot, passa dans le vestibule, et cherchait ses clés de voiture quand résonna le timbre d'entrée. Dans l'impossibilité de se défiler et de gagner le garage par le sous-sol, il soupira, ouvrit lui-même la porte et se trouva face à face avec le plus agressif, le plus dangereusement audacieux de tous ses paroissiens: le grand Pascal Lamarche, du Quatre.

Politicien, fort-à-bras, tête chaude, faux-avocat.

Le curé songea en le voyant que ce Pascal représentait bien l'élément-moteur des "amis du parti". Qu'en lui s'incarnait le voteur provincial parfait, pour qui un gouvernement ne vaut que par ses faveurs individuelles, le peu de scrupule dont ses ministres font preuve, et la facilité avec laquelle un "ami du parti" peut transgresser les lois, peut s'enrichir, ou jouer des coudes sous la protection bénigne et rusée du "chef".

"Hélas," songea le curé Bossé en enlevant son paletot, “voilà ceux qui nous mènent. Que Dieu nous préserve et préserve aussi les gagne-petits et les honnêtes gens qui ne méritent pas de tels gouvernements !”

Dans le bureau, Pascal Lamarche alla droit au but. Debout devant son pasteur, les mains aux poches, son grand corps raidi par la colère, la tête embroussaillée, la lippe mauvaise, il jeta en une voix pleine de haine,

— De quoi c'est que ça veut dire, c'te maudite folie-là ?

— Que veux-tu dire, Pascal ? De quoi parles-tu ?

— Vous l'savez autant que moi !

— Veux-tu parler de ce projet de déplacer notre cimetière ?

— Oui . . . Projet, projet ! On connaît ça !

— Mon pauvre Pascal, tu es bouleversé . . . Qu'est-ce qui se passe ? En quoi une chose aussi innocente et aussi nécessaire, puisqu'il faut le dire, peut-elle tellement t'importer ?

— Des grands mots... Ah, j'le savais...! J'l'ai dit à ma femme avant d'partir. J'vas me faire enterrer de grands mots que j'y ai dit ! J'va m'faire chanter une romance ! Mais comprenez ça, monsieur le curé, comprenez ça une fois pour toutes: Pascal Lamarche est pas un sacré fou ! J'en sais long sur les curés puis sur les évêques . . . !

Le curé Bossé alla s'asseoir tranquillement sur sa chaise de travail, derrière le pupitre. Les mains jointes devant lui il demanda posément:

— Je te serais reconnaissant d'arriver au fait, Pascal. Je dois sortir, et je suis pressé. As-tu affaire à moi ?

— Oui, j'ai affaire à vous. J'ai affaire à vous dire que si les gens du village puis de la paroisse se laissent arranger par vous, c'est de leur affaire. Mais moi, Pascal Lamarche, j'me laisserai pas arranger. Comme organisateur du parti dans l'Quatre, j'ai mon mot à dire, puis croyez-moi à plein, monsieur l'curé, ça va chauffer dur.

— Qu'est-ce que le parti vient faire là-dedans ?

Pendant un instant, un trouble profond secoua le curé Bossé. Que voulait-ils dire, tous ces organisateurs politiques ? Le docteur Pigeon et ses conseils ressemblant fort à des menaces, et celui-là encore, du même parti, proférant les mêmes mots...

— Le parti, le parti, y vient faire vous savez quoi ! D'ailleurs, vous jouez à l'innocent, mais on se comprend, vous puis moi... On se comprend une affaire effrayante ! Puis c'est exactement comme j'lai dit à ma femme, puis c'est exactement comme MacPherson me l'avait dit avant !

— Tiens, le protestant MacPherson qui se mêle de nos entreprises religieuses ?

Le curé fixa longuement son paroissien.

— Normalement Pascal, déclara-t-il, je n'ai pas cette patience. Mais je suis tellement curieux de savoir toute cette histoire que j'oublie le ton que tu prends pour me parler. Je ne te le pardonnerais pas en d'autres circonstances, mais tu as tellement l'air de te prendre au sérieux ! J'ai grande envie de te laisser dire tout ce que tu voudras, justement pour voir jusqu'à quel point les mauvaises langues peuvent posséder sur toi une influence !

— C'est ça, commencez à vous défendre avant même d'être attaqué !

— Me défendre ? Mais il faudrait d'abord que je sache contre quoi, contre qui, mon cher Pascal. Tu as mentionné MacPherson tout à l'heure. Quel rôle joue-t-il dans ton histoire ? C'est ton conseiller ? Les Protestants vont maintenant se mêler de fomenter des dissensions parmi nous ?

Pascal écoutait à peine son curé. Aucune des paroles du prêtre n'avait semblé l'atteindre. Il tremblait encore de rage.

— Où c'est que vous placez votre cimetière en le déménageant ? Sur le terrain à Langlois ?

— Oui, c'est là... Mais comment le sais-tu ? Rien n'a encore été discuté avec les marguilliers...

— Je l'sais comme j'sais tout le reste... Répondez-moi: c'est à l'évêché que vous avez reçu l'ordre de déménager le cimetiére ?

Alphonse Bossé sursauta. Mais ils étaient donc bien renseignés ? Le docteur n'avait-il pas insinué, entre autres choses, que la convocation de l'évêque avait des relents politiques ?

— Savez-vous, prononça lentement Pascal, que le tracé du nouveau chemin provincial devait passer justement sur le terrain à Langlois ?

Le questionnaire prenait une tournure que n'avait pas prévue le curé.

— Non, je ne le savais pas. Je ne savais même pas qu'il y aurait un nouveau chemin, dit-il.

— C'est l'élection l'année prochaine, répliqua Pascal. Le gouvernement fait des chemins. On n'a rien eu dans l'comté. Des faveurs personnelles, de l'un à l'autre, mais pas de pont sur la rivière, pas de chemin. On a demandé ça, puis on l'a...

— Et il devait passer sur nos terrains, sur le côteau à Langlois, comme tu dis ?

— Oui. Mais si vous déménagez le cimetière là, savez-vous ce qui arrive ?

Le curé Bossé l'ignorait. Et il n'était pas prêt à accorder aux paroles de Pascal Lamarche toute l'importance que le ton de l'homme y mettait. Il ne pouvait se défendre cependant d'un certain malaise en l'écoutant.

— Euh... non.

— J'vas vous l'dire, tonna Pascal. Mais je l'sais comme vous l'savez que j'vous apprends rien. Rien vous m'entendez ? Le chemin, y a pas d'autre place à le passer que dans le rang du Bord de l'Eau... dans un plein rang de libéraux ! La v'là l'affaire !

Le curé eut un rire de soulagement.

— Mon pauvre Pascal, ce que tu vas chercher là est tellement enfantin... Mais j'ignorais même qu'il dût se construire un nouveau chemin ! Et si tu crois que Monseigneur a pu songer un seul instant...

Pascal l'interrompit en brandissant le poing et en criant:

— Non, monsieur le curé, parlez pas de même ! Monseigneur le savait ! MacPherson peut vous en raconter ben long...

— Oh, MacPherson, tu sais...

— Y a pas de "MacPherson, tu sais"! MacPherson, c'est pas un fou. C'est un protestant, mais c'est du bon monde. Puis y'a des amis des deux côtés. A part de ça, y'est dans l'oreille du député provincial une affaire effrayante. C'est de là que vient la nouvelle. Allez y demander au député provincial ! Y'a tout fait pour empêcher que les choses se passent comme ça... Mais contre les évêques, quoi c'est qu'on peut faire... ? Même vous, monsieur le curé, ça m'a l'air que vous vous êtes laissé arranger dans l'affaire. Vous pendez au bout d'une corde, puis Monseigneur vous fait danser...

— Pascal, je te défends de parler comme ça !

— Voulez-vous que j'aille le chercher, MacPherson. Y a pas peur de parler à un homme, lui. Puis, comme y est protestant, une soutane ça l'dérange pas plus que ça ! Lui va vous l'dire !

— Mais me dire quoi ? s'exclama le curé dont la patience s'usait à mesure que sa colère montait.

— Vous dire, monsieur le curé Bossé, que sans savoir les raisons que Monseigneur vous a données à vous, il fait déménager le cimetière parce qu'un cimetière, ça s'exproprie pas quand c'est frais mouvé ! Puis en bloquant le chemin, en faisant profiter des libéraux des expropriations du provincial, lui puis son ami le député fédéral, Edmour Lanciault, y vont rire de nous autres, puis de vous, monsieur le curé...

— Tu mens, Pascal ! Monseigneur ne s'abaisserait pas à de telles manoeuvres !

— Non ? Bien, c'est pas tout ce que MacPherson vous dirait ! L'évêque, même si ça lui chantait pas de jouer un pareil tour de salaud à nos bons supporteurs, bien le député Lanciault, selon MacPherson, y aurait forcé l'évêque à faire ça . . .

— Pascal, je t'avertis, si de telles ignominies continuent à sortir de ta bouche, je vais être obligé de te chasser du presbytère !

— Ça m'fait rien ! J'aurai l'coeur vidé ! J'vous aurai dit ce que j'pense ! Le député Lanciault, quand les finances du diocèses allaient pas trop bien y a sept ans passés, c'est lui qui a fait acheter toute la ferme de l'évêché par le fédéral pour faire un terrain de culture expérimentale, puis un aéroport d'urgence ! Le savez-vous ça ?

— Je ne nie pas que le député Lanciault a été bon pour le diocèse. Il nous a rendu des services . . .

— Quatre cent mille piastres pour trois cents arpents de mauvaise terre ! On l'sait qu'y a été généreux . . . avec notre argent !

— Et en quoi cela peut-il . . .

— Vous comprenez pas ? interrompit Pascal. J'commence à croire que c'est vrai que vous êtes pas au courant, ou bien c'est qu'vous êtes entêté dans votre idée que Monseigneur peut pas jouer de politique. Mais nous aut', les gars du parti, on en sait long. Vous vous êtes jamais arrêté à penser que pour gagner sur toute la ligne, notre chef, faut que les gros marchent avec lui ? Quand il s'est agi pour lui de s'protéger contre les ouvriers, les bandits qui voulaient le mettre à terre par n'importe quel moyen, jusqu'à s'infiltrer dans les affaires d'écoles, puis de professeurs pour aller corrompre l'idée des jeunes au sujet du parti, on peut-y dire que les affaires ont traîné en longueur ? Non. Un voyage d'évêques et de ministres dans les Vieux Pays, une p'tite exposition de piasses, deux ou trois menaces de couper les octrois... v'là tous les obstacles à terre, y compris un archevêque ! Dites ce que vous voudrez, monsieur l'curé, pour réussir des pareils chambardements, fallait que le chef, y puisse compter sur du support. Y l'a eu.

— Sacrilège, gémissait le curé. Mon pauvre Pascal, tu t'en vas tout droit au feu éternel ! Qui ose propager de tels mensonges !

— Ah, faites pas de grands airs ! Ça cache rien des phrases comme ça. Un évêque ça fait d'la politique au besoin. Puis ça aide au parti quand le parti a aidé le diocèse avec de bons octrois. Mais le diocèse d'ici, par exemple, y en mérite pas d'octroi ! Puis le premier ministre devrait les enlever d'un coup sec ! L'évêque a toujours été libéral. Lanciault, c'est son ami ! Lanciault a sauvé l'évêché du trou, ça fait qu'aujourd'hui c'est au tour de Monseigneur de rendre la pareille au député ! J'vous en réponds qu'y doivent s'amuser une affaire effrayante à l'évêché ! Surtout là, de savoir que vous tombez dans l'panneau si facilement... Mais nous autres, on n'a pas dit notre dernier mot...

— Les mots de MacPherson, d'un protestant dangereux, d'un ennemi de l'Eglise, je n'ai plus besoin de les entendre ! Va les dire ailleurs, Pascal. Sors de ma maison. Et sors immédiatement, avant que je ne perde les dernières bribes de patience qui me restent !

— J'vas sortir, ça m'fait rien, monsieur le curé. Mais vous avez été averti. Le docteur a essayé de vous mettre sur la piste, mais vous avez pas compris. Correct. A mon tour, j'viens. Vous me sortez de votre presbytère ? De même, j'vas tirer la seule conclusion qui m'reste. Vous jouez avec l'évêque, c'est votre petite partie de casino voleur, puis vous jouez deux contre un. Votre force à vous, la force de l'évêque, contre notre faiblesse à nous autres. Mais nous autres, on triche pas, monsieur le curé. On joue franc jeu. On essaye pas de faire des grandes phrases...

— J'aime entendre de telles vantardises, Pascal, dit

le curé froidement. J'aime surtout t'entendre vanter ton honnêteté !

— Je suis aussi honnête que votre évêque !

— Sors, Pascal. Je te donne dix secondes pour quitter ce presbytère, tu m'as compris ?

Pascal fit quelques pas vers la porte, mais soudain il se retourna.

— C'est correct. On vient de se déclarer la guerre. Pas plus tard que demain, le docteur s'en va à Québec !

— Et qu'est-ce que tu veux que ça me fasse ! Qu'il aille se faire pendre s'il veut !

— Puis, en revenant, y rapporte la licence d'hôtel à Ti-Blanc !

Le coup porta dur, et le curé en resta tout estomaqué ! Mais il n'eut pas le temps de placer un mot. Déjà Pascal était sorti.

Pendant une heure, le curé Bossé se promena de long en large. Dans toute sa vie sacerdotale, il n'avait jamais entendu autant d'anathèmes, de déclarations sacrilèges et de paroles calomniatrices proférés en si peu d'instants.

Il avait beau se dire que les paroles de cet homme n'étaient qu'un tissu de mensonges, il ne parvenait pas à se défendre d'un doute qui l'assaillait et qui lui faisait mettre en parallèle les propos de Pascal avec ceux non moins équivoques du docteur.

Bien qu'il se fût toujours fermé les oreilles aux racontars qui jetaient du discrédit sur des agissements qu'il avait toujours jugés honnêtes, il pouvait difficilement se remémorer les paroles de Pascal sans reconnaître en même temps qu'elles avaient des accents de justesse impossible à oublier. Le point d'ingérence politique dans la démission de hauts dignitaires n'était pas autre chose que de la calomnie pure et simple ! Il l'avait bien dit à Pascal. Mais maintenant qu'il était seul, il avait souvenance de choses passées qui rendaient plausibles certaines déclarations de son paroissien. Articles de journaux et commentaires radiophoniques où l'on avait frôlé l'impertinence... Il se souvenait très bien des détails qui l'avaient choqué alors. Bien qu'il se refusât à mettre Pascal sur le même pied que les meilleurs des journalistes, il trouvait chez lui, comme il avait trouvé chez les autres, une analogie de pensée inquiétante. Mais comme il avait fait dans le passé pour ceux-ci, il trouva pour Pascal l'excuse qui justifiait la liberté d'expression chez tout catholique: Pascal n'avait pas attaqué le dogme. Pascal n'avait rien dit contre la religion du Christ. Ce qu'il avait dit, au contraire, jetait le discrédit sur ceux qui ont oublié cette religion d'amour pour en faire un jeu politique et financier.

La lancinante question revint à l'esprit du prêtre. Le docteur Pigeon, puis Pascal, et ce MacPherson... Il y a rarement de fumée sans feu. Que cachaient les événements ? Ah, ce doute !

Il renfrogna son visage, et vint se placer, mains au dos comme un soldat au repos, devant la fenêtre par où se découvrait le village.

— Monseigneur, déclara l'abbé Bossé à haute voix dans son bureau, ne joue pas de politique.

Il sursauta. Voici qu'il parlait tout seul !

Pour un peu, Alphonse Bossé eût pleuré, tant soudain il se sentait perdu et effrayé à l'idée des événements qui allaient suivre. Une extrême lassitude l'envahit.

Puis, se souvenant de l'Evangile, de Dieu et de ses saints, il pria.

— Pour vous, mon Dieu, pour vous ériger un Chemin de Croix digne de votre nom auguste et des souffrances de votre Fils, faites que l'assemblée de ce soir ne soit pas une galère ! Mais je vous en supplie enlevez de mon esprit les pensées coupables qui s'y pressent... Dites-moi que jamais la politique...

Il se reprit.

— Laissez faire, mon Dieu. Je sais... (il soupira profondément) je sais que j'en demande trop...

Puis il prit son paletot jeté hâtivement sur une chaise et sortit à pas lents, se dirigeant vers le garage, vers la randonnée qui calmerait ses esprit.

Chapitre VII

Si vous prenez un village coquet et paisible, bâti en blanc et propre comme une chemise de notaire; si vous le prenez dans la douce quiétude des dimanches d'automne, alors qu'on cause à la bonne amitié unie près du poêle, ou qu'on fait la sieste; si vous le prenez dans la joie de vivre, dans la vie bien gagnée, dans l'après-coup d'une récolte prospère; si vous le prenez justement alors que tout va bien, que chaque être de ce village envisage un hiver agréable sans trop de bazardage des projets et des prévisions, et que vous le renversez sens dessus dessous, en agitant et en bouleversant à la manière des cataclysme de l'antique Jéhovah, sûrement, mon frère, vous ne devez pas vous attendre à ce que les bonnes gens de ce village restent cois dans leur cuisine à laisser le fléau s'abattre sans regimber.

Votre belle image, votre rue longeant la rivière au cours limpide; les maisons enfouies sous les arbres; les haies et les fleurs; la paix admirée et nécessaire, tout ça va soudain se mettre à grouiller. Et vous verrez, comme ce dimanche-là de la Grande Nouvelle, les trottoirs accueillir des gens au pas pressé. Conseillers et marguillers, organisateurs et sous-organisateurs, partisans et voteurs allaient se visiter.

Le vieux Lapensée ne fit pas seulement traverser la rue pour aller causer cinq minutes à la clôture du vieux Souard, au coin du chemin chez Labbé, mais il entra s'asseoir dans la cuisine, devant la vieille Edwidge Souard, mi-aveugle et paralysée, pendant que son époux Odilon, grand et droit comme un pieu à quatre-vingt-cinq ans, se tenait sur sa chaise près de la fenêtre, à discuter tout en ne perdant pas de vue le chemin et la circulation des gens qui s'y faisait sans répit.

Le vieux Pouliot, lui, trouva moyen d'aller discuter avec Almanzor Trudeau, son voisin d'en face. Et cette fois encore, il fut question de politique.

C'était le dada du vieux Trudeau. Il en rêvait. Bleu féroce, ennemi mortel de tout libéral, il ne pardonnait pas à Mackenzie King son existence, et chanta de joie en apprenant son décès. Quand les Libéraux revinrent au pouvoir à Ottawa, le vieux Trudeau, sec et revêche, la démarche rapide encore comme un jeune qui s'en va rencontrer sa blonde au bois des Quat' Chemins, chercha longtemps dans sa tête quelle avait été la cause réelle de cette défaite de ses chers bleus. Et le lendemain soir de l'élection il la trouva.

— V'nez icitte, avait-il dit cette fois-là au vieux Lapensée. V'nez icitte dans la balançoire un p'tit brin que j'vous dise, moi, quoi c'est qui a fait perdre les conservateurs... C'est l'magnétisse, monsieur Pouliot ! Les maudits Rouges... les c... de Rouges avaient des magnétiseurs aux polls, pis ces gars-là visaient les yeux de ceux qui allaient voter, pis les gens marquaient leur croix drette où c'est que les magnétiseurs voulaient. Les v'là les Rouges ! Mais vous êtes pas capables de faire mettre ça dans les journaux ! C'est tout vendu, les journaux ! Ça mangerait du fumier d'cochon, si l'gouvarnement leux disait ! Y'ont peur des Rouges! Y savent bien que les Rouges c'est assez voleurs, assez croches, assez écoeurants que ça peut leur ôter la licence aux journaux ! C'est pour ça qu'y l'diront pas pour les magnétiseurs... Le monde est fou ! Ça s'laisse voler, ça s'laisse manger la laine sus-l'dos. R'gârdez ma graine de carottes l'printemps dernier... Pas une maudite carotte qui a levé ! Savez-vous pourquoi ça ? Parce que les maudits députés Rouges là, pis les ministres, ben y font d'largent à importer des carottes américaines. Y ont tout gâté la graine de carotte, pis ça fait qu'y vont pouvoir se graisser en nous vendant des carottes des Etats trois fois l'prix qu'ça vaut ! C'est ça les Rouges ! Des maudits écoeurants... Pis si j'avais eu un seul enfant qui s'rait viré Rouge, j'l'aurais tué, plutôt que d'nous déshonorer d'même, hein ma vieille ?

La balançoire perdait son élan; elle oscillait au sens contraire de sa destinée. Madame Trudeau se sentait toute chavirée par ce roulis intempestif et complètement imprévu.

— Grouille donc pas tant, 'Manzor ! Tu dérinn'che toute les barres en haut ! J'vas avoir le mal de mer. Manger gras comme à midi, pis s'faire balancigner sus tous les bords tous les sens d'même...

— Laisse faire, Emilienne, dit Almanzor, farme-toi, j'sus-t-après parler !

La vieille approuvait du chef, regardait le vieux Pouliot avec des yeux tristes et le visage de quelqu'un qui a beaucoup plus peur des Rouges que des Bleus, et, jetant un coup d'oeil de compassion vers son vieux, un coup d'oeil déconcerté vers le potager vierge de toute carotte, elle se croisa les mains sous le tablier et dit:

— M'as dire comme mon vieux, avec la politique d'à c't'heure, c'est pas encourageant pour le monde honnête...

Rien n'échappait à la malfaisance des Rouges, dans l'idée que le vieux Trudeau se faisait de la vie, du Canada, des graines de semence et des campagnes électorales. La hargne perpétuelle qu'il montrait contre les phalanges libérales l'amena, sans se douter vraiment qu'il touchait juste, à blâmer députés, ministres, organisateurs et porteurs d'étendard libéral dans cette question du cimetière.

— Y'a pus rien à leur épreuve. Y sont comme des fléaux du bon Dieu. Moi, j'cré que l'bon Dieu les a inventés pour punir les ceusses qui ont pas assez de conscience pis de coeur pour être Bleus. D'la minute que quèque chose va ben, r'gârdez-les arriver pis se mettre à gruger l'profit, pis toute. Y sont comme des sauterelles. Ça vient pas sus des récoltes pauvres, ces engeances-là. Arrive qu'y a une bonne récolte de grain, v'là les sauterelles, des nuées à vous cacher l'soleil, qui s'garochent sus toute pis qu'y dévorent not' pain d'avance...

— En quoi c'que ça serait profitable pour eux autres, demanda le vieux Pouliot ce dimanche-là, de nous faire mouver l'cimequiére ?

Almanzor Trudeau bondit:

— V'nez pas m'dire que vous prenez pour les Rouges icitte, vous ! J'vous ai toujours pris pour un homme honnête, pis intelligent !

Le vieux Pouliot se mit à rire.

— Y va s'crever une veine en plein coeur si y continue. J'sus pas libéral, monsieur Trudeau, mais on sait ben que j'me demande de quoi c'est que ça peut leur faire à eux aut' un cimequiére icitte ou ben là...

— Ça leux fait...? Tiens, r'gârdez-moi ben. Où c'est qu'y vont l'maudire, le nouveau cimequiére ?

— A l'aut' boutte du village.

— Où c'est qu'y sont, les vieux d'la place ?

— A ce bout-icitte.

— Ouais. C'est ça. Vous avez vot' réponse. Y vont nous éloigner d'nos morts, pis quand on s'plaindra, y vont nous dire: "Ben, si vous voulez qu'on vous traite ben, tâchez d'être libéraux pis d'voter comme y faut aux élections. Faites ça, pis vot' cimequiére on va vous l'mouver drette où c'est qu'y était avant".

— Vous pensez, d'même, que les libéraux sont pour quèque chose là-dedans ?

— Oui, m'sieur... Pis y'a pas rien que ça. On le sait-y si y'ont pas fait faire ça rien que pour faire damner notre gouvernement provincial, pis le premier ministre ? Supposons qu'y font ça, pis nous autres, on s'plaint au député provincial, vu que moi, pour ma part, j'vas me plaindre à mon homme, pas à l'homme des maudits Rouges, hein ? Ben on s'plaint au député, pis l'pauvre gars, y est pas capable de faire grand'chose. Le v'là pogné, le v'là au pied du mur comme une souris qui r'trouve pus son trou. De quoi c'est qu'y va faire, hein ? Mouver l'cimequiére encore ? Ça prend d'largent, ça...

Le vieux cracha, s'essuya les lèvres, la moustache,

— Moi, j'sus pas dans la politique, pis j'sus pas voleur pis croche comme eux aut'. C'est pas moi qui est capable de vous dire de comment c'que ça s'manigance leurs affaires de patronage, pis d'influence. Mais j'sais ben que si l'curé avait été un bon conservateur, si y était ben en face pour Duplessis, l'cimequiére, y serait pas déménagé ! Ça c't'une affaire de libéraux, pis l'curé est grippé avec eux aut', y peux pus reculer, y peut pus dire non, pis quant' l'député est venu icitte pour l'acheter... *(Ici la colère éclatait avec force gestes)* Pensez pas que c'est pas rendu loin, ces maudits rouges d'écoeurants-là, acheter nos prêtres ! On devrait faire une révolution, pis sacrer tous les Rouges drette au fond d'un trou, pis les enterrer dans l'fumier ! C'est rien que ça qu'y méritent ! J'vas-t-y être capable d'aller prier sus-à tombe à Rosalinde, ma darniére qui est morte des fièvres l'année passée ? J'marcherai pas un mille, çartain ! Ça fait qu'à va rester pas de priéres, pas d'fleurs, pas rien pour la sortir du Purgatoire. Pis si à reste là, si à sort jamais, à qui c'est la faute ? Aux Rouges ! *(Il se mit à crier)* C'est pas ordinaire comme c'est possédé... Moi, quiens, j'en tuerais un si y'entrait icitte... Rendu à faire brûler nos pauv' âmes ! Ç'a pas d'limite, pas d'honneur ! C'est du vrai gibier d'enfer ! Rien qu'à leur voir la face dans les portraits su'la Presse, on voit ben que c'est toute des bandits, pis des r'pris d'justice, pis des gars d'pénitencier ! Pas surprenant qu'y en a tant, d'Rouges ! Y a ben plus de bandits que d'honnêtes gens au Canada... !

Chez le vieux Trudeau donc, comme chez le vieux Pouliot, et chez Lapensée, de même que pour Souard, Belhumeur ou Archambault, il ne fut question que d'une chose, encore qu'à des degrés divers et selon des opinions variées. Le cimetière qu'on allait déménager. Et pourquoi ?

Mais *pourquoi* ?

Si chacune des langues ce jour-là avait actionné

une génératrice de pouvoir, la puissance combinée développée au cours des huit ou neuf heures entre le sermon du curé et l'assemblée aurait suffi à éclairer le village pendant plusieurs jours.

Chez le docteur Pigeon, les fidèles partisans avaient été réunis d'urgence.

On retrouvait là Cormier le chasseur, bon voteur et bon organisateur d'élection, et Pascal Lamarche (qui sortait à peine du presbytère) capable de crier plus fort que tous dans un comité, et capable aussi de boire une rasade de trois onces de “bagosse” distillée dans le rang du Petit Cinq sans même sourciller. Deux ou trois complétaient cet état-major convoqué pour déclarer la guerre. Desrochers, le cordonnier, le boucher Vidal et Sosthène Prézeau qui tenait beurrerie dans le quatrième rang.

Le docteur avait prudemment baissé les stores de son bureau et, derrière une porte close, après quelques taménités et un échange de vues profondes sur la température courante et leurs rhumatismes respectifs, ils entreprirent la discussion.

Le docteur battit la marche.

— Messieurs, dit-il, mes bons amis. Le parti a besoin de votre courage et de votre énergie. Ce n'est pas souvent dans notre lutte pour un bon gouvernement par un homme qui pense à son peuple et l'aime...

— Ça c'est vrai, interrompit Desrochers en frappant du plat de sa main sur le bureau.

— ... et l'aime bien, enchaîna le docteur, ce n'est pas souvent que nous devons tenir tête à un curé. Vous savez que notre Premier Ministre est un homme d'église. Vous connaissez tous sa grande dévotion à Saint-Vincent Ferrier... Vous savez que tous les vendredis matin, beau temps mauvais temps, que le travail presse ou non, notre Premier Ministre va au sanctuaire de Saint-Vincent, à Westham et prie là durant deux heures... Je ne vous demanderais jamais de vous opposer à un curé si ce curé ne se mêlait pas de politique

Cormier bondit.

— L'affaire du cimetière, c'est d'la politique ?

— Oui, dit le docteur. De la politique pure et simple. Et de la politique d'une sorte que le premier ministre Duplessis ne tolérerait pas. Vous savez comment notre gouvernement est honnête, intègre, et combien il aide le petit malheureux, quel que soit son parti, quelles que soient ses convictions ou ses idées politiques ? Vous savez que le premier ministre ne tolérerait jamais de gens cupides, ou profiteurs, dans ses organisations de comté ! Vous savez que jamais notre premier ministre et son gouvernement ne font intervenir la politique dans les octrois ou les entreprises de comté ! Et si nous avons de belles routes, peu dispendieuses, c'est grâce à l'administration honnête et progressive de notre chef. Vous savez comme je le sais que chacune des élections partielles a été tenue avec dignité, sans boisson, sans achat de votes, sans cabale, sans aucune pression, et que les élections de notre gouvernement coûtent peu, parce qu'elles sont faites sobrement, gentiment, poliment, et économiquement... Messieurs, un gouvernement qui a le respect du peuple, qui a le respect des prêtres, et surtout des évêques et archevêques comme le gouvernement de notre chef, n'oserait jamais s'attaquer à la religion. Et si je vous demande de vous dresser contre le projet du curé, c'est que le projet est avant tout une manoeuvre du député fédéral...

— Ça parle au maudit! s'écria Sosthène Prézeau. Ça parle au beau maudit!

— J'le savais, ajouta calmement Pascal.

Sentencieusement le docteur déclara:

— Le déménagement du cimetière sur les terrains de la Fabrique va forcer le gouvernement provincial à détourner le tracé du nouveau chemin, et va l'obliger à exproprier une trentaine de cultivateurs du Rang du Bord de l'Eau.

— Mais c'est des partisans du Fédéral! cria Cormier.

Le docteur inclina la tête.

— Je le sais.

— Ah, c'est ça l'histoire dit Desrochers. C'est comme ça que ça s'emmanche des affaires de même?

— Oui, dit le docteur. Et le curé de notre paroisse est complètement à blâmer. Il a reçu les conseils de l'évêché probablement...

— Aie! interrompit Cormier, ça change les affaires, ça...

— Pas plus, dit le docteur. L'évêque ne peut imposer une pareille chose. En le faisant, il se met le nez dans des questions administratives qui n'ont rien à voir avec la religion ou le dogme, et encore moins avec les problèmes administratifs du diocèse. Nous sommes donc pleinement en droit de combattre.

— J'suis allé au presbytère, dit Pascal. J'suis allé tout à l'heure. J'y ai dit, au curé... J'y ai dit ce que j'pensais...

— Il n'était pas tenu d'obéir à l'évêché dans une chose comme celle-là, affirma le docteur Pigeon. Il l'a fait par faiblesse, et même après que je lui eus souligné le danger de donner suite au projet...

— Et puis, fit Prézeau, quoi c'est qu'on pourrait y faire, nous autres, à tout ça? C'est les marguilliers qui se réunissent à soir. C'est pas nous autres!

Le docteur fit une pause, les regarda l'un après l'autre et jeta d'une voix brève.

— Le permis d'hôtel à Ti-Blanc. J'en ai discuté avec Pascal. Il est du même avis que moi.

Ils se regardèrent, médusés, puis tout à coup chacun vit le comique de la situation. On s'esclaffait.

Un coup discret à la porte du bureau les ramena au calme. La femme du docteur passa la tête dans l'entrebâillement.

— Docteur, monsieur Parthenais est ici pour te voir...

Le docteur se leva, traversa son bureau et leur dit en se détournant:

— Je l'avais fait venir pour discuter de ça... Etes-vous en faveur du projet?

Ils approuvèrent tous, déridés par cette tournure que prenaient les événements.

— Si vous voulez, laissez-moi seul avec Ti-Blanc maintenant.

Quand l'état-major des forces politiques fut parti, Ti-Blanc entra, court, gras, la démarche dandinante, les cheveux d'un blond roux, les yeux faussement candides.

Le docteur alla droit au but.

— Tu veux encore un permis d'hôtel, Ti-Blanc?

— On l'sait docteur . . .

— Bon si tu veux jouer ton jeu comme un homme, tu vas l'avoir.

L'ancien maquignon ragardait le docteur sans changer de visage. Seul le tremblement de sa main dénotait l'émoi en lui. Son rêve allait enfin se réaliser; il s'enrichirait rapidement maintenant. Tout allait pour le mieux. N'avait-il pas quelques jours auparavant vendu sa maison tout à côté du bureau de poste à un acheteur peu difficile et qui avait la grosse somme sous le pouce? Ti-Blanc rendait grâce au Destin qui le favorisait ainsi.

— Tu sais comme moi, dit le docteur, que je représente l'organisation du parti.

— Oui.

— Demain je m'en vais à Québec. Tu auras ton permis d'hôtel mercredi. Ça te va ?

Ti-Blanc ne mordait pas facilement, sachant bien d'où viendrait l'opposition. Dans le passé . . .

— Le curé? demanda-t-il, afin d'en avoir le coeur net.

— Le curé, affirma le docteur, pouvait nous combattre tant que nous n'avions pas d'armes contre lui. Mais maintenant nous en avons, et il ne pourra rien faire.

Ti-Blanc Parthenais attendit un moment, voir si on lui ferait de plus amples confidences, mais comme rien ne venait, il se décroisa la jambe, la recroisa, éteignit lentement sa cigarette à petits coups secs dans le cendrier.

—C 'est correct, docteur, parlez d'affaire.

Le docteur se leva, fit un tour, vint se rasseoir.

— Ça prend quinze mille dollars, dit-il.

Ti-Blanc ne sourcilla pas.

— Quand? demanda-t-il.

— Demain matin, avant de partir pour Québec.

Ti-Blanc inclina la tête.

— J'viendrai vous porter ça à neuf heures.

— Bon, dit le docteur en se frottant les mains. Si le vote de ce soir est favorable au projet du curé, tout ira bien.

— L'année dernière, hasarda Ti-Blanc après une pause, c'était rien que dix mille . . .

Le docteur haussa les épaules, répondit évasivement.

— Les circonstances ont changé . . . La caisse électorale . . .

Parthenais se laissa glisser un peu plus loin dans sa chaise regarda le docteur sous ses paupières à demi-baissées.

— A qui ça va, c't'argent là, docteur?

— Ti-Blanc, pas un sou de cet argent ne va dans les poches des gens du parti.

— Non? dit Ti-Blanc, alors ça va aux membres de l'opposition?

Le médecin eut un rire nerveux.

— Farceur, va! Non, tu ne comprends pas. Je veux dire que ces argents sont versés à la caisse électorale et non aux individus. Il y a bien un ou deux mille dollars qui vont récompenser quelqu'un à Québec, mais il n'y a pas d'obligation à le faire. C'est une simple courtoisie. Il faut songer à la caisse électorale du député, et à l'autre, la caisse centrale à Québec. Voilà l'emploi qu'on en fait.

— Et ensuite? continua Ti-Blanc, une fois que mon hôtel sera ouvert?

— Une petite contribution mensuelle à la caisse que je me chargerai de percevoir moi-même.

— Combien?

— Deux cents.

— Aie! vous y allez, vous?

— Tu trouves, Ti-Blanc? Si tu ne veux pas de ce permis...

— Vous l'savez comme moi que j'en veux. Mais j'veux pas être pogné comme un gars que j'connais à Montréal. Y'a payé sa taverne quatre-vingt mille. Pis à part de ça trois cents piastres par mois au député puis à ses hommes, pis deux cennes la bouteille au curé pour pas qu'y l'fasse fermer!

— Tu exagères, Ti-Blanc, ce ne sont que des rumeurs.

— C'est correct, d'abord que vous l'savez mieux que moi. Mais j'ai vu ses livres, au gars, vu que c'est moi qui y a passé vingt mille pour financer son affaire. J'sais de quoi j'parle.

— Je ne te force pas, Ti-Blanc. Je suis honnête avec toi. Je t'avertis d'avance du montant de la contribution. Si tu ne veux pas de permis...

— Oh, j'sais qu'y en a manque ben des gars qui l'veulent. Mais des entreprises de même, quand on parle de quinze mille à part d'la bâtisse, pis de l'installation, pis deux cents piasses par mois, en plus... c'est pas des priéres! J'sais que la caisse électorale, faut qu'à marche, pis que l'député on peut pas lui reprocher un petit voyage en Floride de temps en temps. Ça prend des contrats de route, ça, pis des projets de colonisation, pis toutes sortes de contrats sans soumission donnés aux amis! J'sais tout ça. J'sais que les gars qui ont des licences, faut qu'y crachent... Mais j'parle pour parler.

Ti-Blanc ne voulait surtout pas qu'on le prît pour un crédule, car il avait l'amour-propre chatouilleux. Il soupira, satisfait de s'être vidé le coeur, tourna son chapeau entre ses doigts un moment.

— Demain au matin, de bonne heure, disons neuf heures, j'viendrai vous porter quinze mille en bills de cent. Ça marche de même, docteur?

— Ça marche. Je t'attendrai.

Quand Ti-Blanc fut parti chez lui faire l'inventaire de son coffre-fort (pour rien au monde eût-il déposé tous ses argents à la banque où à la Caisse populaire du village et risqué qu'on connût le chiffre de sa fortune), le docteur alla retrouver sa femme dans le petit vivoir, à l'étage, où elle tricotait en écoutant la radio.

— Tu as réussi? demanda-t-elle.

— Oui.

— Ti-Blanc va verser les quinze mille?

— Oui.

— Il est content?

— Ah, oui . . . Lui, c'est son rêve.

— Et l'autre chose . . . tu lui en as parlé?

— Non . . . Non, pas encore.

Elle soupira.

— Ça me fait peur tout ça, dit-elle. Je comprends que ce serait probablement une bonne affaire, associé de moitié dans cet hôtel . . .

— Il faudra bien qu'il accepte. Le permis sera à mon nom.

— Ça nous assurerait des économies pour plus tard, continua madame Pigeon. Au moins la politique t'aura rapporté quelque chose . . . Mais c'est tellement peu toi! Tellement . . . sale, de pareilles combines . . .

Le docteur Pigeon se renversa la tête en arrière, ferma les yeux. La quiétude qui régnait dans la maison couvrait toutes ses pensées d'une brume légère, opaque. Le sommeil le gagnait.

Il murmura, les yeux encore fermés, le corps relâché et bien enfoncé dans le fauteuil.

— Il n'y a rien de sale à vendre un privilège. Après tout, si le parti juge bon de tirer profit des faveurs qu'il accorde, ça ne nous regarde pas.

Madame Pigeon regardait son mari avec des yeux pleins de pitié. Elle n'ajouta rien, mais se remit à son tricot, les lèvres serrées.

Qu'il était loin du jeune médecin fougueux, plein de sa vocation grandiose, qu'elle avait épousé autrefois! Qu'il était loin de l'homme qu'elle avait aimé passionnément, cet être mûri, blasé, devenu presque cynique, mais qu'elle savait intensément malheureux malgré tout.

— Je me demande, dit-elle au bout d'un temps si tu peux retrouver en toi l'honnêteté de ta jeunesse . . .

Mais le docteur ne répondit pas. Il dormait ou feignait de dormir sur son fauteuil.

Et le silence, plein de menaces, plein de fantômes grimaçants de politiciens véreux, de profiteurs et de souteneurs du parti, devint pour la femme inquiète une scène où se jouait le deuxième acte de leur vie, celui qui en était le pivot, le noeud gordien qu'il faudrait trancher au troisième acte. Mais avec quelle lame briser une telle emprise?

Plus tard, elle se leva, laissant reposer son mari, fit de la lumière et se rendit à la cuisine préparer le repas du soir.

Chapitre VIII

Le village de Saint-Léonide en ce dimanche d'octobre n'offrait que peu d'indices visibles de l'état d'esprit qui y régnait depuis le matin.

Et pourtant tout était changé. Car rien ne bouleverse plus les âmes que des événements tels ceux qui se produisaient à Saint-Léonide-le-Confesseur.

Evidemment, tout cela s'accomplit selon un certain rythme. Après la messe, la turbulence s'était apaisée quelque peu. Il ne fallait pas laisser l'émoi couper l'appétit. Certaines routines ne souffraient pas d'accroc. On y était trop habitué. Rentrer chez soi, manger, se reposer un brin après le repas.

Après, quand vint une heure, puis deux heures, lentement l'on vit les gens sortir, converger vers cette cuisine, cet établissement, ce salon où l'on savait trouver d'autres villageois, soit parents, soit amis, avec qui sérieusement discuter la nouvelle.

Quelques vieux, les sourds, les impotents ou les tranquilles confinés à la berceuse près du poêle, sans personne autour d'eux pour aller aux renseignements; les silencieux, ceux qui depuis longtemps n'avaient plus rien à dire, ne furent pas rejoints tout de suite par la rumeur publique. Ceux-là retardaient. Ils y viendraient, mais plus tard. Ce serait alors pour faire de bizarres constatations. Des phrases lentes, ponctuées par des jets de salive dirigés tant bien que mal

— et tellement plus mal qu'en la jeunesse — vers le crachoir de grès blanc à l'émail craquelé.

"Y viennent-y fous, à c't'heure? Y vont-y r'virer débâtisseux pis construiseux comme le gouvarnement?"

Car il faut prévoir. Si l'on commence par un cimetière, l'église elle-même serait-elle menacée?

"Au lieu de s'occuper de ben consarver les bâtisses qu'y ont, hein?"

On songeait à ce curé, non loin de Saint-Léonide qui avait mal placé son église en la construisant en 1887 et qui avait dû peu de temps après (songez-y, seulement trente ans plus tard!) la livrer au pic démolisseurs pour la reconstruire trois-quarts de mille plus loin.

"C'est pas utile de construire pis de débâtir tout de suite après" diront les vieux. "Not' cimequiére, ça fait pas quatre-vingt-dix ans qu'y est là !"

Un autre protestera.

"Ben, j'dirais pas loin de cent ans, moi . . ."

Et puisque la seule discussion de l'âge véritable du cimetière durera longtemps . . .

"Ça fait dans l'moins ça," dira une vieille assise près de la table. "Dans l'moins! Comment ça fait de temps que le garçon de Clovis s'est fait tuer?"

"Y s'est fait ruer par un cheval, hein?"

"Oui," répondra la vieille.

"C'est en '92, y avait quarante-deux ans."

"T'es sûr de ça?"

"Ben quiens," affirmera l'autre, "sûr que j'sus sûr. J'me rappelle qu'y nous contait qu'y était né l'matin que l'défunt curé Roy était allé bénir le nouveau cimequiére en arrière d'l'église. C'est son père, Clovis Fortier qui y avait dit. C'était facile à se souvenir, parce que sa mére avait eu besoin du prêtre pour acheter. Elle était quasiment morte au bout de son sang. C'était une fille d'la ville, pas plus d'fesses qu'un jeune homme, pis mal emmanchée pour acheter tous les ans comme Clovis avait son idée. Ça fait qu'y ont été qu'ri l'prêtre, mais y'était occupé à fronder d'leau bénite d'un bord et d'l'autre de son cimequiére avec un chanoine de Shalbrooke pour t'nir le pot. Y veut pas v'nir chez Clovis avant d'avoir fini sa bénédiction. Mais Clovis y arrache le goupillon des mains, pis y dit au curé: 'Moi, j'sus pas capable de frotter ma femme avec la sainte chrême, mais j'sus capable d'escouer un goupillon en maudit! Ça fait qu'allez la voir, vu que vous êtes plus connaissant que moi pour la mort, pis moi j'vas rach'ver d'vous l'bénir vot' cimequiére . . . ! C'était pas qu'un fier-à-bras, Clovis. Ça, ça faisait chanquier à soixante-dix ans comme un jeune de vingt ans. Seize heures d'affilée dans l'bois, à bûcher au fanal. Y bûchait du gros bois comme si ça avait été des r'poussis d'épinette! Ça avait peur de ni yeu ni yable . . . Y'avait couru un ours avec un bâton à partir d'la porte d'la sacristie un soir jusqu'au bois chez Frénette. Un bon mille. Pis y riait quant y'est r'venu. Sauf vot' respect, y parlait gras à part de ça. Y riait qu'y en avait les larmes aux yeux, pis y disait: 'L'maudit! Y'avait assez peur qu'y en laissait une trace large comme une lisse de grosse sleigh en arriére de lui. Y était à veille de perdre sa queue en chemin, tellement qu'y allait vite! Ouais! c'était un vrai gars, ça Clovis . . . C'est ben de valeur qu'y soye mort . . ."

Et la vieille dira encore:

"Ecoute, tâche de raisonner, hein. Si y'était pas mort, y'aurait ben proche cent trente ans . . ."

Longues discussions, illustrées d'anecdotes, où l'on tentera d'établir hors de tout doute que le cimetière a bien cent ans — l'histoire du fils de Clovis, né le matin même de la bénédiction de l'endroit, quarante-deux ans avant sa mort, soit en 1850, le prouve sans conteste — qu'il est aussi un des plus beaux. On aura des anecdotes pour prouver ça aussi. Et que son déménagement est une stupidité, une faute grave, quasi un sacrilège! (Mais cela viendra plus tard.)

Cependant, si ces musards allaient mettre encore quelques heures à vraiment se préoccuper des desseins du curé Bossé, par contre, chez les plus jeunes, chez les plus agressifs, réunis dans telle ou telle demeure, on allait vraiment faire tonner des canons de taille.

Ainsi chez le docteur où, dès la nouvelle annoncée,

l'on avait mis en branle l'état défensif, voire l'état de siège.

Ainsi chez Isabelle Bonin où, dès le dîner terminé et la cuisine remise en ordre, l'on commença d'arriver.

Le premier visiteur fut Didace Vigeant, le conseiller. Son attitude en sortant du presbytère n'avait été un mystère pour personne. Et l'on voulait surtout savoir ce qu'il comptait faire. Lorsqu'on l'avait vu passer, entrer chez Grégoire Bonin, la plupart des hommes du voisinage et quelques femmes avaient tout de suite décidé d'aller faire un brin de visite au même endroit. Histoire de causer de la nouvelle, de savoir ce qu'en pensait Didace, et aussi (cela pour les femmes) de voir en même temps si Isabelle était avancée dans sa layette, son ber et sa grossesse.

Didace n'avait pas fini d'allumer sa première pipée de tabac que déjà l'on convergeait vers la maison. D'abord, clopinant, le vieux Magloire Paré. Non loin derrière, le frère de Damien Leblanc, Tancrède, gros, court, à la démarche roulante, les yeux perdus dans trois replis gras, un homme de quarante ans qui en paraissait cinquante et plus, qui n'avait jamais su dire un mot honnête ou une bonne parole, et qui ne souriait qu'aux rares méchancetés dites ou faites devant lui. Sa femme, Delvina Crête autrefois, mais complètement identifiée à son homme maintenant. Grosse et roulante comme lui, des seins en melons d'eau, des cuisses du type jambon de bonne salaison, vêtue en ce beau dimanche d'octobre d'un tricot en grosse laine grise, la tête recouverte d'une casquette d'homme, grise aussi

Arriva ensuite, Palmyre Otis. Seul, sec, long, lent, triste, son chapeau beige à la main, n'enlevant sa pipe des lèvres que pour un bonjour creux.

Isabelle avait ouvert la porte. Elle avait la démarche lourde mais rapide, ce drôle de pas des femmes enceintes; le ventre porté en avant, les épaules rejetées en arrière, les bras écartés comme pour mieux s'assurer l'équilibre.

— Bonjour, monsieur Otis.

— Bonjour, Isabelle.

Triste, oui. Un bonjour triste. Un bonjour plein des pressentiments de malheur.

A la suite du grand Palmyre, la veuve Aurélie Lecompte, la vieille fille Desneiges Lussier. Puis Cajetan Bourret.

Cajetan, fermier des rangs, avait beaucoup d'attaches au village. D'abord, sa fille engagée chez Villiard, ensuite sa soeur, la veuve Aurélie Lecompte, puis son frère, Dominique Bourret, le passeur qui avait acheté le bac du village. L'histoire du cimetière lui gonflait un abcès en plein coeur. Hors son père et sa mère qui ne comptaient plus à force d'y être depuis si longtemps, il y avait, pour sa part, quatre des siens d'enterrés. Ses deux petites dernières, mortes à deux ans d'intervalle, puis sa femme, morte l'année précédente et, avant celle-ci, son fils, l'aîné des garçons qui avait fait la bêtise de rester en ville au début de la guerre. Il avait eu beau plaider l'état "agricole" — dont il aurait pu à bon droit se réclamer s'il était resté sur la terre comme le lui avait conseillé Cajetan — on l'avait conscrit sans l'écouter. Maurice Bourret devint donc soldat. Ce qui chagrinait surtout Cajetan, c'était que son fils, au lieu de se faire tuer au front comme tout soldat qui se respecte, était mort sans gloire. Sortant d'une de ces maisons qui devaient, quelques mois plus tard, être closes par l'armée à Montréal, il avait glissé sur le trottoir et il s'était tout bonnement infligé une mortelle fracture du crâne. Et, comme disait sa mère en pleurant: "C'est ben pour dire qu'y méritait une punition et qu'y l'aurait eue par un boutte ou par l'autre... Si au moins y peut être mort en état de grâce..." Cette inconséquence du jeune empêchait qu'on pût parler de lui comme d'un héros, et Cajetan Bourret en avait acquis quelques cheveux gris de plus. Et lui qui était solide, fort à faire piquer du nez à un taureau seulement en l'empoignant par les cornes, avait amaigri, courbé, son visage s'était émacié.

On comprenait que ça lui avait donné un choc au coeur, ce projet du curé Bossé. Alors, on allait maintenant extirper de la terre où ils dormaient si bien les deux filles, la femme et le fils? On ne pouvait les laisser dormir tranquilles, *requiescant in pace* et ainsi pour la vie éternelle, quoi qu'il advienne?

Il avait dit, sur le perron de l'église:

— J'en ai pas longtemps à vivre. Y devraient attendre que je soye de la veillée, moi aussi, ça fait qu'on serait cinq dans l'lot. Au lieu de ça, me v'là pris pour me chavirer encore, à c't'heure que je reprenais goût à la vie...

Il avait donc mainte raisons de rester au village ce jour-là.

Cajetan fit comme le conseiller et marguillier Didace Vigeant et se rendit chez Grégoire où déjà d'autres l'avaient devancé.

En quelques minutes, la cuisine fut remplie. Comme à un matin de noces, un soir d'accouchement ou un jour de décès.

La conversation était générale encore. Grégoire, Palmyre Otis et Cajetan Bourret en étaient sur les récoltes et les troupeaux. Chacun traitant de sa spécialité en toute connaissance de cause: Grégoire de ses abeilles, Palmyre de ses six arpents de tabac, Cajetan Bourret de son troupeau de canadiennes.

Près de la porte, Tancrède Leblanc et Didace Vigeant, en grande conversation, discutaient de choses que personne ne pouvait entendre. Mais comme c'était Tancrède qui parlait, et que parfois le mot *oignons* perçait, l'on pouvait deviner qu'il était question de François Lacasse, du Quatre, qui allait cultiver des oignons, et seulement ça, au grand scandale du village et des rangs qui le taxaient de folie subite et de grande imprudence.

Les femmes discouraient entre elles. Leur conversation se tenait aussi dans des généralités. Le rythme n'était pas déterminé encore. L'on échangeait des propos de tous les jours, des phrases que l'on se promettait de dire depuis longtemps. Chacune y mettait son grain de sel. Il avait fallu d'abord, pour satisfaire la curiosité qui se lisait sur chaque visage, que la grande Isabelle donnât un rapport de son état physique. La primipare est un objet de crainte pour toutes les femmes, ses voisines. Chacune, d'ailleurs, se considère comme une experte en reproduction, forte qu'elle est de trois, quatre, six enfants ou plus. Pour Isabelle, à sa première expérience, elles avaient des conseils utiles, nuisibles, ou simplement stupides.

On pouvait décompter Desneiges Lussier, évidemment, qui écoutait et opinait, mais dont l'aridité glandulaire gâtait tout commentaire qu'elle eût osé faire. D'ailleurs, Desneiges ne parlait de ces sujets qu'en se pinçant le bec.

Aurélie Lecompte, pour sa part, était d'une autre génération. Elle avait nourri ses petits à la bouillie, leur avait entortillé le derrière dans des couches grises qui avaient le mérite de ne pas demander de lessive bien compliquée, et ses connaissances en inoculations périodiques étaient nulles. Elle considérait ces apports à la science maternelle des "bâdrages", comme elle disait. Et avec fierté elle parlait de ses enfants, gros, grands, gras — même si enclins à tout contracter des maladies qui passaient dans le village — en les donnant en exemple aux mères vouées aux biberons stérélisés, aux injections des vaccins divers et aux couches en dimity blanc.

— Vous savez, leur confiait Isabelle, je n'ai plus mal à l'estomac comme avant. Ça s'est passé au troisième mois.

— C'est toujours comme ça, affirma Delvina Leblanc. Ça s'passe. Mais t'as pas fini tes troubles tu vas voir!

Elle brandissait un doigt.

— Moi, à mon premier, j'ai été assez malade le dernier mois, j'pensais mourir. J'me promenais comme une vraie consomption, tout en ventre, le reste du corps décharné...

Isabelle eut un sourire confiant.

— Oubliez pas que j'suis joliment forte. Ça m'en prend pour me jeter à terre.

On la regarda. Il était vrai que Isabelle était bâtie en épaules, et qu'elle avait cette grâce puissante d'une jument de bonne race; d'une grande et solide cavale percheronne ou belge, à peau douce et à santé inébranlable.

— En tout cas, hasarda Desneiges, méfie-toi. Ton enfant peut être marqué, avec toutes les affaires qui s'produisent.

— Voyons donc, mamz'elle Lussier, répondit Isabelle en riant, faites donc pas d'histoires. Dites-moi pas que si le curé déménage son cimetière, mon petit va être fait comme une tombe!

On se regarda en silence. Isabelle dépassait les bornes. Il ne faut pas rire des éclairs, des morts et d'un prédicateur de retraite. Ça on le savait.

— Fais ben attention à c'que tu dis, Isabelle, prononça Desneiges d'une voix pincée. C'est pas des farces à faire. On rit pas. J'pourrais t'en conter, des faits moi. Des enfants marqués, pis des monstres... Tout ça parce que la mère avait vu quèque affaire pas chrétienne avant d'acheter...

— En tout cas, on verra, dit Isabelle en haussant les épaules. On verra bien.

Le bruit d'une voiture qui passait les tira d'un silence qui menaçait.

— Qui c'est donc ça? demanda Delvina Leblanc en se penchant pour mieux voir par la fenêtre.

Un boghei des dimanches apparut, le mince cheval noir lancé au grand trot.

— C'est le plus vieux chez Labbé, dit Isabelle, Léandre. Il s'en va voir les filles à Sainte-Lucienne.

— Y fréquente par là? demanda Desneiges. Mais qui donc? La fille de Dessureault, le maquignon?

— Non, corrigea la veuve Aurélie Lecompte, c'est le garçon du boucher Vidal qui la fréquente, celle-là. C'est un beau brin de fille.

— Mais le p'tit Labbé, continua Desneiges, où c'est qu'y va au grand trot?

— J'pense que c'est chez David qu'il va, fit Isabelle. Ambroise David, du Deux, à Sainte-Lucienne. J'ai cru entendre ça. J'en jurerais pas...

— Mais il a pas de fille à marier, dit Aurélie. Ses dernières sont toutes établies depuis trois, ans...

— J'veux pas dire sa fille, expliqua Isabelle. C'est sa nièce, de Saint-Gélas. Ses parents sont morts, puis Ambroise l'a recueillie. Elle aide à sa femme, elle se rend utile. Là, le jeune Labbé a commencé à aller la voir. Il paraît que ça va finir au balustre, comme de bonne . . .

Les femmes hochèrent la tête.

— Elle se place les pieds, dit gravement la veuve. Léandre Labbé, c'est un garçon bien avenant. Pas trop, trop intelligent. Ça tire sur l'camp un peu, puis ça marche comme son père, en ramasant des noix de chaque bord de lui avec les mains pendantes, mais ça va être un bon mari. Ça fume pas, ça boit pas, c'est pas sacreur, pas sorteux . . . Du vrai butin neuf! Son père lui donne une terre en se mariant, celle du village...

— Mais l'autre, le grand, demanda Desneiges, qu'est-ce qu'y fait lui?

— Il fréquente à Saint-Martial, dit Isabelle, de l'autre côté de la rivière. Il passe le dimanche soir, de bonne heure, puis je l'entends r'venir vers dix heures. Mais j'sais pas qui c'est qu'il va voir là, par exemple...

Delvina Leblanc les lèvres dédaigneuses, ricana:

— Celui-là, si son frère tire sus l'camp, y tire sus les deux bords à la fois. C'est pas emplâtre ordinaire. Mais ça va virer bon garçon sus l'tard. Là, y dit rien, mais quand y aura quarante, cinquante ans, y va en savoir plus long. Y pourra parler au monde sans ricaner comme si on l'chatouillait... Moi j'le trouve assez membre inutile, celui-là!

— N'empêche, dit Isabelle, que c'est lui qui va hériter de la belle terre de son père, dans l'rang. C'est pour dire, hein?

— Mais t'en sais ben long sur eux autres, dit Desneiges. Les vois-tu des fois?

— Non, dit Isabelle, mais oubliez pas que leurs tantes restent le deuxième voisin d'ici . . .

— Ben, y a ça, approuva Desneiges. Ça te met au courant de leurs allées et venues, on sait ben.

Delvina Leblanc regardait par la fenêtre . . .

— J'vois le linge de 'Melda sus sa corde. C'est-y effrayant d'être sans allure de même. Partir pour Montréal pis laisser son linge sus la corde le dimanche... C'est pas conséquent, les jeunes d'à c't'heure...

Elle replaça sa chaise.

— Ça m'fait penser, dit-elle, depuis que j'travaille au couvent, j'sus à même de voir c'qui se passe chez le nouveau banquier, monsieur Dorval. Savez-vous que c'est ben effrayant ce monde-là... On dirait pas ça à leur voir le visage.

— Qu'est-ce qu'ils ont? demanda Isabelle.

— Lui, pis sa grand'face! Y parle pas fort, y'a l'air tranquille, dit Desneiges.

— Tranquille... fit Delvina. Vous appelez ça tranquille. C'est assez du drôle de monde, j'vous l'dis...

— Bien comment? s'enquérit Aurélie Lecompte.

— J'vois sa corde à linge comme j'vous vois, dit Delvina.

— Puis?

— Tous les morceaux qu'elle étend...

— Ensuite? demanda Isabelle.

— Ben, savez-vous qu'elle lave les gilets de pyjama de son mari, mais jamais les culottes?

Elles se regardèrent gravement. Isabelle avait des envies de pouffer de rire.

— Ça fait que, on peut deviner, hein? Ça couche le derrière à l'air, c'gars-là. Quand on pense, hein! Quand on pense... A part de ça, savez-vous que c'te femme-là porte pas de corps de coton ou de laine? Pas même de grand jupon comme une criature décente? Rien qu'une brassiére...?

— Mais... en bas? demanda Desneiges, d'adon qu'à met une robe claire...

— Elle a des jupons courts avec un lastic. Ça vient rien qu'à la taille. Ça fait que si vous la voyez l'été prochain,en robe, vous vous imaginerez comment c'est faite, du monde de même, si vous êtes capable! Rien qu'une p'tite affaire mince icitte-là pis la peau toute nue en dessous d'la robe... Pis lui, lui, vous savez pas, hein? Ben y porte des espèces de culottes en coton fleuri, quasiment comme du tissu pour des robes de maison, lousses, attachées rien qu'en haut... Des vrais... des vrais impudiques, tous les deux! Vous comprenez qu'emmanché d'même, lui, ça doit... sauf vot' respect, ça doit balotter, hein?... Ah, j'vous dis que l'monde d'la ville, c'est ça qui nous met dans l'malheur. C'est ceux-là que l'bon Dieu punit...! On est rendu au mois d'octobre, ben elle a pas sorti un corps de laine encore, ni pour elle, pis encore moins pour son mari. Pis le pire, le plus péché, c'est qu'elle en fait pas porter à son p'tit gars, ni à sa p'tite fille. Rien que des p'tites culottes serrées sus les fesses, pis qui rasent le trou . . . La peau toute nue en dessous du linge comme des vrais sauvages des pays chauds!

Elle se prit un visage déterminé.

— En tout cas, j'la surveille sa corde à linge. Ça nous en dit ben long sus l'caractère du monde. Une femme qui est obligée de laver ses draps de lit deux fois par semaine, pis que son mari couche de même . . .

— Mais elle? demanda Isabelle en souriant. Comment c'est qu'elle couche?

Delvina Leblanc se redressa, le corps sanglé, la grosse laine gonflée par les ballonnements de la vaste poitrine.

— J'le sais pas. J'peux rien que dire une chose... j'y ai jamais vu de pyjama sur la corde, à elle, ni de jaquette. Ça fait que constatez par vous-même!

Affectant un air scandalisé, elle regarda dehors, pour cacher la satisfaction qui l'envahissait à la pensée que, seule parmi tout le village, elle en savait si long sur les nouveaux arrivés.

—En avez-vous parlé à Mère Supérieure? demanda Desneiges. Après tout, c'est à côté du couvent, la corde à linge est à la vue des soeurs. C'est assez pour les scandaliser à d'meure!

— J'y ai dit, à la Mère Supérieure, répondit Delvina. J'y ai dit que c'était effrayant de s'découvrir les vices avec aussi peu de honte que ça... Mais elle a souri, pis elle m'a dit: "Ma bonne Delvina, nous devons subir tout ça pour l'amour du bon Dieu. Vivez bien, nous vivrons bien ici, et si monsieur le banquier couche sans culotte de pyjama, c'est son choix. Et nous n'y pouvons rien."

— La soeur a dit ça? s'exclama Desneiges. Elle a dit: "Les culottes . . ."?

— Oui.

Desneiges secoua la tête.

— C'est pour les soeurs comme pour tout le monde d'à c't'heure... C'est pas les religieuses de mon temps qui auraient parlé des culottes d'hommes sans rougir, ou ben sans se prémunir contre les mauvaises pensées en égrenant un chapelet ou ben en courant vite allumer un lampion à la Sainte Vierge...! C'est ben pour dire comme ça change...

Isabelle n'écoutait plus. Elle jetait un regard circulaire sur cette assemblée disparate et elle savait d'avance ce qu'on dirait d'elle, de son mari, de sa cuisine, dès qu'on aurait passé la porte.

Isabelle n'en avait cure. Elle était fière de son homme et fière de sa maison. Fière de sa cuisinière émaillée. Fière aussi de ses armoires peintes en blanc et bordées de rouge.

Cuisine typique, propre, au parquet recouvert d'un luisant linoléum, aux murs blancs éblouissants, aux lumières fluorescentes cascadant leur froide lueur bleutée du plafond tout aussi blanc et propre que les murs.

Mais pleine de tout ce monde, enfumée par les pipes, les cigarettes et le cigare de Palmyre Otis, la blanche cuisine d'Isabelle lui sembla plus étroite et moins resplendissante.

Ce fut Tancrède Leblanc qui amena le sujet du cimetière brusquement, à sa façon, d'une voix brève, haute, et amère comme de la chair de gland.

— En tout cas, dit-il dans un silence qui s'était fait soudain, le curé nous a fourré une maudite nouvelle par la face à matin!

— Moi, dit Aurélie Lecompte, j'ai cru mourir. Ça m'a coupé le coeur en deux! Pensez donc, mon pauvre défunt Jos qui est dans l'cimetière!

— C'est l'commencement, dit lentement Palmyre Otis de sa voix sépulcrale. Après ça, tout peut arriver. Un homme qui déménage un cimetiére pas plus de raison que ça...

— Y les a-t-y donné les raisons, en seulement? proféra le vieux Magloire Paré, en ponctuant sa phrase d'une vigoureux jet vers le crachoir que Grégoire avait placé au milieu du cercle où se tenaient les hommes.

— M'as dire comme c't'homme, déclara Cajetan Bourret en plongeant sa pipe dans la blague offerte par Tancrède Leblanc, y nous a rien laissé voir du pourquoi de ça. Y'a dit...

— J'l'ai écouté attentivement, interrompit Desneiges, à l'autre bout de la cuisine. Moi, j'écoute toujours le prône... Si on veut avoir les nouvelles hein, c'est l'seul moyen... Ben, y a dit de même: "A soir les anciens et nouveaux marguilliers sont convoqués à une assemblée spéciale qui se tiendra dans la salle des tombolas au couvent à sept heures et demie. C'est pour discuter et décider du déménagement du cimetière." Y a rien dit de plus que ça.

On hocha la tête. Tancrède Leblanc lança un nuage de fumée, Cajetan Bourret se gratta le dessus de la tête, la veuve Aurélie Lecompte adopta le visage figé qu'elle se prenait les jours de grandes circonstances et Isabelle Bonin bâilla profondément. Grégoire Bonin, chétif comme un sureau à sifflet, toussota, secoua la cendre de sa cigarette dans le crachoir et fit des gros yeux à sa femme.

(Longtemps, dans le village, on s'était étonné du mariage de ce chétif avec la puissante, la resplendissante Isabelle.)

— T'as pas honte Grégoire, qu'on lui disait aux premiers mois de son mariage (quand elle n'était pas avec lui), t'as pas honte de t'emparer de la grande Isabelle? Es-tu capable, en seulement, de l'agacer un peu?

Ça continuait en renchérissant. Jamais bien méchant, mais toujours précis, avec des gestes. Jusqu'à fâcher Grégoire tout net. Un soir qu'il avait trop bu à l'hôtel de la Pointe Hélène, il leur offrit des preuves.

— Ça s'prouve la capachi... chité... vous savez! Ça s'prouve! avait-il crié d'une voix empâtée.

— Prouve-la, ta capacité! crièrent les autres.

Il la prouva et l'histoire se répandit. A venir aux oreilles du curé qui se prit un visage sévère, déplora l'indécence, mais rit bien au-dedans, puisque ça ne tirait tout de même pas à mal, et que de pareilles bravades ne lésaient personne.

Pour Aurélie Lecompte, longtemps veuve — dix ans — ce fut l'occasion de nouveaux présages.

— Mon doux Jésus, comme ils s'en viennent mécréants, les hommes! On n'a jamais entendu parler de ça, des . . . des . . . montrages de même! Dans mon temps, un homme qui aurait fait ça, même chaud, on l'aurait excommunié. Mon défunt Joseph, c'est pas lui... Tiens moi qui le sais, hein, jamais, vous m'entendez? jamais! Il m'a toujours respectée, comme il aurait respecté sa mère ou bien sa soeur!

Personne ne croyait ça, surtout qu'elle avait eu six enfants. Mais Aurélie insistait.

— Si mon défunt Jos avait été là le soir de cette saleté-là, j'vous dis que Grégoire aurait pas agi de même. Il aurait pas laissé faire ça, mon Jos, vous comprenez ? Mais il est mort, puis au fond, c'est bien tant mieux ! Il voit pas comment le monde est rendu bas, puis voyou, puis rogne !

Longtemps on raconta l'acte de Grégoire. Et les jeunes filles se mettaient à rire, quand elles le voyaient entrer au bureau de poste. Elles osaient des regards furtifs, puis rougissaient. Elles chuchotaient Dieu sait quoi, en se tenant en petits paquets de quatre comme des échalottes du printemps.

C'est peu de temps après que Grégoire Bonin fit un enfant à la grande Isabelle, comme un défi aux malices des jeunesses. Et, quelques mois plus tard, même en ne voulant pas l'admettre quand on le lui demandait, Isabelle devait bien s'avouer que cette proéminence intempestive ne provenait pas d'une suralimentation.

Ce dimanche-là, la grossesse était pleinement — c'était le cas de le dire — évidente pour tous les occupants de la cuisine. Grégoire pouvait comprendre que son Isabelle sentît le besoin de bâiller, habituée qu'elle était, en ces temps extraordinaires, de faire sa sieste tôt après le repas. S'il l'avait regardée avec un semblant de reproche, c'est qu'il n'aurait voulu pour rien au monde qu'on levât l'assemblée avant de savoir le court et le long de toute l'affaire du cimetière.

— Vous, monsieur Bourret, dit-il, une nouvelle de même, ç'a été une affaire inattendue? Ç'a dû vous surprendre ?

— Surprendre, c'est pas l'mot ! Une vraie claque ! On s'attendait pas personne à c't'affaire-là. On creyait nos morts en paix. V'là qu'on va s'mettre à les sortir de terre, à les charrier d'un bord et de l'autre... M'semble que...

Il fut interrompu par Delvina Leblanc.

— J'serais pas surprise que c'est encore des manigances du maire Leboeuf, ça. Y fait son étonné, pis son pas connaissant. Mais c'est ben dans ses cordes, de mettre sur pieds une semblable affaire.

Elle en avait contre Albini Leboeuf, depuis qu'il avait battu son mari, Tancrède, aux dernières élections municipales. Elle l'aurait accusé de tous les malheurs, de toutes les calamités affligeant le village ou ses alentours. Pour un peu la crue printannière des eaux lui aurait été imputée.

Mais Tancrède la fit taire.

— C'est pas un ignorant comme Leboeuf qui va influencer un homme connaissant comme le curé. D'après moi, c'est une affaire de longue main, ça. Le curé avait l'air à l'envers. J'ai hâte de voir...

— Y vont déménager le cimetiére, dit Palmyre, pis quoi encore ? J'dirais que l'église va v'nir ensuite, pis l'bureau d'poste !

On le regarda, parce qu'il venait de prononcer des paroles bizarres. Aurélie Lecompte eut un accès de toux qui obligea Palmyre à faire une pause. Quand la veuve reprit ses sens, Palmyre put poursuivre.

— J'l'ai dit, affirma-t-il. La première fois qu'on a entendu parler qu'un étrange, un gars de Saint-Jean-l'Evangéliste, s'en venait icitte partir une cannerie... C'est v'nu faraud comme un gars d'Montréal, habillé comme un spôort, la fale ouvarte, l'cinq piasses allége sus la main... Y contait des grandes histoires ! Une cannerie de cent mille piasses, des centaines d'employés, y était pour nous faire manger l'restant d'nos jours...

Il se pencha, secoua sa pipe dans le crachoir.

— On a toujours ben vécu icitte. On n'avait pas besoin de ces inventions-là'. Y bâtit une construction longue comme une église, pleine de machines, v'là le monde lancé à travailler là-dedans, pis tous les cultivateurs des alentours qui s'mettent à planter des tomates, à sûmer du blé-d'Inde... Tiens, Gaudias Vidal, du Trois, le neveu du boucher, y'a tout lâché ses vaches, pis la grosse culture pour s'lancer dans les tomates ! Y'avait un contrat avec l'canneux ! C'était pour payer une affaire épouvantable ! Y'a clairé deux mille piasses avec ça, mille de moins qu'avec le lait ! Ses tomates étaient classées bas ! L'canneux y'a dit qu'y avait pas planté la bonne sorte, pis qu'y avait pas cultivé ça l'la bonne maniére... Un p'tit frais de Saint-Jean-l'Evangéliste qui s'en vient icitte dire à Gaudias comment faire pousser des tomates... C'est ben pour dire, hein ?

— Mais en quoi cela peut-il affecter le déménagement du cimetière ? demanda Grégoire.

— En c'que, continua Palmyre, tout l'commarce du village est lancé dans c'boutte-là. 'Noré Bréard s'est ouvert une shop de boucher pis une grocerie; Ti-Blanc a bâti trois maison, Narcisse Aubin a ouvert son nouveau restaurant par là, pis y'a 'Mégilde qui vend d'la biére en arriére pour les canneux quand y travaillent la nuitte. 'Phonse Dosquet, le frére à Henri-Georges, veut s'partir une place de barbier par là. Ça fait que l'centre du village s'en va par là. Pis l'curé déménage son cimetiére. Tout à l'heure y va mouver son église par là, pis son presbytére, pis toute. Ça fait que nous autres, à ce bout-icitte, les vieux qui veulent aller prier l'bon Dieu pis qu'y sont pas capables de marcher un mille pour ça, on va rester chez nous, pis on va mourir en mécréants, parce que l'curé aura pas l'temps de s'rendre icitte quand on va l'faire venir...

Cela semblait plein de logique.

Grégroire et sa femme, seuls parmi tous les autres, ne voyaient pas les choses du même oeil.

— A supposer que ça s'passe de même, dit Grégoire, on peut toujours pas blâmer le curé. Une grosse industrie comme la cannerie . . .

— Grosse? s'exclama Palmyre. Grosse? Attendez une minute là! Grosse, c'est ben correct, mais trop grosse! Des affaires de même, ça pète plus vite que ça pousse. C'est comme des pétaques dans l'fourneau. Ça chauffe quasiment deux heures sans grouiller, pis tout d'un coup ça pète, le dedans r'volé tout partout! Au moment qu'on s'en attend le moins! L'canneux arrive icitte, le v'là d'un magasin à l'autre, le plan de sa cannerie en dessous du bras, qui veut avoir du ciment, pis d'la brique, pis d'la vitre pour dix mille couches chaudes pour fournir les cultivateurs, pis du clou, pis toutes sortes d'affaires rares . . . Y'en a-t-y acheté de tout ça icitte? Non. Y'a fait v'nir du ciment américain de Saint-Jean, pis y'a acheté du clou du marché noir à Montréal, pis d'la vitre, c'est v'nu de Montréal itou. Pis quand 'Noré Bréard y'a fait des blocs, l'canneux a vite couru à la ville aller faire tester ça . . . Y'a dû graisser l'inspecteur, en tout cas y r'vient en disant que les blocs de ciment étaient pas bons, que ça écraserait si y montait la cannerie avec ça . . . Mais 'Noré, lui, y'avait fait six mille blocs entre temps, ça fait qu'y a tout pardu ça, pis y a été obligé d'fermer boutique!

Raisonnablement, Grégoire Bonin déclara.

— Il aurait dû attendre que le gars revienne de Montréal avec son rapport...

— Y'a été parti une semaine, dit Palmyre. C'était pas honnête de faire ça.

— Autre chose, dit Grégoire, 'Noré a jamais été un faiseur de blocs de ciment. Son fort à lui, c'est sa boucherie, puis son épicerie. Il aurait toujours dû faire ça . . .

— On sait ben, tu vas prendre pour le canneux, à c't'heure!

— Non, répondit Grégoire. Non, c'est pas ça. Mais faut tout dire. Quand il est arrivé, puis qu'y a été voir les marchands pour du stock, ils ont ri de lui. Demeules a fait semblant d'en commander du ciment — je l'sais, moi, Guérard s'en est vanté devant moi, comme j'vous parle — quand le temps est venu, le gars de Saint-Jean-l'Evangéliste est allé voir Guérard. "Où c'est qu'il est, mon ciment?"... Mais Guérard en avait commandé pour tout l'monde excepté pour lui. Ça fait que le gars a été en chercher à Saint-Jean. La même chose pour les clous, puis la vitre. Ils ont ri de lui dans l'temps. Aujourd'hui, ils sont contents de gagner à mettre des tomates en conserve, puis du blé d'Inde pour lui. A part ça qu'ils ont jamais été si bien payés, puis si vite! Ceux qui ont pas soigné leurs tomates, ou d'autre chose, puis qui ont livré des légumes en bas du classement, ils ont été payés pour ce qu'ils ont livré. Ça fait que ça, c'est la bonne façon de faire des affaires. Moi, j'suis pas contre la conserverie. Ça donne d'l'ouvrage à tous les jeunes du village, puis à bien des vieux.

Et, se tournant brusquement vers Palmyre Otis, il lui dit sous le nez.

— Même vous, l'père, dans le temps des tomates, vous êtes allé éplucher avec les femmes. Ça vous a payé plus que vous avez jamais gagné de l'heure dans votre vie!

Palmyre Otis rougit, tira sa pipe, ouvrit la bouche décida de ne pas parler et baissa la tête.

— On est vite à critiquer les étranges, murmura Grégoire, n'empêche que c'est eux autres qui nous donnent le plus d'ouvrage.

Il y eut un long silence gêné dans la pièce. Personne ne bougeait. Mais personne non plus ne bayait aux corneilles. Desneiges Lussier brisa l'attente.

— Y reste en tout cas, Grégoire, que l'cimetiére va être déménagé. On va avoir ça sous les yeux, de notre vivant, nos morts transplantés comme des r'tigeages de choux!

Grégoire approuva.

— J'dis pas que ce déménagement-là, c'est pas un mal...

— Pensez que ça va être dur pour les ceusses qui ont des morts tout frais enterrés comme moi, par exemple, dit Cajetan Bourret.

— Moi, dit la veuve Lecompte, j'dis que c'est pire pour ceux qui ont des morts enterrés là depuis longtemps. Mon Jos, moi . . . Mon Jos qui est là depuis dix ans, pensez donc! Mon Jos dans sa tombe . . . Y doit pas en rester gros. Ça doit être d'la poussière, comme y disent à la messe. Puis y vont déterrer ça . . .

Elle se détourna, le visage convulsé par un sanglot.

— Je demande au bon Dieu de mourir dret là plutôt que de revoir mon pauvre Jos dans cet état-là. C'est déjà assez dur de me le figurer tout décomposé, tout pourri, sans encore le déterrer pour le voir . . .

— Je pense pas qu'ils laissent les endeuillés voir leurs morts, dit Isabelle. D'après moi, ils vont engager du monde parmi ceux qui ont personne au cimetière... personne de proche naturellement, puis qu'y feront pas des scènes, ou bien qui s'mettront pas à vomir en travaillant. Ça prend le coeur solide, vous comprenez...

Magloire Paré, vieux, cassé, la moustache blanche une tache incongrue sur le brun mal lavé de la peau ridée, déclara:

— C'est pas tant ça, mais c'est d'manquer d'respect à nos morts que de les déranger d'même. Le curé a besoin d'avoir une bonne raison . . .

— Une maudite bonne! affirma Tancrède Leblanc.

— J'sus pas capable, dit Cajetan Bourret, j'sus pas capable de laisser faire ça. C'est contre mon idée. Faut empêcher que ça s'fasse. C'est pas voté encore, ça va être voté à l'assemblée d'à soir . . . Faut empêcher ça!

— C'est pas tout, déclara soudain Didace Vigeant. C'est pas tout, pis vous allez voir.

Il n'avait pas encore dit un mot. Plusieurs fois on avait laissé tomber un silence, on s'était tourné vers lui dans l'espoir d'entendre son opinion. Conseiller, ancien marguillier, siégeant sur le conseil de comté, Didace Vigeant possédait une opinion respectée dans le village. Il ne la donnait pas souvent, mais quand il le faisait, cela comptait.

— Vous allez voir, répéta Didace Vigeant, comme j'vas l'arranger c't'affaire-là... J'sus d'avis que ça vient de bien plus haut que du canneux, ça. Ça vient de loin. Ça vient d'la ville!

On s'exclama.

On ne pouvait croire Didace. Ce qu'il disait était fantastique.

— Dites-moi pas Didace, s'écria Cajetan, que les gens d'la ville en sont rendus à v'nir nous déménager nos cimetiéres!

Didace hocha la tête.

— J'sais c'que j'dis.

Desneiges Lussier cria presque.

— C'est les communisses! C'est encore les communisses! C'est le vrai Antéchrist ça... Y est supposé r'venir dret avant la fin du monde! On a besoin de prier pour sauver not'âme, j'vous l'dis!

— Fais pas de drame, Desneiges, continua tranquillement Didace. R'tiens-toi un peu... J'dis ça parce que j'vous écoute depuis tout à l'heure et personne de vous autres a pensé à une p'tite affaire. Où c'est qu'y doit passer, le nouveau chemin?

— Euh? fit Palmyre.

Grégoire Bonin murmura, la voix éteinte par la surprise.

— Aie... aie!... J'comprends, là. On doit le faire passer là, sur les terrains d'la Fabrique!

— C'est au presbytère que t'as pris tes nouvelles? demanda Tancrède.

— Non. L'curé a été plus fin que nous aut'... Comme d'habitude, y a rien dit. C'est l'assemblée d'à soir qui doit compter...

On avait été reconnaissant à Tancrède de questionner Didace sur sa visite au presbytère. Mais la déception qui résulta de la réponse fut vite remplacée par la curiosité, car Didace poursuivait,

— J'peux m'tromper. J'peux me fourrer un doigt dans l'oeil jusqu'au coude, mais j'croirais que c'est une affaire de politique, pis que ça vient des libéraux tout ça.

Grand silence stupéfait. Fier de son effet, Didace Vigeant continua d'un air entendu,

— Le curé est allé à la ville c'te semaine. Je l'ai vu r'venir, tout à l'envers. Aujourd'hui, y nous envoye ça en pleine face de même... Pis, quand on va le voir y s'arrange pour qu'on sache rien. Tirez vos conclusions. A part de ça le docteur a fait venir tous ses hommes d'élection à son bureau aujourd'hui...

— Quoi? s'exclama Tancrède.

— Ouais... enchaîna Didace. Ouais...! Pis j'sais que le maire Leboeuf est parti à la ville, pis j'sais aussi que Ti-Blanc doit aller chez l'docteur après-midi. Y s'en est vanté chez Messier. Pis moi j'me comprends. Si vous comprenez pas, vous aut', c'est pas moi qui vas vous instruire.

— Ti-Blanc, hein? dit Tancrède Leblanc d'un air rêveur. Ti-Blanc?

— Ouais.

— Pis tous les hommes du docteur?

— Ouais.

— Pis le cimetiére déménagé, ça s'rait sus les terrains où c'est que devait passer le nouveau chemin!

— Ouais, conclut Didace. L'affaire du cimetiére, elle est ben plus drôle, pis ben plus grosse qu'on pense. En tout cas j'me comprends! Pis vous allez voir qu'à soir ça va chauffer à l'assemblée!

Maintenant, c'était la cacophonie. Dans leur coin, les femmes poussaient des petits cris, des *oh,* des *ah,* des *mon doux Jésus!* Les hommes, groupés deux par deux maintenant, discutaient avec force gestes. La température montait lentement. Aidée par ce poêle qui continuait de jeter sa chaleur de bon érable, elle menaçait de dépasser le point d'ébullition.

— Si ça passe à l'assemblée à soir, affirma hautement le conseiller, mon nom est pas Didace Vigeant!

— J't'accote, déclara Tancrède.

— J'vas être accoté par tout le monde intelligent, dit le conseiller Vigeant. On est pas pour laisser faire une pareille folie. Notre cimetiére, comme y est là, y est beau, y est ben placé, on l'aime comme ça, on va l'laisser comme il est, hein?

Ce fut un chorus d'exclamations approbatives. Grégoire Bonin, le seul qui apportait assez de logique pour peser plus avant le pour ou le contre, se trouvait lié par son adhésion au parti provincial. S'il y avait là-dedans quelque chose qui fût politique et que ce quelque chose dût importuner son parti, Grégoire était contre. Mais pour rien au monde l'eût-il avoué.

Le seul autre dissident, et c'était pour des raisons différentes, était Palmyre Otis.

— J'reste sus mon opinion, dit-il quand le silence fut peu à peu revenu. C'est d'la faute au canneux, ces histoires-là. Pis on n'a pas fini avec lui . . .

Mais Didace le regarda en riant.

— Faites donc pas l'mauvais, l'pére. Même si l'canneux vous a sacré à la porte parce que vous étiez trop emplâtre pour faire une heure de bon ouvrage, ça veut pas dire que c'est lui qui nous cause des troubles. C'est un homme comme les autres. Pas mieux pas pire.

— Ouais, fit Palmyre, ben vous verrez! J'le connais moi. C't'un effronté. Y rit de nous aut'. Y nous exploite! Vous êtes trop aveugles pour le voir, mais moi, j'vois clair! Pis vous saurez me l'dire!

Didace Vigeant fit ses saluts et sortit, laissant Palmyre sur sa rage qui le faisait trembler comme un enfant.

Peu à peu, le groupe se défit. Chacun regagna sa maison. Et il ne resta plus qu'Isabelle et son mari Grégoire dans la cuisine enfumée.

Elle consulta l'horloge.

— Quatre heures, dit-elle. J'pense, Grégoire, que je vais aller faire un p'tit somme.

— Vas-y, dit Grégoire, moi j'vas m'étendre sur le canapé, dans le salon. Barre les portes. Si ça frappe on répondra pas.

— C'est ça, dit Isabelle.

En montant l'escalier, elle se retourna.

— Grégoire, d'après toi, est-ce que Palmyre a raison? Il me semble que c'est bien compliqué l'affaire que Didace expliquait . . .

Il haussa les épaules, ouvrit le rond du poêle et inséra une bûche d'érable dans le brasier.

— C'est à voir, c'est à voir... On a déjà vu pire. Palmyre, lui, parle de même parce qu'il en veut au gars de la conserverie... Mais j'sais bien pas à qui donner tort ou raison dans c't'affaire-là...

— En tout cas, dit Isabelle en détachant sa robe, les gens sont montés!

— Ils sont montés comme j'les ai jamais vus, approuva Grégoire. Imagine-toi ceux qui étaient ici, puis faut que tu penses que ça doit être à peu près partout pareil dans l'village...

Isabelle bâilla.

—On va voir ce qui va sortir de l'assemblée d'à soir... T'oublieras pas de rentrer du bois pour le poêle, hein? Je lave demain matin...

— C'est correct. Va t'coucher. J'en rentrerai en me levant.

Elle monta lentement, en se posant la main à plat sur les cuisses à chaque marche.

Grégoire resta un moment dans la cuisine, enleva son veston, l'accrocha sur un clou près de la porte, défit sa chaîne de montre et déposa celle-ci sur la tablette du lampion au Sacré-Coeur.

Au salon, il enleva ses souliers noirs qu'il rangea sous la petite table où trônait leur portrait de noces, à lui et à Isabelle. Puis il s'allongea sur le divan. Il dormit bientôt sur le dos, en ronflant doucement.

En haut, Isabelle s'était couchée sur le côté, le ventre dans une main. Longtemps elle resta éveillée, à sentir bouger l'enfant en elle. Elle s'endormit en souriant et fit des rêves où elle berçait un petit tout blond qui souriait lui aussi.

Chapitre IX

Un jour qu'elle avait à reculons tiré la lourde table de cuisine, Desneiges Lussier s'approcha si près du poêle où bouillait une chaudronnée de soupe grasse qu'elle accrocha par mégarde le queue de l'ustensile qui se renversa et inonda du liquide brûlant la fesse gauche de la vieille fille.

Par extraordinaire, elle ne portait pas le sévère corset qui normalement lui enserrait le maigre derrière. Le liquide fumant imbiba donc le coton de la robe, le crêpe du jupon et la culotte de cachemire blanc pour vitement atteindre la peau et y infliger une large brûlure qui n'avait rien de dangereux mais qui n'en restait pas moins fort douloureuse.

Desneiges appliqua les premiers soins sous forme d'onguent, de gémissements et d'invocations à Saint-Laurent, celui-là des saints qui était, d'après elle, le plus apte à comprendre son supplice. Toute la journée elle marcha à pas mesurés, et maudit ce chaudron mal équilibré, ce poêle pour une fois trop zélé et sa négligence à elle, qui provoquait de tels accidents dans une cuisine où elle vaquait à la vie courante depuis trente ans.

Le soir, au coucher, elle laissa pour la première fois depuis longtemps briller la lumière dans la chambre où elle se déshabillait. Elle avait baissé le store jusqu'à sa limite ultime, ce qui laissait encore une mince fente, large d'un doigt tout au bas par où deux yeux indiscrets pouvaient fureter. Mais la chambre était à l'arrière de la maison, la fenêtre donnait sur la rivière, le terrain était abrupt. Qui songerait à s'y rendre?

Confiante, Desnieges enleva tout. Tout sauf la longue camisole en cachemire de laine, aux pudiques épaulettes et qui descendait jusqu'aux genoux. Penchée, courbée tant bien que mal, le derrière à la fenêtre elle se mit en devoir d'appliquer, la main à plat sur la fesse maigre et pointue, une couche satisfaisante d'onguent qu'elle allait ensuite recouvrir d'un bandage pour protéger les draps de toute souillure.

La scène n'avait vraiment rien de lubrique. Et peu d'hommes eussent pu éprouver des tentations catégoriques en face — si l'on peut dire — de ce spectacle.

Sauf peut-être le vieux Drolet. Car le Drolet en question restait un personnage assez spécial. Il recherchait bonne fortune chaque fin de soirée. Il s'en cachait à peine. Aussitôt dix heures sonnées, il arpentait les rues de Saint-Léonide, scrutant les fenêtres, espérant tous les soirs et presque toujours en vain apercevoir quelque scène de déshabillé qui lui procurerait durant de fugitifs instants une joie fébrile et décidément impure.

Le soir du badigeonnage relaté plus haut, il vit le trait de lumière se refléter sur un gros arbre qui poussait à mi-côte en arrière de la maison de Desneiges. Ce fut assez pour qu'il saisisse toute l'importance de ce qui arrivait. Il avait plusieurs fois collé les yeux à la fente laissée par le store pendu à la fenêtre de Desneiges. Mais l'obscurité avait toujours déjoué ses plans.

Ce soir-là il y avait lumière. Il se hâta, longea la maison et put enfin, malgré le sol qui se dérobait sous ses pieds, s'agripper au rebord de la fenêtre et couler son regard sous le store pour voir... A deux pieds de sa prunelle se découvrait l'extrémité postérieure de Desneiges. Là, à toucher presque, sans réticences comme sans timidité. En toute innocence, quoi!

Une nervosité extrême s'empara du vieux et tout à coup il se mit à faire *han! han!* suspendu là, terriblement troublé par l'apparition, songeant qu'enfin tous les désirs attisés et jamais assouvis pleinement l'étaient ce soir d'une façon extraordinaire.

Il fit tant de sons inconscients et de gloussements de joie que Desneiges fut alertée. Elle se releva en un sursaut, se tourna vers la fenêtre, mais le vieux Drolet s'était déjà tapi le long du renchaussage. Desneiges souleva un peu le store, regarda la nuit, ne vit rien que la rivière plus bas, décida qu'elle avait la berlue et retourna à sa tâche. Le vieux Drolet revint à la sienne.

Puis, alors que Desneiges s'était retournée de nouveau face à la fenêtre, alors qu'elle avait soulevé l'avant de sa camisole et s'apprêtait à enrouler une fesse, cuisse et bas-ventre du bandage qui allait restaurer peau neuve et bonne configuration, alors qu'elle accomplissait ce geste, consommation des désirs du vieux, elle aperçut dans cette fente, qui devait être seulement la nuit, deux prunelles brillantes qui buvaient avidement le spectacle.

Elle poussa un grand cri, courut, se heurta contre le lit, contre une chaise, leva les bras au ciel, hurla longuement, atteignit la porte qu'elle ferma, comprit que ça n'était pas le remède, pensa enfin à la lumière, l'éteignit, se trouva encore plus embarrassée, réussit en bousculant les meubles à atteindre la porte de nouveau, la rouvrit, courut vers l'avant de la maison, dehors, dans la rue, en longue camisole et sans plus, et se mit à hurler si bien que tous les voisins vinrent à sa rescousse.

On trouva le vieux Drolet mort de frayeur ou presque, accroupi derrière le hangar de Desneiges.

Pendant ce temps, l'une des voisines qui se trouvait là enleva son tablier dont elle ceignit la taille de la malheureuse. La pauvre vieille fille devait, sous l'emprise d'une crise d'hystérie, rire et pleurer, crier et invoquer la sainte Vierge durant deux heures.

Et à travers la babel de sons qui lui sortaient de la gorge, une phrase se glissait, toujours la même, répétée comme une lancinante rengaine.

— J'y ait tout montré! bonne sainte Vierge, pardonnez-moi! Y m'a tout vu!

Le curé Bossé dut plus tard morigéner le vieux Drolet et calmer Desneiges. Il fut aidé en cela par le docteur qui injecta un calmant à la victime et menaça le vieux de le châtrer s'il continuait d'écornifler.

On n'avait pas cru bon emprisonner le coupable pour son méfait. Il était inoffensif au fond, et sa femme était presque intelligente. Par considération pour elle, et pour éviter tout scandale et procès à la ville, on avait, de commun accord, préféré une semonce du curé et les menaces du docteur. Le vieux Drolet craignait bien son pasteur. De plus, il ignorait que le castration fût illégale.

Pendant deux mois, il ne sortit pas après souper. Mais comme il avait transféré ses attentions à sa femme, et qu'elle n'éprouvait plus le besoin de tels épanchements, ce fut elle qui, un beau soir, le renvoya à ses promenades nocturnes, lui faisant promettre sur son honneur de ne pas recommencer d'esclandre.

Le vieux promit du mieux qu'il put. Mais dans ses petits yeux embroussaillés d'épais sourcils, il y avait toute la hâte à peine cachée de se retrouver à la pratique de son sport favori.

On le vit donc de nouveau, une ombre dans la demiobscurité, se glissant de rue en rue, la casquette ramenée sur les yeux, les mains aux poches, scrutant les carrés lumineux des fenêtres. Il n'était pas grand, il avait un visage noirci par une hygiène qui lui était particulière, et son long menton pendait en bas de la bouche perpétuellement ouverte. Il n'était pas beau, pas ragoûtant, et seule la folle à Cléophas, qui demeurait dans le Cinq, aurait consenti à l'accueillir. Mais comme Bruno, le fou de Sainte-Lucienne, fréquentait assidûment la fille, le vieux Drolet se trouvait sans débouchés pour ses audaces.

Il vécut donc sa vie d'espoirs solitaires et vains, et quand le déménagement du cimetière fut annoncé, ce certain dimanche matin, il écouta le curé bouche bée, ne comprenant pas grand'chose, sinon qu'on allait entreprendre un travail majeur.

Après la messe, Dosquet, du moulin, à scie, pour qui le vieux Drolet cordait parfois des *croûtes*, lui demanda son avis. C'était sans réfléchir, parce que le demi-fou se trouvait là, à ses côtés. Et Drolet sentencieusement déclara:

— J'sus pas pour, j'sus pas contre. M'en va déterrer des morts en torrieu pour deux, trois semaines...

Dosquet regrettait déjà d'avoir amorcé le sujet. Car le vieux continua,

— M'en va aiguiser ma pelle demain, m'en va emprêter la lime à Esdras...

Et, avec un rire d'une effarante lubricité, il ajouta:

— J'ai ben hâte de voir la fille à Leclerc qu'y ont enterrée l'mois darnier... Les vers ont dû y manger son butin, mais y ont pas commencé sus la peau, j'pense pas.

....

Le barbier et restaurateur Messier, cousin de Théodule qui tenait l'autre restaurant sur le chemin de la ville, s'était soumis à son pasteur dès l'âge de raison. Timide de nature, il n'avait jamais osé une critique ou une plainte. Dieu faisant les curés, et comme Dieu fait toujours bien toutes choses, lui, barbier et croyant, n'avait plus rien à dire.

D'ailleurs, le barbier Messier, Tristan de son prénom, ne se serait élevé contre quoi que ce fût.

Ses rares cheveux étaient gris. Le Destin ou la Providence avait fait que les dits cheveux poussaient en couronne et qu'au léger amas à l'arrière de la tête il y avait une tonsure naturelle du plus bel effet. Court, la peau rosée, des lunettes à montures dorées en perpétuel déséquilibre, Tristan Messier marchait nez en l'air, à petits pas rapides, et parlait très vite, d'une voix éteinte, un peu fluette, escamotant des syllabes. Il y avait une raison à ce défaut de langue, à ces consonnes nerveuses. A vingt ans, innocent et chaste, ignorant de la femme la dangereuse astuce comme les troublants, délicats et vibrants mystères, Tristan avait épousé Eulodie Ménard. En soi, mariage de bonne et prometteuse apparence. Il y avait chez Tristan un semblant de prestance, qui cachait une formidable timidité. Eulodie, de son côté, avait des joues rouges, un corps bien en forme, campé, à la poitrine riche, à la taille mince, aux hanches pendues selon les règles chères aux peintres classiques italiens. Elle avait les cheveux blonds et les yeux bleus. Le dessin de son corps, le tracé de la bouche, le teint haut en couleur indiquaient une nature riche, sanguine, appelée aux oeuvres de chair du meilleur rendement.

Autant d'arguments donc en faveur de ce mariage. De plus, Tristan avait hérité de sa tante Valéda et Eulodie se mariait avec une dot de bon chiffre. Ils vivraient heureux.

C'eût été ainsi, n'était que le pauvre Tristan se découvrit, quelques heures après les épousailles, des contraintes, déficiences, timidités et complexes du plus désastreux effet sur la bonne fin des comportements recommandés en ces temps de lune de miel. La situation persista. Et vingt ans plus tard il abordait encore ces divertissements avec angoisse, puisque tout restait vain qui pût être acceptable aux frontières posées par la morale et réitérées maintes fois au confessionnal, alors que timidement Tristan exposait ses dilemmes répétés. Il y avait des causes à ces réticences tenaces.

Dès le matin des noces, la digne fille devenue femme prit en main les cordeaux. Habituée à mener des cavales fringantes, elle sut mettre son Tristan à tous les stades du mouvement: au pas, au galop, au trot et à l'amble. Suivant le cas, les besoins et ses goûts capricieux.

Maîtresse femme, femme d'oeuvre, créature fermement attachée à toutes les pratiques religieuses, elle imposa le rosaire à genoux chaque soir, la prière du matin avant même que d'allumer poêle et fournaise. Elle participa et fit participer Tristan à toutes les manifestations religieuses. Il devint, comme elle, tertiaire. Il fut de la Congrégation des Hommes et en devint un pilier, alors qu'elle adhérait, corps, âme et vertu, aux Dames de Sainte-Anne. Elle toléra facilement le salon de barbier, mais garda un oeil vigilant sur le restaurant adjacent que tenait déjà Tristan avant son mariage. Il put rarement se trouver seul avec une cliente, car Eulodie veillait sur son bien. Une fois qu'il tenta une petite audace de langage, elle lui fit une scène en plein magasin, le menaçant de partir, de le laisser, s'il prenait le chemin que prennent hélas! trop de maris: celui de l'alcool, de la femme et des histoires inconvenantes.

Elle cessa de sourire et se congela à jamais du jour où elle connut vraiment le secret des amours conjugales. Lèvres pincées, elle vécut sobrement, frugalement, obligeant Tristan à amasser des économies, comptant chaque sou. Comme ils demeuraient sans enfants, elle adopta une petite fille. Tristan n'eut rien à dire. Quand il voulut parler, s'opposer à ce geste qu'il trouvait intimidant vis-à-vis les autres hommes du village, elle le réduisit au silence.

— Si le bon Dieu t'a pas permis d'avoir des enfants, c'est parce que t'en es pas digne. Mais moi je vais adopter la petite et je vais l'élever.

Elle l'adopta et l'éleva si bien qu'à huit ans, l'enfant ne savait pas compter ou presque, se moquait de l'orthographe, mais connaissait cent trois prières, exécutait avec une incroyable maîtrise de très touchantes processions à la sainte Vierge et à l'Enfant-Jésus de Prague qui connaissait auprès des nonnes du couvent une belle popularité.

Fantôme se glissant dans son établissement et dans la maison de sa femme, Tristan était devenu un automate pieux, esclave des moindres caprices d'Eulodie. Comme depuis longtemps il avait appris à refréner ses élans et qu'il n'osait plus lever les yeux sur les femmes, il accueillit avec un étonnement comprimé par le dedans la mission que lui avait confiée Eulodie, à propos des locataires qui importunaient par leur gymnastique amoureuse la veuve Aurélie Lecompte. Tristan s'était acquitté de sa tâche du mieux possible, sachant que sa femme n'aurait pu, à cause de son état de perpétuelle chasteté, s'y mêler sans se salir. D'ailleurs, il était habitué à l'obéissance passive.

Quant à Eulodie, elle avait depuis cinq ans choisi d'être malade. Admirablement constituée, elle était devenue hypocondriaque perfide qui subissait une crise du foie, une attaque de pierres dans le rein, une indigestion réquérant force médicaments dès que Tristan osait une opinion contraire ou dès qu'il manifestait le désir de se reposer. La maladie de sa femme inquiétait son âme timorée et simple. Il y croyait. Il dépensa de fortes sommes pour des séjours à l'hôpital, séjours facilités par un médecin pleinement conscient du potentiel de cette clientèle aux maladies nombreuses et profitables.

Il s'inclina devant le Destin qui lui infligeait de si lourdes épreuves. Pour ménager la santé chancelante de la courtaude aux hanches larges et à la forte démarche, lui, le malingre, le chétif, le fluet, cira les parquets, lava la vaisselle, fit la lessive et même repassa, pendant que madame, étendue sur son lit, se plaignait de ses douleurs, invoquait des saints et tendait une oreille minutieuse aux travaux entrepris par son mari. Gare à lui s'il négligeait un coin, essayait de subtiliser des morceaux pour la lessive suivante! Eulodie se levait, souffrante, le visage tendu, une main à l'endroit douloureux, et le fustigeait de ses reproches. Tristan en était venu à craindre même son ombre. Depuis deux ans, il bégayait.

La seule oasis restait le jubé de l'église où tous les dimanches, premier en avant, il entonnait de sa voix aigre et menait le reste des chanteurs dans les virevoltes compliquées des motets.

Cet instant de la semaine suffisait parfois à faire oublier les heures dures l'attendant à la maison. Mais sitôt messe terminée, il devait courir au restaurant, car les jeunes, les moins jeunes, les gens des rangs attendaient pour y aller prendre une boisson, discuter, échanger les nouvelles. C'était le jour le plus achalandé. Tristant se multipliait, essayait de servir tout ce monde. Eulodie, dans la porte, surveillait et le rabrouait quand il commettait une erreur, lui indiquait comment servir, faire la monnaie, pointait le doigt vers le client qui attendait encore, interrompait toute velléité de conversation entre Tristan et ceux qui se trouvaient dans le magasin.

Quand quelqu'un demandait à Eulodie de ses nouvelles, elle avait une phrase toute faite qu'elle prononçait avec un visage endossé pour ce moment précis.

— Oh, ça va pas, ça va pas! Puis jamais d'aide, hein?
Tristan faisait mine de ne pas entendre, rougissait, tête baissée, et repoussait toute rancoeur de son âme. Car Dieu avait dit de s'aimer les uns les autres...

Or, ce matin du grand prône, ce matin de l'annonce en chaire et du brouhaha qui s'ensuivit, vers midi proche, la foule chez Tristan était plus dense que jamais. On avait discuté sur le perron de l'église, mais maintenant on se retrouvait au restaurant pour parler encore. Et quand Osias Labbé demanda à Tristan.

— Toi, Tristan, quoi c'est que t'en pense de c't'affaire-là?

Le barbier se tourna vers sa femme, lui vit le visage, songea que ce que le curé faisait, (tout comme le bon Dieu), il le faisait bien, et murmura,

— Moi, là-dedans, j'ai rien à dire, rien à dire pan toute!

....

Le boucher Grand'maison vendait de la viande dans une échoppe sombre, sale, aménagée à un bout d'une ancienne grange transformée en abattoir. Lui aussi ouvrait boutique après la messe. Là, on trouvait toujours le même groupe de fermiers des rangs qui venaient aux provisions. Car à Saint-Léonide, on ne tuait pas ses propres animaux. On calculait qu'il en coûtait moins cher d'acheter à la boucherie et qu'il était plus profitable de vendre les cochons vivants pour l'abattage.

Il avait tué des porcs jusqu'à minuit la veille. Il avait encore du sang sous les ongles. Et il était en furie. Son grand corps puissant, ses épaules de colosse roulaient sous la chemise blanche mi-cachée par le gilet de son habit.

— Ça me graffigne pas la couenne, moi, l'déterrage des morts, pis l'manque de respect aux ossements pis aux tombes, dit-il en manière de conclusion aux fermiers qui s'offusquaient de ce sacrilège qu'on se préparait à accomplir. J'ai la larme dure en maudit. A tuer des cochons à coeur de semaine, on vient à s'en sacrer pas mal d'la mort. J'sus en maudit parce que c't'une dépense de fou ça. C't'un caprice, pis c'est toute. On va encore s'fourrer dans l'trou. Ça allait ben, la fabrique avait des surplus, on s'plaignait pas parsonne! Pourquoi aller jeter d'la belle argent dans c't'affaire-là, dites-moi donc!

Il planta son long couteau dans l'étal, glissa les côtelettes de porc sur un papier ciré et les posa sur le plateau de la balance.

— $2.87, Odilon... En tout cas, j'm'en mêle pas! Qu'y fassent donc quoi c'est qu'y voudront avec le cimetiére! Si y veulent le mettre à Saint-Gélas, qu'y l'mettent donc! C'est pas quand j'vas être mort que ça va m'faire d'la différence! Etre enterré icitte darrière l'église ou ben sus l'côteau à Langlois ou ben dans six pieds de fumier d'cochon! Quand on est mort, on a perdu l'sentiment, j'vous en réponds!

....

Pendant deux termes, Gustave Robin avait été maire. Il n'avait pas été élu. On ne faisait plus d'élections à proprement parler, depuis longtemps, à Saint-Léonide. Un groupe de citoyens les plus riches comme les plus habiles se réunissaient, décidaient brièvement que c'était au tour de celui-ci ou de celui-là, et sitôt dit...

Gustave Robin avait hérité de son père, de sa mère et de son oncle. Avec le capital, il avait installé un garage fort bien monté à l'entrée du village. Ses deux fils dirigeaient l'entreprise, car le pauvre avait tout juste l'intelligence voulue pour savoir distinguer noir et blanc. Comme maire, il fut parfait. Silencieux, intègre, soumis aux influences et complètement inconscient.

Après le deuxième terme, il advint que le tour de Leboeuf arriva, et ce fut lui qu'on désigna. Gustave Robin retomba dans sa placide obscurité.

Dans la brume opaque de ses quelques pensées quotidiennes, se trouva cependant une opinion presque sensée dans l'affaire du cimetière.

Il était assis au restaurant de Théodule Messier, écoutant bouche bée discourir un groupe de jeunes gens qui tiraient d'impossibles conclusions de la nouvelle. Soudain il se leva, vint se joindre à eux. Ils étaient assis sur des strapontins mobiles le long du comptoir. Théodule Messier, cigarette au coin des lèvres, était appuyé sur les tablettes fixées au mur et supportant la marchandise diverse qu'il débitait dans son établissement.

En apercevant le garagiste qui s'approchait, Alban Messier, un des frères de Théodule que se trouvait là, lui lança:

— C'est-y dans vos goûts, monsieur Robin, le grand déménagement?

Robin hocha la tête, mit les mains aux poches.

— Moi, j'pense que c'est ni bien ni mal. C'est surtout bâdrant. On allait s'hivarner, nous v'là avec c'te job-là sus les bras. Faut aimer à se compliquer la vie, j'vous assure!

— Comme ça, vous trouvez ça bâdrant?

— J'men sacre ben... C'est pas moi qui va creuser dans la terre frimassée.

....

Camélienne Doré était grande. A lui voir les hanches, on aurait cru d'elle qu'au moins dix enfants avaient enrichi sa vie. Mais cette munificence ne se rendait pas aux épaules, et l'on voyait ainsi s'amenuiser cette ligne vers une poitrine rachitique, une petite tête pointue, posée là comme un oeuf, ornée de rares cheveux.

On savait très peu d'elle, pour la raison qu'il y avait bien peu à savoir. Plus jeune, elle avait été modiste de chapeaux et avait coiffé presque toutes les femmes de Saint-Léonide. Elle répétait encore, en fier souvenir, qu'elle avait fait le chapeau de noces de la fille du maire Garneau, premier magistrat du temps, devenu "pépère" Garneau.

Mais le commerce n'était pas sa vocation. L'oisiveté semblait plus attirante. Elle avait des rentes, fruit d'héritages. Après avoir fermé son établissement, elle vécut donc de ces revenus, passant ses longues journées à se bercer, oisive, sans même se récréer par la lecture, des travaux d'aiguille ou d'artisanat. Le soir à neuf heures, elle se couchait.

On disait d'elle qu'elle vivait en sa tête un perpétuel roman. En la pauvre fille subsistaient encore parfois des désirs fous de vie conjugale. Plus jeune, ces désirs s'étaient traduits par d'interminables crises de larmes. Après avoir aimé successivement, et en secret, Henri-Georges Dosquet, le docteur Pigeon, le curé Bossé, le vétérinaire Marchand, elle en était à soupirer d'aise après le jour de sa mort, alors que l'entrepreneur de pompes funèbres qui était le maire Leboeuf et l'objet de ses émois présents serait seul avec elle (et sans danger que ce soit faute, le curé l'avait bien dit au confessionnal) dans la cave de la maison funéraire... Amours secrètes, savourées en silence dans la cuisine sombre, durant cette heure qu'elle bénissait entre toutes, du souper au coucher.

Pour Camélienne Doré, le déménagement du cimetière équivalait à un désastre. Elle avait soixante ans. Mais jusqu'à l'âge de quarante-cinq ans, elle avait eu à subir la présence de sa mère, une vieille sèche, en couteau, autoritaire, soupçonneuse, possessive, accapareuse, jalouse et pleurnicharde.

— Nos morts sont en terre, dit-elle à madame Demeules, sa voisine, venue chercher l'opinion de la fille. Pourquoi les déranger?

Elle fit une longue pause, les yeux dans le lointain.

— Ma pauvre mère, en terre... C'est quasiment un sacrilège de brasser ses ossements. Ils ont demandé surtout la paix. C'est dans les prières des morts, récouescat in pâché âmen... Ma pauvre mère... Elle est si bien là, six pieds sous terre!

Terrible image que celle de sa mère, squelette vengeur, se dressant et revenant dans la maisoin reprendre sa dictature... Est-ce qu'on savait les conséquences d'une tel dérangement pour les morts heureux de leur dernier sort? Et s'ils préféraient l'ancien emplacement plutôt que le nouveau, ne parcoureraient-ils pas le village, les maisons, les chambres, chaque nuit? Des mains fantomesques ne viendraient-elles pas tirer les pieds des dormeurs sous les draps?

Camélienne eût été prête à jurer qu'elle n'aurait jamais eu peur d'une telle main, si elle avait appartenu à l'un des nombreux hommes reposant sous le sol bénit. Mais elle ne voulait sous aucune condition revoir sa mère. De cette façon ou autrement.

— Ma pauvre mère, répéta-t-elle. J'sais pas ce qu'y pense, le curé. On a bien assez de trouble sans ça... J'pense que j'vas écrire à Monseigneur Léger pour qu'y consacre la croisade du Rosaire à nos intentions. Pour que l'curé s'ôte ça d'l'idée, ce déménagement-là...

Elle soupira.

— Quand j'pense à ma pauvre mère!

Madame Demeules protesta.

— Quand les gens sont morts, ils sont morts...

Mais Camélienne secoua la tête.

— On l'sait pas ça! Quand un cadavre est mis en terre, c'est plus de nos affaires. On l'a r'tourné à la poussière comme y disent. Qu'y le laissent donc tranquille! Y vient fou, l'curé... Moi, j'suis toute à l'envers depuis la messe à matin... Mon Dieu, mon Dieu, mon Dieu... Ma pauvre mère! Si ça la faisait revenir!

....

'Noré Bréard, lui, vida le dernier verre de la troisième bouteille de bière depuis le midi, repoussa l'un de ses douze enfants qui voulait grimper sur ses genoux, et dit à sa femme qui écrivait une lettre à l'autre bout de la table:

— Ça chauffe dans l'village. J'en ai entendu de toutes les couleurs! Y s'dit des affaires pas creyables! Tabarnouche que ça va être drôle à soir à l'assemblée!

Lorraine, sa femme, releva la tête et le regarda placidement.

— Toi, ton idée?

— Toi Lorraine?

— Ça m'dérange pas d'une manière ou d'une autre...

— Moi non plus, dit 'Noré. Comme ancien marguillier, j'vas m'battre un peu à soir, j'suppose, mais ça va être pour l'plaisir de discuter, sans plus...

— Tâche de pas prendre trop de bière avant à soir. J'aime pas ben ça te voir aller en public quand t'es pas à jeun!

— M'as m'coucher tantôt.

Il bâilla, s'étira les bras derrière le cou, s'étendit droit et glissa sur sa chaise. Avec un effort et un gémissement, il se rassit, vida son verre.

— J'm'en vas y aller tout suite...

Il se leva, vint s'appuyer sur la table, à côté de sa femme. Presque tout bas, il lui dit,

— Quand les p'tits seront couchés pour leur somme, pis que les autres seront partis jouer dehors, si t'entends frapper sus l'plancher, tu saura quoi c'est que ça veut dire, hein?

D'un geste taquin il frotta l'oreille de Lorraine. Elle sourit, puis elle soupira,

— Ah, ben, douze, treize, ça fait plus grand différence à c't'heure... J'vas écouter pour ben t'entendre frapper, 'Noré.

Tout guilleret, il se dirigea vers l'escalier, monta trois marches et s'assit. Péniblement, il enleva ses souliers de dimanche et les posa sur le bout d'une marche. D'où il était, il commandait par la fenêtre de la porte une vue de la rivière et de l'autre rive.

— J'pense qu'on a fini d'avoir du beau temps. Ça sentait la neige hier que j'étais ben surpris de nous voir sus l'asphalte encore à matin. Dorval, quoi c'est qu'y disent?

Sans relever la tête, sa femme répondit,

— Le radio était ouvert tout à l'heure, mais avec les enfants, hein... Y parlent pas d'neige...

— Ah, eux autres, si fallait attendre qu'y annonçent ça la neige...

Il se releva, monta lentement, courbé, ses cheveux noirs en bataille sur le front. sa moustache encore humide d'écume de bière...

En haut, disparu dans le corridor, il frappa sur le parquet. Lorraine leva le regard, écouta et sourit.

— Comme ça, dit-il. Oublie pas!

Puis il éclata de rire et alla se coucher.

Dans la lettre qu'elle écrivait à sa mère, à Saint-Gélas, pour lui annoncer la nouvelle du jour, Lorraine disait, *"Honoré dit que sa lui fais rien le déménagemant du cimetierre mais je le connais assé pour savoir que loué son truck c'est payan et le curé va loué son truck pour charrié les ocemans des morts. Il est contan que sa arrive mais il ne le dit pas. Je vous laisse en bonne santé j'espaire et le père aussi. Votre fille, Lorraine."*

A deux heures, 'Noré frappa.

....

Dans le village, d'une rue à l'autre, la pétarade des opinions se poursuivit. Osias Labbé, la main sur le portefeuille, déclara,

— On avait fini d'payer not' répartition, pis nous v'là avec une emmanchure pour gaspiller un beau quat'-cinq mille piasses!

....

Lucien Laflamme, lui, cracha par terre, brandit un poing, vint se placer le doigt sous le nez de la veuve Messier, mère de Théodule, qui était sourde à ne rien entendre, pas même le tonnerre d'été et les niveleuses du gouvernement qui passaient devant sa porte.

— Ça commence de même, ça finit par des dettes par-dessus la tête, dit-il. A part de ça que c'est pas une affaire qu'on peut s'expliquer. Allez-vous bien m'dire, vous, madame Messier, de quoi c'est que ça veut dire le déménagement du cimetiére?

Et la vieille, l'oreille tendue, la bouche en grimace, cria:

— Hé... ?

....

Poléon, le fade commis au magasin Demeules, semblait le plus inquiet de tous. Son père était mourant. Il n'allait pas passer la semaine. Ça le tenait dans la prostate, les reins, le coeur. De plus, il avait un cancer du colon. Il allait mourir, et tout ce dimanche-là, Poléon le passa à demander à tout un chacun, comme un mendiant qui tend sa sébile,

— Si l'pére meurt, où c'est qu'on va l'enterrer? Dans l'vieux cimetiére ou ben ailleurs? Ou ben nulle part? Y vont-y nous l'faire garder dans la salle tant qu'les nouvelles fosses seront pas prêtes? Ça m'ferait rien, moi, mais ma mére a le nez délicat comme un chien d'chasse. Ça fait que j'sais pus pan toute de quoi c'est qu'on va faire... !

Chapitre X

Le soir venu, une quinzaine de marguilliers anciens et nouveaux attendaient le curé à la salle des tombolas. Ils étaient silencieux, visage fermé, l'air aux aguets. Le maire Leboeuf, dans un coin gauche de la salle, 'Mégilde Parthenais appuyé contre la grande table des délibérations que l'on avait placée au centre de la pièce. Près d'une fenêtre, Didace Vigeant.

Ceux-là, les seuls alliés presque sûrs que comptait le curé Bossé, semblaient perdus dans de sombres pensées. Le prêtre entra, accrocha sa canne à un clou fiché au mur, y mit son paletot d'automne et le jeta sur le dossier d'une des chaises non loin.

— Etes-vous prêts à procéder tout de suite? demanda le curé. Autant commencer aussitôt que possible.

Lentement chacun approuva, se trouva un siège, s'installa. Le curé était impassible.

— Je déclare l'assemblée ouverte, prononça 'Mégilde.

Il se tourna vers l'avocat Demeules, assis, les yeux dans le vide, apparemment indifférent aux buts et litiges de cette assemblée, ses grands livres et ses documents étalés devant lui.

— Le secrétaire pourrait peut-être prendre les présences?

L'avocat jeta un regard circulaire.

— Vous êtes tous autour de la table, alors au lieu d'appeler tous les noms sur la liste, nommez-vous en rotation, à partir du premier à ma gauche, Gustave Robin...

— C'est ça, dit le garagiste.

— Didace Vigeant, fit le marguillier d'une voix sèche.

— Horace St-Germain, déclara la voix tonnante du fermier habitué à crier sa volonté aux chevaux rétifs.

— Cajetan Leclerc...

L'avocat leva les yeux.

— Du Trois?... ah oui, Cajetan. Je pensais à Cajetan Bourret...

— C'est ça, du Trois.

Une voix en fausset, sèche et mince déclara,

— Ti-Pit Doyon, pis un peu là!

Normalement, cette saillie eût déclenché des rires. Mais l'heure était grave, et personne ne se sentait en gaieté.

Les noms défilèrent: le maire Leboeuf, Narcisse Archambault, Eustache Demeules, le vieil oncle du marchand et de l'avocat, qui ramassait le son en se tenant la main en forme de corne autour de l'oreille parce qu'il "entendait dur". 'Noré Bréard, endimanché, le visage presque propre. Il y avait aussi Gamelin, Henri-Georges Dosquet, déjà en colère. Le marchand Demeules, Osias Labbé, 'Mégilde Parthenais, Adalbert Langevin, Tancrède Leblanc. Ils étaient seize.

Sous la lumière crue, il n'y avait que des visages aux lignes dures, tendus vers l'avant, épiant cette extrémité de la table où se tenaient le marguillier du banc, 'Mégilde Parthenais, puis le curé Bossé, et, à sa gauche, l'avocat Demeules, secrétaire-trésorier de la Fabrique de Saint-Léonide-le-Confesseur.

"Des loups!" songea le curé Bossé. "Pire que nos loups dans le bois. Des loups qui voudraient me dévorer... Même Parthenais..."

Il y avait un changement subtil dans l'attitude du gros camionneur. Un changement que ne pouvait s'expliquer le curé, mais qui était simple au fond. Un peu avant le souper, le frère de 'Mégilde, Ti-Blanc, lui avait rendu visite. Il venait lui apprendre que, dès le lendemain, le permis d'hôtel si convoité serait sollicité par le docteur Pigeon, à Québec, si le résultat de l'assemblée était favorable au curé. Et voilà que le marguillier était pris entre deux feux. Pour garder bonne figure dans cette affaire, l'astucieux personnage croyait logique de rester en opposition au projet. S'il abondait dans le sens d'un déménagement de cimetière, ne se trouverait-il pas des rusés qui soupçonneraient là-dessous une machination? En ce qui avait trait au permis, plus le curé était laissé libre d'arriver à ses fins, plus cela était souhaitable. 'Mégilde devait donc s'opposer au curé pour empêcher qu'on ne l'accuse lui-même d'avoir favorisé le projet de son frère. Mais pas tellement qu'il puisse y avoir vote adverse aux projets de déménagement et justement assez pour qu'en fin renard il s'en tire avec les pattes de devant bien blanches.

Le curé Bossé avait perdu son principal allié.

Du plat de sa main, le pasteur frappa sur la table.

— Si vous voulez, procédons. Tout d'abord, vous savez tous pourquoi j'ai convoqué cette assemblée spéciale. Il est question de transférer le cimetière à l'autre bout du village, sur les terrains que nous avons achetés de Vincent Langlois, l'année précédant sa mort. L'emplacement présent du cimetière est devenu trop petit, et nous pourrions en aménager un autre là-bas plus sec, beaucoup plus beau, et qui servirait nos fins pour deux cents ans à venir. Comme nous devons penser loin, j'ai cru bon agir tout de suite.

Il se fit un silence. On attendait. 'Mégilde Parthenais examinait chaque visage, cherchant à y lire une opinion formée. Le curé Bossé, le regard interrogateur, scrutait les yeux de chacun. L'avocat Demeules écrivait fiévreusement.

— Messieurs, j'aimerais votre opinion avant de passer à un vote, dit le pasteur d'une voix lente.

'Noré Bréard, main levée, demandait la parole.

— Oui, 'Noré? fit le curé.

— Moi, dit le boucher, j'veux pas pencher trop avant d'en savoir plus long. D'abord, j'comprends pas que vous soyez obligé de déménager le cimetiére. Ça se renouvelle pas, les fosses, les emplacements? M'semble qu'au bout d'un temps, vous pouvez déterrer les restants, si l'monde a pas payé pour garder la place?

— Sûrement, dit le curé, mais il ne nous reste que cette bande au fond, plus étroite...

Il se fit des murmures. La voix de Dosquet domina tout à coup.

— Ça, c'est des paroles pour nous endormir!

Le curé leva la main.

— Nous partons sur un mauvais pied, dit-il. Henri-Georges, je crois que vous vous laissez entraîner par votre violence, comme d'habitude. Je ne cherche pas à vous endormir comme vous dites. Au contraire, je suis bien franc. Je vous ai donné les raisons qui motivent le déménagement du cimetière. La bande qui reste au fond, ne suffirait qu'à peine...

— Aie, aie, aie! dit Dosquet, allez pas plus loin! Parlons de franchise, hein? D'abord c'te bande-là, elle est aussi large que l'restant du cimetiére. Y a d'la place à enterrer autant de morts en arrière qu'on en a enterrés en avant. C'est pas des affaires croyables, ça, qu'en ayant aussi large derrière comme devant, on soit pris à mouver nos morts de place! Ça fait cent ans qu'on les porte en terre, puis on a même pas gossé le plus gros du terrain! On pourrait continuer à enterrer cinq cents ans!

Les murmures augmentaient.

— D'où c'est que ça vient, au juste, une pareille invention? demanda Horace St-Germain. J'veux ben voter pour ou contre une motion, mais faudrait savoir à quoi ça rime. Le monde comprend pas... Vous avez beau parler de cimetiére trop p'tit, de terrain plus sec, ça nous rentre pas dans l'idée. Ça sonne comme une promesse d'élection.

Le curé Bossé sortit son mouchoir, le déplia soigneusement. Maintenant, c'était presque le tumulte. Il rappela brusquement l'assemblée à l'ordre.

— Silence! cria-t-il. Silence! Nous n'arriverons jamais à nous entendre si vous parlez tous ensemble!

Debout, sa chaise repoussée, les yeux hagards, Tancrède Leblanc criait:

— C'est des manigances, tout ça. Moi, j'veux savoir qui c'est l'maudit qui nous joue dans l'dos. C'est pas des affaires de canayen, des déménagements de cimetiére! On n'a jamais entendu parler d'ça!

— Silence! cria de nouveau le curé. Discutez tant que vous voudrez, mais au moins tâchez d'observer les convenances, la stricte politesse. Il n'y a pas de manigances, comme vous dites, monsieur Leblanc.

— Non? rétorqua Henri-Georges Dosquet. Non? Ben faut pas être ben intelligent pour voir que tout ça cache des drôles d'affaires. C'est ça que l'village peut pas s'mettre dans la tête!

— C'est ce que j'me dis, moi, renchérit Gamelin, d'la minute que j'ai entendu votre nouvelle, monsieur le curé, ça m'a passé dans l'idée que ça cachait des intentions mystérieuses . . .

— Quand je vous dis, s'écria le curé, que ce déménagement est imposé par . . .

— Par qui? coupa Didace Vigeant.

— Il a été imposé par les besoins grandissants de la paroisse, voilà tout! cria presque le curé.

— On n'accepte pas ça, dit Dosquet. On n'est pas convaincu? Est-ce que je parle pour tout l'monde?

— Certain, répliqua Didace qui fut appuyé par une bonne douzaine de voix. Certain qu'on t'appuie, mon Dosquet! C'est d'la saleté en boîte. Moi, j'crois rien de ce qui m'est dit icitte à soir. Mettez ça dans votre sac, monsieur le curé. Y'a été un temps, au Canada, où c'est que les marguilliers s'faisaient mener par le bout du nez. Mais ça marche plus d'même. Moi, j'ai ma répartition à penser comme un chacun d'vous aut'. C'est ça que j'garde devant moi à soir, comme un fanal dans l'bois quand on bûche tard, pour empêcher qu'on s'laisse embarquer dans des folleries, dans les caprices de tout l'monde! Y'en a-t-y de vous aut' qui vont s'enfiler derrière une pareille niaiserie comme des suiveux de corbillard?

Des cris accueillirent cette déclaration de Didace. Ils étaient presque tous de son avis.

— M'a dire comme on dit... entama le vieux marguillier Narcisse Archambault.

Mais Osias Labbé, le riche fermier du Rang du Bord de l'Eau, plus modéré dans ses jugements, l'interrompit.

— Monsieur le curé, c'est pas creyable de penser à ça. On a beau dire que le cimetiére est trop petit, on sait ben qu'y en a en masse assez grand pour les morts qu'on met en terre chaque année. Avec des beaux ârbres, une r'tirance qui vaut son pesant d'or! On a des ormes, des neyers, des chênes rouges dans c't'emplacements-là qui ont mis cent ans à pousser dru pis solide de même. Pis une pelouse comme un vrai velours. Pis des belles fosses ben en ligne, avec des fleurs, des arbustes, une belle clôture en cèdre en arrière, à part la grosse clôture quasiment neuve qu'on s'est mis en corvée pour faire en '39, l'année d'la guerre. Dites-moi donc pourquoi prendre tout ça puis aller l'fourrer sus l'côteau d'sable à Langlois? On a pas idée... A part de ça monsieur le curé, on déménage pas les ârbres, ni les clôtures, ni les alignement de cèdre...

Le curé eut un geste catégorique.

— Mon pauvre Osias...! Tu bloquerais le projet simplement pour l'amour de quelques arbres, d'une clôture qui commence déjà à pourrir et d'une simple haie de cèdre? Tu n'es pas logique. Tu as coutume de raisonner mieux que ça...

'Mégilde Parthenais sembla s'éveiller tout à coup. Il avait été silencieux jusque là, donnant le ton au maire Leboeuf qui attendait son mot pour parler.

— On s'énerve, dit-il. Mais sa voix fut couverte par les exclamations et les vociférations remplissant la salle.

Il se leva, et de sa voix de fausset, aigre et métallique, il leur cria:

— Fermez-vous la yeule, j'ai d'quoi à dire!

Les pouces accrochés à la ceinture, le corps bien planté sur les deux jambes écartées, le gros camionneur les foudroya du regard l'un après l'autre.

— A vous écouter, dit-il, on s'croirait dans l'parlement à Ottawa. Fermez-vous donc si vous êtes pas capables de discuter comme du monde! Vous nous faites perdre du temps à virer autour du pot'... Discutez donc comme des hommes! R'gârdez donc le vrai côté de c't'affaire-là. D'abord, moi, j'sus contre! J'sus contre, aussi contre que ça!

— Mon cher 'Mégilde... dit faiblement le curé

qui avait reposé toute sa confiance sur l'appui que lui donneraient ses trois marguilliers de charge.

— Laissez faire, monsieur le curé, dit 'Mégilde. J'ai pas fini!

Il se tourna vers les marguilliers.

— D'abord, on va sacrer ça sus la table, drette ouvert, à la vue de tout l'monde. On va voir quoi c'est que ça peut vouloir dire de mouver l'cimequiére à l'autre boutte du village. C'est pas utile de s'tirer aux cheveux pis de s'dire des bêtises. La première chose à voir, c'est ce que ça va coûter, un mouvage de même. Ensuite, qui c'est qui va payer, pis la troisième affaire, pourquoi c'est qu'on ferait c'te dépense-là drette au moment de faire des réparages à l'église pis au presbytère? J'ai-t-y raison, monsieur le curé?

Le maire Leboeuf avait écouté 'Mégilde avec une surprise croissante. Quand le camionneur s'interrompit, le maire se dressa, le doigt vengeur, le visage convulsé par une sainte colère qui l'animait de la plante des pieds à ses rares cheveux.

— Mon maudit renard! cria-t-il, mon maudit 'Mégilde Parthenais! C'est toi qui parle là? C'est ben toi que j'entends parler? De quoi c'est que ce r'virement-là? De quoi c'est que tu nous envoies comme une claque en pleine face! A midi, tu chantais une autre chanson au presbytère! A midi tu filais doux, tu faisais le p'tit chien! Mais t'es rien qu'un flanc-mou! Un maudit torriâble de menteur! Une girouette! Mais moi j'vas t'apprendre, moi j'vas te le montrer le sens dessus dessous d'la vie! Mon espèce de grosse emplâtre de malfaisant de mauvaise tête de vendeux d'bière de canayen de damné malheur de vendu de vire-capot d'couillon de maudit épais de mange-ton-frère de gros t-orgueilleux d'régenteux!

Il prit le temps de souffler, puis,

— Ça passe dans l'village comme si l'canton y appartenait! J'vas t'la couper ta grand'langue de vire-capot, si j'peux t'la trouver dans ta gueule de singe! C'est ça que j'vas faire! J't'ai toujours haï parce que j'ai jamais pu savoir si tu disais la vérité ou ben si tu mentais plein ta face... Mais là, j'te connais... Là, j'le sais comment c'est qu't'agis, mon gros plein de m...

Mais le curé eut une exclamation.

— Ça suffit! Ça suffit amplement! Nous avons des problèmes à résoudre, mais je vous avertis que si vous continuez à discuter de cette façon, je lève l'assemblée, et dès demain je m'en vais à l'évêché faire rapport et obtenir des pouvoirs spéciaux pour me dispenser de votre vote. Et si vous voulez que cela arrive, continuez à vous tirer aux cheveux ou à m'insulter comme vous l'avez fait, et vous allez voir que je ne moisirai pas dans cette salle!

'Mégilde Parthenais, en entendant le dithyrambe du maire Leboeuf, s'était tout d'abord immobilisé, n'en croyant pas ses oreilles. Comment? C'est ce petit homme, gros comme un poing de femme, qui lui parlait ainsi? Il allait se jeter sur lui, quand le curé le retint par le bras.

— Parthenais, dit-il, j'ai demandé du calme ici ce soir, et je vais l'avoir.

— L'avez-vous entendu, monsieur le curé? L'avez-vous entendu, c'te p'tit râleux de croque-mort? Y pue l'vieux cadavre! R'gârdez-moi-z-y l'visage comme un lièvre pogné au collet! Vous croyez que j'vas me laisser parler d'même?

— Silence! tonna le curé.

Le tumulte avait atteint un tel point qu'on se serait cru à l'un des magnifiques et grandioses combats royaux dans l'arène de lutte, au Forum de Montréal, ou à une mêlée des Canadiens et des Maple Leafs sur la glace, un samedi soir d'éliminatoires, ou encore à un combat de coqs tel qu'il s'en organise, à la faveur d'une batterie de grange, un peu partout dans le comté de Joliette.

Tout le monde était debout, se chamaillant, hurlant, criant. Même l'avocat Demeules, pacifique peureux, s'était dressé les jointures en protection devant la bouche, l'horreur dans les yeux, pris qu'il était entre 'Mégilde d'une part et le maire Leboeuf de l'autre, ce dernier se servant du maigrelet avocat comme d'un antique bouclier romain. Il le tenait devant lui par les bras et l'entraînait dans chaque feinte pour éviter les mains tendues, meurtrières, du gros camionneur. Puis, 'Mégilde réussit, par un croc-en-jambe à l'avocat à empoigner le maire Leboeuf qui se mit à crier comme un putois pris au piège.

Voyant que les choses tournaient mal pour le maire, il y en eut dix qui se précipitèrent. En un tournemain, les deux adversaires, le faible et le fort, l'agressif et le défensif furent mis à raison. Retenus, immobilisés, les deux hommes s'invectivaient. Le maire, devant son assaillant maîtrisé, retrouvait sa bravoure.

— Gros régenteux! Grosse plug! Mangeux d'balustrade! T'en as d'la chance d'avoir fait ton argent sus l'marché noir! Mes p'tites économies, moi, y sont honnêtes! C'est pas à abreuver les saoûlons pis à vendre des barils de clous, moitié clous moitié gravelle, que j'les ai faites.

— T'as salé tout l'monde! criait 'Mégilde. Tu saignes les derniers vivants pour enterrer leurs morts! On l'sait que t'en veux d'un déménagement de cimequière. C'est toi qui vas les déterrer, les tombes! Ça te r'vient, vu que t'as passé ta vie à escouer des charognes.

— Toi aussi t'en as transporté d'la charogne, dans ton camion. Le vieux boeuf gluant dans l'temps du marché noir d'la viande, pis les cochons malades! Moi j'ai pas charrié du sucre volé, pis de l'épinette ramassée les longs de bois! J'dis pas c'que t'es, mais tout l'monde le sait!

'Mégilde étouffait. Il hurlait de colère comme un animal enchaîné. Son grand corps puissant essayait et réussissait presque à se faire libérer par les modérés qui ne voulaient point de tragédie ce soir-là.

— Lâchez-le pas! hurla Leboeuf. Lâchez-le pas, y va m'tuer!

— Oui, j'vas t'tuer, si j'te poigne, sois-en ben sûr! cria 'Mégilde. A part de ça, t'es assez haï des autres croque-morts dans l'comté qu'y en a pas un maudit qui va vouloir t'ensevelir! Tu vas t'mettre en terre tout seul, maudit videux de veines!

Le curé avait écouté avec une stupéfaction montante ce flot d'injures. Il ignorait que ces deux hommes éprouvaient une telle haine l'un pour l'autre.

— C'est assez! s'exclama-t-il.

Il vint entre les deux, réussit à imposer le silence. Quand se turent les voix, qu'un calme relatif se fut établi, il murmura,

— Jamais... jamais de ma vie je n'ai entendu...

Plus fort, il continua,

— Une assemblée comme ça n'est pas une assemblée.. Vous avez tourné notre réunion en une foire, sans même une parcelle de respect pour votre vieux curé. Vous devriez avoir honte.

Ils les envisageaient tous.

— 'Mégilde Parthenais, Monsieur le maire, vous allez vous donner la main. Des querelles comme celle-là sont déshonorantes.

— Moi, serrer la main d'un croque-mort comme lui? Jamais, monsieur le curé, jamais!

— Et la charité chrétienne, dit le curé, qu'est-ce que vous en faites, 'Mégilde?

'Mégilde se remettait tranquillement de sa rage. Il regarda le curé, puis le maire.

— Qu'y retire ce qu'y a dit! prononça-il.

— Pas pour un beau maudit, s'exclama le maire. Si tu penses, mon gros parvenu, que j'vas me mettre à genoux devant toi!

— Ça ne va pas recommencer au moins, s'exclama le curé. Vous n'allez pas vous donner en spectacle une deuxième fois?

Il fit signe à ceux qui retenaient les deux adversaires.

— Laissez-les aller, dit-il.

Libres, les deux hommes se firent face. Un moment, Parthenais esquissa un geste comme pour frapper, et le maire Albini Leboeuf recula prestement.

— Donnez-vous la main! tonna le curé.

Les deux hommes ne bougèrent pas. Le curé soupira, leva les yeux au ciel un moment.

— Je vous ai ordonné de vous donner la main, et nous allons rester ici, comme nous sommes, sans continuer l'assemblée, tant que vous ne m'aurez pas obéi. Vous devriez avoir honte! Des hommes faits... Des hommes qui sont censés être sérieux... Vous, Parthenais, un homme d'affaires averti, que je supposais intelligent... Et vous, monsieur le maire, notre premier magistrat, vous disputer de la sorte! Avec une vulgarité dont je ne croyais aucun de mes paroissiens capable!

— J'ai pas sacré! dit le maire. Je sacre pas!

L'avocat Demeules, ramené à une quasi bravoure, osa:

— C'est vrai ce qu'il dit, affirma-t-il. Mais j'ai jamais entendu deux hommes se dire d'aussi grosses bêtises sans sacrer.

Il sourit et fit un visage tristement joyeux aux hommes en cercle autour de lui.

— C'est un vrai tour de force!

Quelqu'un ricana, et 'Mégilde Parthenais jeta vers l'homme de loi un regard sombre.

— Vous, monsieur l'avocat, personne vous a demandé de mettre votre p'tite graine. Mêlez-vous de vos papiers, on va s'mêler de nos chicanes. Si on a besoin de vous, on ira vous voir, pis on vous paiera c'que vous vaudrez. J'vous avertis que ça sera pas cher!

— Comment! protesta l'avocat, estomaqué. Vous m'insultez, Parthenais!

— Mon nom, c'est *monsieur,* dit le camionneur. A c't'heure, monsieur le curé, on est mieux de finir nos affaires. Leboeuf, viens m'serrer la main comme a dit le curé, sinon j'te rejoins, puis c'que j'vas t'faire tu seras jamais capable d'en parler devant les femmes, j'te garantis!

— 'Mégilde! morigéna le curé. Ce n'est pas une façon de vous réconcilier.

— J'y donne la main pour vous faire plaisir. Y a des moyens plus payants de se salir! Arrive, mon p'tit râleux, serre-moi la main pour qu'on finisse l'assemblée!

Peureusement, le maire approcha. Le camionneur s'empara de la main que Leboeuf tendait à regret, et la serra brièvement. Puis il se tourna, retrouva sa chaise, la tira et se laissa tomber dessus.

— Finissons-en, monsieur le curé.

Chacun reprenait sa place à table.

Rien ne démarrait plus. Un silence embarrassé menaçant, avait supplanté le tumulte et les injures. Didace Vigeant poussait de gros soupirs. A l'autre bout de la table, le vieux Narcisse Archambault secouait sa tête blanche. Il n'avait pas été habitué à de telles violences. Les instants précédents l'avaient fortement ébranlé.

Le curé semblait grave. Il regardait fixément la table devant lui. Au bout d'un long moment, il parla d'une voix sourde.

— Je ne veux plus revenir sur l'incident de ce soir.

— Parthenais était favorable à midi, coupa le maire Leboeuf. Ça m'a choqué de l'voir virer son capot. C'est pas nouveau ... Y'a assez de manigances dans l'village qu'on sait jamais quand c'est qu'un gars va se vendre d'une fois à l'autre qu'y nous parle...

'Mégilde Parthenais regardait le maire, ne protestant pas. Il ébaucha un geste d'indifférence quand Leboeuf eut terminé.

— C'est de l'eau coulée dans la rivière, ça dit-il. J'ai réfléchi puis j'me sus trouvé contre le projet. J'ai ben l'droit. On est pas icitte pour faire les moutons, on est icitte pour voter pour ou contre le projet. Ça fait que ça, dans mon langage à moi, ça veut dire qu'on a le droit d'être pour ou ben d'être contre ...

Le curé se passait la main sur le front. Instinctivement, il entrevoyait une solution, une façon de profiter du désarroi général.

— Messieurs, dit-il, il est déjà huit heures trente. Et nous n'avons rien dit de vraiment sérieux, de vraiment important. De plus, vous m'avez servi ici ce soir des mots, des expressions, un langage qui ne vous font pas honneur. Je frémis à songer que deux de nos meilleurs citoyens parlent ainsi. Je frémis parce que je me demande ce que les autres disent, si un maire se permet de telles injures, si un commissaire d'école et un premier marguillier osent ainsi s'exprimer.

Il soupira, se posa la main sur les yeux un moment.

— Je ne voudrais pas continuer dans cette voie où nous nous sommes engagés. Je ne veux pas recommencer d'autres actes de violence ici. Puisque nous ne pouvons discuter froidement, sainement, les sujets de brûlante importance, je ne vois qu'une chose: lever la séance et ajourner à plus tard. J'osais vous demander une faveur. Je vois que je m'adressais mal et que...

— Vous y tenez tant que ça, monsieur le curé? demanda Demeules, prononçant ainsi ses premiers mots de toute la soirée.

— J'y tiens, oui, mon Guérard. J'y tiens beaucoup. Et je suis certain qu'une fois accompli, ce déménagement va plaire à tous les paroissiens. C'est un projet... surprenant, mais c'est aussi un projet qui me tient à coeur. Je voudrais . . . je voudrais que vous me l'accordiez... enfin, que vous me donniez entière confiance. Je ne sache pas que je vous aie fait défaut jusqu'ici . . .

Guérard Demeules accomplit ce soir-là un acte étrange. Il n'avait jamais exprimé d'opinion en assemblée. Il assistait, il faisait parfois de petites plaisanteries pas très drôles, mais il veillait toujours à ne pas s'aliéner la clientèle. Ce soir-là, par exception, d'une voix ferme, qui trancha le silence, il déclara à tous ces visages sombres entourant la grande table,

— D'abord que ça tire pas à si grande conséquence, puis que c'est un projet qui tient au coeur de notre bon curé, pourquoi ne voterions-nous pas?

Il fut interrompu par Henri-Georges Dosquet, qui se leva d'un trait, rejetant sa chaise derrière lui,

— Je l'avais dit, fit le marchand de bois et propriétaire du moulin à scie. Je l'avais dit à ma vieille puis à Ti-Brod! On est encore en train de s'faire emmancher. On poigne pas les mouches avec du vinaigre, hein, monsieur le curé? Vos supporteurs sont là derrière vous. Le maire, le marchand . . .

— Pis moi, fit Didace Vigeant tout à coup.

On le regarda avec étonnement.

— Oui, moi. C'est comme on dit des fois: j'veux

voir où c'est que ça va aller c't'affaire-là. C'est correct tant qu'à moi, monsieur le curé, mouvez-le votre cimetiére! J'sus curieux de voir c'qui va arriver après.

Dosquet eut un rugissement de rage.

— Un aut' vire-capot. J'vous dis que c'est la vraie assemblée de députés à soir! On vend son âme à droite puis à gauche! Mais moi, j'suis pas à vendre! Moi, j'me colle pas les pattes dans l'miel. Vous ferez c'que vous voudrez, mais vous aurez pas mon vote. Ni contre, ni pour! J'vous souhaite ben de l'aise avec votre cimetiére, les gars. Puis vous avez pas fini d'vous faire emmancher!

Il brandit le doigt vers le curé et Parthenais.

— A part de ça, j'serais curieux d'savoir combien que ça l'a coûté au curé pour acheter Parthenais.

— Dosquet! cria le curé Bossé. Vous ne savez pas ce que vous dites!

— La vraie belle affaire montée, cria à son tour le scieur de bois. Parthenais s'met en maudit, y fait une scène avec le maire... Mais après ça, les v'là calmés. Nous autres on est à l'envers. Des gars à l'envers ça s'mène au cordeau, on l'sait! Ça vote comme on veut les faire voter!

Le curé, effaré par la perspicacité de Dosquet, n'eut qu'une faible exclamation.

— Vous ne savez pas ce que vous dites, Henri-Georges, et vous ne réussissez qu'à m'insulter.

— J'sais pas c'que j'dis, hein, monsieur le curé? C'est correct. D'abord que c'est d'même, j'vas m'en aller. Ça fait que j'vous dérangerai plus!

Et en claquant la lourde porte vitrée, Dosquet sortit, laissant derrière lui des marguilliers plus interloqués, plus troublés que jamais.

Seul Parthenais, la voix aigre, apporta une conclusion aux paroles de Dosquet.

— Y changera jamais dit-il. Y changera jamais. J'ai toujours entendu rien que des folleries lui sortir d'la bouche!

Le curé, avec une angoisse au fond des yeux, reprit:

— Si vous voulez, dit-il, nous allons terminer l'assemblée par le vote. Toute discussion devient de plus en plus inutile. Nous avons parmi nos marguilliers des têtes chaudes qui parlent sans réfléchir. Vous m'avez tous fait bien mal ce soir, mes amis. Essayons de finir en beauté, voulez-vous?

Quelques têtes opinèrent, puis la voix de Gustave Robin déclara:

— Des assemblées de fou d'même, c'est pas avançant.

Le curé, dans le secret de son âme, adressa une prière à Dieu pour l'exhorter à récompenser ce brave âne qui savait trouver au juste moment le mot tout aussi juste.

— Attendez, déclara Didace Vigeant. Une minute. Tout ça, c'est ben beau, mais encore? D'abord, l'déménagement, ça s'fait pas sus l'dos d'un homme! Les dépenses? Le bardas? La manière de s'y prendre. Avez-vous pensé à ça, monsieur le curé?

Le curé Bossé inclina la tête.

— Certainement, mon cher Didace. J'attendais après le vote pour en parler, mais je crois en effet qu'il vaudrait mieux en discuter tout de suite. Voici: je crois que nous pourrions confier ces travaux à Adalbert Langevin. Il va embaucher des hommes. Il n'est pas question de creuser à la pelle mécanique. Chaque fosse devra être ouverte à la petite pelle, et les ossements soigneusement retirés. La fabrique de portes et châssis va nous faire des boîtes spéciales pour mettre les ossements trouvés en terre. Quant aux tombes intactes, elles seront transportées telles quelles.

— Oui, mais y a pas de danger de mélanger les corps de même? demanda Vigeant.

— Toutes les précautions seront prises. Nous allons exhumer fosse par fosse et transporter les ossements et les restes de chacune dans la fosse correspondante qui aura été préparée dans le nouveau cimetière. Je crois que nous pouvons déménager, si nous avons assez d'hommes au travail, environ cinq fosses à la fois, chaque équipe s'occupant d'une fosse qui lui sera assignée, et chaque camion attaché à une équipe en particulier. Vous me comprenez bien?

— Oui, firent plusieurs.

— Demain, je veux aller au nouvel emplacement de bon matin. Avec Sauveur Potvin, je vais établir des mesures et, chiffres en mains, je pourrai préparer un plan d'ensemble.

Il était plus facile de parler. On semblait même s'accommoder des détails que mettait le curé dans son plan général. Ceux qui n'avaient pas encore ouvert la bouche et qui se tenaient là comme s'il se fût agi de simples spectateurs, n'étaient pas à craindre. Quant aux autres qui s'étaient chamaillés, ils semblaient avoir usé le plus gros de leur énergie et paraissaient même écouter leur pasteur avec un intérêt nouveau qui n'était pas seulement de la soumission retrouvée.

— Chacun pourra choisir sa nouvelle fosse? demanda le maire Leboeuf.

— Chacun ayant des morts en terre, oui. Les autres, les vieilles fosses, occuperont la partie la moins belle du nouveau cimetière, pour laisser de la place aux contemporains.

— Bon, j'comprends, dit le maire.

— Mais si vous préparez un plan... interrompit Parthenais.

— C'est un plan, coupa le curé, qui indiquera le tracé des chemins et des allées, et les terrains disponibles. Ce plan sera ensuite soumis aux paroissiens pour qu'ils choisissent l'emplacement de leurs nouvelles fosses. Et ce qui restera sera vendu ou gardé en réserve pour les mises en terre futures.

On approuvait, en principe. Excepté 'Mégilde.

— Ça va être long ... Faire un plan, le soumettre aux paroissiens, les laisser choisir... La gelée va prendre, vous pourrez jamais creuser dans deux, trois semaines d'ici...

— Ce plan sera prêt mercredi prochain et soumis aussitôt. Dès vendredi il y aura suffisamment de choix effectué pour que nous puissions commencer à creuser dans l'ancien cimetière.

Le curé ouvrit alors les mains d'un geste rapide.

— Et après tout, Parthenais, du moment que nous aurons mis ce déménagement en branle cet automne, il pourra toujours être terminé au printemps venu. Quand les nouvelles clôtures seront faites, les allées tracées, certaines fosses creusées... Après-demain les ouvriers pourraient commencer la clôture...

L'assemblée s'inclinait. Le curé avait mûri son projet. Il n'allait pas à l'aveuglette.

— Et le prix? demanda Narcisse Archambault à l'autre bout de la table. Avez-vous une idée de c'que ça va coûter, c't'entreprise-là?

— Euh... jusqu'à un certain point, oui. Je croirais que... cinq mille devraient suffire...

— Cinq mille! s'exclama le vieux.

— Nous avons trente mille en banque et en placements immédiatement réalisables. Cette dépense n'endettera pas la paroisse, au contraire...

Le vieux marguillier soupira.

— Ah, non... j'suppose... N'empêche que cinq mille, c'est d'l'argent... Dans mon temps...

Il ne continua pas, baissa la tête avec un autre soupir.

Le curé les observa un moment, ne trouvant sur aucun visage le sourire ou l'approbation. Ils allaient voter favorablement, mais le curé Bossé sentait bien que c'était contre leur gré. En lui-même, il ressentit un mal à l'âme d'avoir à leur imposer cette décision. Mais aucune issue ne s'offrait. Et soupirant lui-même, quoique pour des raisons différentes, il se tourna vers, l'avocat Demeules.

— Procédez, monsieur l'avocat. Il n'y a plus de questions, je crois...

L'avocat se leva, livre en mains.

— D'après la loi qui régit les fabriques paroissiales dans la province de Québec, dit-il, nous avons ce soir le choix entre le vote secret ou le vote à main levée. Indiquez votre préférence.

Un chorus d'assentiments s'éleva.

— Le vote à main levée? demanda le secrétaire.

— Oui, dit Gamelin, au nom des autres. Ça sera plus vite fini.

— Très bien. Alors voici: "Il a été résolu au cours d'une assemblée réunissant seize membres du conseil des anciens et nouveaux marguilliers de la paroisse, que le curé soit autorisé à procéder au transfert du cimetière paroissial, maintenant sis à l'arrière de l'église, vers les terrains de la Fabrique achetés autrefois du sieur Vincent Langlois, ce transfert devant être accompli selon la convenance du curé de Saint-Léonide-le-Confesseur, quant à la date et aux méthodes."

Il déposa son cahier des minutes sur la table.

— Tous ceux qui sont en faveur de la motion, dit-il.

On se consulta du regard. Finalement onze mains se levèrent, les une après les autres.

— Onze favorables, prononça-t-il. Maintenant ceux qui sont contre la motion?

Trois mains firent le geste. Seul Parthenais qui n'avait point voté au premier tour faisait de même à ce deuxième scrutin.

— Vous ne votez pas, monsieur Parthenais? dit l'avocat sèchement.

— J'm'abstiens, dit le camionneur. A la dernière minute, j'veux pas voter pour, j'veux pas voter contre.

L'avocat compta les voix dissidentes.

— Trois, dit-il. La motion est donc adoptée par un vote de onze favorables, trois défavorables, avec une abstention et un marguillier qui s'est retiré avant le vote.

De retour au presbytère, le curé arborait un sourire triomphant. Aurélie n'eut pas besoin de lui demander pourquoi il souriait. Elle avait tout de suite deviné le résultat du vote.

— Prendriez-vous une tasse de cocoa, monsieur le curé?

— Oui, ma fille, avec plaisir.

— J'ai mis vos journaux dans votre bureau, ceux de samedi... *Le Devoir, L'Action Catholique*... Avec vos pantoufles, puis votre pipe d'écume de mer. J'ai ouvert la caille pour qu'y fasse chaud. Vous méritez bien ce petit repos...

Le curé s'installa douillettement dans le grand fauteuil bas, sous la lampe. Il déplia lentement ses journaux et savoura la première gorgée de chocolat que lui avait prestement apporté Aurélie. Il se sentait en pleine paix avec son Seigneur et son évêque.

Moins en paix cependant, les marguilliers anciens et nouveaux subissaient pendant ce temps, chacun chez soi, le feu roulant des questions, et bientôt le feu non moins roulant des reproches.

Chez lui, le docteur Pigeon, averti par Ti-Blanc qui le tenait de son frère 'Mégilde, leva les yeux sur sa femme qui avait écouté la conversation téléphonique.

— Ça marche sans anicroche, dit-il. Ça été chaud, mais le curé a gagné son point. Tant mieux! S'il avait perdu, ma démarche aurait été en pure perte. Maintenant, je sais que je vais réussir.

Il esquissa un pas de danse, un geste incongru chez lui, et demanda à sa femme:

— Rien sur l'agenda pour cette nuit? Pas d'accouchement en perspective?

— Non, à moins d'urgence, rien de spécial...

— Alors, sors quelque chose à boire. Ça vaut une célébration. Au rye!

DEUXIÈME PARTIE

Chapitre I

Sauveur Potvin, bedeau dévoué de la Fabrique de Saint-Léonide-le-Confesseur, portait depuis vingt ans la même casquette crasseuse. Une sorte d'innommable couvre-chef qui avait été autrefois gris, mais que la succession des années et la fortune des températures avaient fait passer du gris au brun, du brun au noir, et en ces derniers temps à une sorte de couleur verdâtre, striée, qui ne portait certes aucun nom dans la nomenclature des grands drapiers.

Ce matin-là, ce digne et magnifique matin, ce matin marqué d'une étoile; ce tôt-jour où le curé Bossé, triomphant pasteur, était encore tout abasourdi par sa facile victoire, Sauveur Potvin portait une casquette neuve.

Il sentit le besoin d'expliquer le changement au prêtre qui regardait d'un air ébahi la casquette de cheviotte bleu marine trônant sur la tête du bedeau, un crâne mi-chauve surmontant un visage maigre aux pommettes saillantes et barré par une moustache grise teintée de jaune.

— Vous me r'gardez l'nouveau cass', m'sieur l'curé?

— Euh ... oui ... ça fait différent de te voir coiffé à neuf.

— Ben, c't'une décision d'à matin ça ... Ça fait quèques années que j'voulais m'en acheter, mais on sait ben qu'un cass', c't'un cass' ... C'est pas une dépense qu'on fait tous les jours. Un deux-trois piasses sus-à-tête, faut pas faire ça trop souvent si on veut s'mettre des cennes de côté pour not' vieil âge... Mais y a personne qui va m'trouver dépensier d'avoir gardé mon vieux cass' trente ans...

— Trente ans? dit le curé qui n'écoutait jamais sans amusement les propos colorés et verbeux de son bedeau.

— Trente ans, quésiment jour pour jour. J'me sus marié en automne, à peu près à c'temps icitte. Pis j'ai acheté mon cass' la veille des noces, pour faire not' voyage à Sainte-Lucienne. On avait été passer quatre jours chez mon oncle Eusèbe, là-bas. Y'avait besoin d'aide pour couler son miel, ça fait que j'avais arrangé ça avec lui pour qu'y nous garde pour rien, en échange de mon temps. J'pouvais pas m'en aller jusque là nu-tête, ou ben avec mon vieux cass' brun que j'avais dans c'temps-là, non plus que j'pouvais me marier sans m'habiller un peu. Le pére à Guérard Demeules vivait encore dans c'temps-là. Y m'avait fait une barguine. J'avais quarante poches d'oignons pis une poche de sumence de trèfle que j'gardais pour m'hivarner si l'besoin v'nait. Ça fait que l'pére à Guérard, Henri Demeules, y m'a changé les oignons pour un habillement de serge bleue, une paire de souyers noirs, des beaux chaussons noirs, pis des lâcets neufs, des bartelles de police de Montréal, une ch'mise en coton blanc, pis une damnée belle cravate en soie grise avec une épingle, une vraie perle à collier pour accrocher après...

— Et la casquette, ajouta le curé.

— Pis l'cass'... euh, la casquette comme vous dites, ben, j'prévoyais pas m'habiller en neu', d'la tête aux pieds d'même. Ça fait que j'ai parlementé avec Demeules pour qu'y garde la sumence de trèfle contre mon crédit pour l'hiver, en cas que j'serais d'court en venant sur avri' ou morse, pis qu'y m'donne un cass' neu' en plusse de mon butin de noce... C't'hiver-là, j'ai bûché, c'est pas creyable. J'sais pas si c'est l'fait d'avoir une criature pour m'faire la cookerie pis me tenir en forme, mais j'vous mens pas que j'me sentais fort comme l'gars dans l'histoire Sainte qui sacrait les colonnes du temple à bas...

— Samson?

— C'est ça! En tout cas, j'me sus compté chanceux d'avoir le beau cass' neu'... J'ai jamais eu de r'gret de l'avoir acheté...

— Ça t'a fait un voyage de noce peu dispendieux? fit le curé, quand il put placer un mot.

— M'as dire comme on dit, oui, m'sieur l'curé. Mais c'est pas en j'tant not' argent dur à gagner aux quat' vents qu'on s'ramasse un p'tit peu de bien. Dans c'temps-là, on savait pas qu'on aurait les pensions de vieillesse, ça fait qu'on ménageait à plein pour être sûr que betôt on pourrait manger pis vivre nos vieux jours à la chaleur.

— Tu as bien raison, Sauveur...

— J'avais fréquenté une fille ben ménagére aussi, la fille à Hermas Hardy, de Saint-Gélas. Une grande rousse qui avait d'la parlotte, pis du bon vouloir. Ça l'a travaillé, c'te criature-là, j'vous mens pas, m'sieur l'curé, quésiment autant que moi, à bûcher, à scier, à harser à la p'tite harse. Elle a fait son savon pendant vingt ans, pis cuit son pain, pis j'vous dis qu'elle achetait pas souvent des hardes de magasin ou ben d'catalogue! Tiens, j'me souviens qu'elle avait besoin d'un corset, après not' deuxième, Barnard... Ça l'avait pris dans l'ventre. Corpulente, pis toute descendue... A d'mande le prix à Guérard. Y était jeune, pis y connaissait pas ben ça tenir magasin. Pas autant qu'son pére. Y sortait du grand collége, à la ville, pis y arrivait icitte plein de toutes sortes d'idées de folleries... Fait poser l'essetrisseté, les closets à chaîne, pis une champlure à l'eau, pis y met toute du prélat sus ses planchers... Toujours que ma femme y demande le prix d'un corset avec des baleines, un corset rose, ben solide, avec des ferrements gros comme le p'tit doigt. Guérard y dit que ça valait $6.95... Ma femme vous l'toise du haut en bas, "Voleur!" qu'à dit, "Un boutte de coton avec d'la broche pis des lâcets, six piasses, quésiment sept piasses... Sept piasses, on peut dire. à ben y penser... Voleur! Tu iras pas loin à saigner l'pauvre monde par icitte...!" A r'vient à la maison poigne du coutil blanc, pis à s'fait un corset, j'vous dis que ça la tenait solide comme une charpente d'étable, ça! Ça y faisait des marques dans la chair, vis-à-vis les broches qu'elle en avait l'air carreautée comme une couvarte à carriole... Surtout l'dimanche, quand elle l'avait gardé toute la journée... Mais j'vous dis qu'assis sus sa chaise, elle avait l'corps raide. Pis ça y a fait du bien sans bon sens... Elle avait des dérangements, des journées de corps-lâche que ça empestait l'tour d'la maison, pis d'autres journées qu'elle était r'serrée comme un jeune au printemps. Avec le corset, pus de trouble! Toute r'venue! Pis ça l'a pas coûté six, sept piasses! J'vous dis qu'à r'gârder à nos cennes comme on fait, on comprend que j'sus pas pour m'acheter des habillements tous les ans ou tous les deux ans... Mais là, mon garçon, celui qui travaille au garage Robin à répârer les autos, y m'a dit: "L'pére, vous avez l'cass' ben magané. La palette est assez croche qu'elle est toute roulée..." On a esseyé de rentrer un boutte de tôle dedans pour la mettre d'équerre, mais on a déchiré le r'couvrage, ça fait qu'à matin, premiére chose, j'sus allé chez Guérard. J'y avais netteyé sa cour de magasin le mois dernier pis y m'avait dit que ça s'rait du crédit pour moi dans ses livres. J'y ai changé ça contre mon cass' neu', pis vingt livres de farine, pis à part de ça du piqué gris pour que ma vieille se taille un jupon chaud pour c't'hiver...

Voyant que le récit pouvait durer encore, le prêtre interrompit.

— Sauveur, dit-il tu vas nous retarder avec tes histoires. Vite, des piquets, de la corde...

Ils étaient dans la remise derrière le presbytère, s'apprêtant à partir. Car ce matin-là, le curé et Sauveur devaient se rendre sur les terrains de la Fabrique où se situerait le nouveau cimetière, afin d'y tirer les lignes et noter des mesures.

Le premier acte du déménagement se jouait. Et n'étaient les traces des quelques jours d'angoisse que venait de connaître Alphonse Bossé, traces qui subsistaient en lui mais qu'il feignait de ne plus ressentir, la vie de ce jour-là eût été en tout point semblable à celle de n'importe quel autre jour gai et paisible, comme ils étaient naguère en ce presbytère de Saint-Léonide.

A neuf heures, Sauveur Potvin avait rassemblé le nécessaire. Le curé sortit sa voiture du garage et, avec le bedeau à ses côtés, ému de se trouver une rare fois de plus en si bel équipage, il se dirigea vers le côteau à Langlois.

Debout au bord de la route, les mains aux poches de son paletot, le curé examina minutieusement le button sablonneux. Montrant un enthousiasme qu'il était loin de ressentir, il déclara,

— Avec de l'imagination, Sauveur, il est possible d'aménager ici un tres magnifique cimetière. Plus beau, et surtout beaucoup plus a la vue que l'autre, derrière l'église. Un étranger doit vraiment le chercher pour le trouver, notre cimetière présent . . .

— Ah, y'a ça, m'sieur l'curé. On l'avait pas mis au regard de tout un chacun. On l'avait caché darriére le transept comme si on en avait honte!

Un moment, le curé resta silencieux. Les yeux perdus au loin, il se remémorait la ferveur de son évêque lorsqu'il avait décrit ce Chemin de la Croix dont il voulait doter le diocèse. Et le curé Bossé, bien qu'éprouvant un certain déplaisir à imaginer son cimetière sur cette butte sablonneuse, ne pouvait s'empêcher de ressentir de la joie à la pensée de ce superbe lieu de dévotion qui ornerait Saint-Léonide et ferait l'orgueil de ses paroissiens. Le mal de ce déménagement était en fonction d'un bien dont la portée mystique dépassait les chicanes des fabriciens et les colères villageoises. "Fasse," songea le curé "que cet édifice mis au service de Dieu puisse convaincre les calomniateurs qu'à l'évêché seules de pures intentions ont animé ce déménagement!"

Il soupira et, se frottant les mains d'un geste satisfait, il dit a son bedeau:

— Allons, mon brave Sauveur! Sors les piquets, la corde de ligne! Nous avons du travail à faire.

— Vous savez, j'sus pas encore trop certain de quoi

c'est que vous voulez faire icitte à matin. Planter les piquets? Tirer des lignes? Ben où les planter les piquets, pis où les tirer les lignes?

— Je vais tout t'expliquer, Sauveur. Sors ce qu'il faut , nous allons entrer sur le terrain. J'ai un peu mon plan dans la tête... D'abord, il va falloir mesurer le terrain bien exactement, d'une clôture à l'autre.

Sauveur souleva la casquette neuve avec un geste plein de respect et de précautions pour la coiffure toute raide encore.

— J'sus pas un gars qui poigne l'ouvrage à r'culons, mais j'comprends pas encore. Ça été borné c'terrain-là. Y'a des clôtures. On a tout fait ça quèque part, les mesures, pis les délignages, pis l'carré...

— Ces terrains sont irréguliers, dit le curé. Le cimetière, lui, doit être symétrique.

— Ouais...? Symé... symé... trique, hein?

— Je veux dire que les côtés en doivent être égaux, et les angles droits.

— A coins carrés, vous voulez dire, tirés sus des lignes drettes?

— Exactement, Sauveur. Exactement ce que je veux dire.

— Ah, bon... j'comprenais pas... Ça fait que j'vas sortir mon dégrail, pis on va s'mettre à l'ouvrage.

Prestemment, Sauveur se mit en devoir d'extraire de la valise de l'auto tout ce qu'il avait apporté. Pour un homme de son âge, (cinquante-huit ans à la Saint-Michel, et vert comme de l'épinette fraîche sciée...) il travaillait avec une vitesse surprenante. Son grand corps maigre était enveloppé dans un gilet de grosse laine brune, à collet roulé, un pantalon de frise noire, et ses pieds étaient chaussés de bottines de travail à bout carré, aux énormes semelles imperméables. En un clin d'oeil, il avait complété la besogne, et déjà la valise était vide, les piquets étaient cordés de l'autre côté de la clôture de broche, la ficelle bien enroulée dessus, et le ruban à mesurer tout à côté, par terre.

— V'nez, m'sieur l'curé, j'vas vous sauter par-dessus.. Vous êtes pas pour vous dévorer la soutane sus-à broche piquante!... Arrivez-icitte que j'vous spring clair d'la broche!

— Laisse faire, Sauveur. La meilleure façon, c'est de m'en tirer moi-même. Tiens, tu vois? Je vais relever ma soutane et faire comme toi, enjamber la broche sans accroc.

Le bedeau regardait le pantalon découvert par le geste du curé. Et comme le prêtre touchait terre, il déclara d'un ton admirateur,

— Vous avez une damnée belle paire de culottes en sarge noire, m'sieur l'curé! Y a pas à dire, vous autres les prêtres vous vous cachez pas l'principal avec des vieilles poches de pétaques vides!

— Voyons, voyons, Sauveur, qu'est-ce que tu me racontes là!

— J'pensais jamais que d'ssour une belle soutane en belle étoffe de même, vous auriez encore c'te damnée belle paire de culottes-là! J'le disais à mon plus vieux qui est frére Saint-Gabriel, au Sault-Récollet à Morial, que les ceusses qui s'organisent pour pas avoir de misère, c'est encore les curés. Pis que leur job c'est la meilleure!

— Sauveur!

Sauveur n'entendait plus et le curé se résigna à subir la suite.

— Pas de perte de temps, enchaînait le bedeau, nourri, logé, des beaux habits fins, des belles maisons, des beaux chars, l'respect de tout l'monde... J'en r'viens pas comme on aurait tout' dû faire des prêtres, nous autres. Moi, j'ai manqué ma chance jeune. Le vicaire par cheu nous, à Sainte-Lucienne, y'avait des idées que j'ferais un prêtre. Y m'parlait des médailles, pis d'la messe, pis des saints... Y voulait m'faire servir. Mais on restait à quatre milles du village, ça fait que ma mére avait pas voulu, rapport que marcher ça en hiver, à dix ans, c'était pas d'avance. Y m'disait qu'y pourrait m'organiser ça pour me faire faire mon cours dans un grand collége, pis que j'serais curé, que j'ferais du bien aux âmes... Si j'avais su manger d'la misère toute ma vie comme j'en ai mangé, avoir pensé que ça m'aurait fait une sérieuse de bonne position, vicaire ou ben curé, j'vous dis que j'me serais lancé là-dedans que ç'aurait pas moisi! Pensez-donc, je r'viens à vos culottes en sarge noire... Jamais j'aurais cru que vous étiez si bien habillé en d'ssour... jamais! C'est ben pour dire que vous manquez de rien. A part de ça, le beau char, pis votre belle montre! Vous êtes comme un vrai riche, là, un gars dans les journaux... Faut croire que vous l'méritez, d'abord que vous l'avez... J'sais qu'y en a ben qui vous critiquent, vous autres, les prêtres, parce que vous en avez tant. Mais on sait ben, emmanchés comme vous l'êtes, pris par la chasteté comme vous dites, faut ben que vous ayez quèque chose, hein? Les gars dans l'monde, y peuvent toujours prendre une p'tite Molson l'samedi soir pis s'amuser avec leur vieille quand ça les tente... Vous autres, y vous reste pas grand'chose à part dire vot' messe, confesser, vous habiller un peu, avoir des beaux presbytères, pis manger plein vot' ventre. C'est comme on dit vot' récompense pour être serrés comme vous l'êtes par l'aut' boutte... C'est ça que j'dis à mes garçons, mais j'vous dirai pas ce qu'y m'répondent... On sait ben, les jeunes, ça l'a toujours des idées avancées... Y vont s'calmer quand y vont voir, plus tard, que s'mettre contre les curés, par icitte, c'est de s'mettre la corde au cou. Un gars peut pus travailler, m'a gager, si de hasard y s'met contre vous autres...

— Tu dis des bêtises, Sauveur! parvint à s'exclamer le curé qui ne savait plus s'il devait se fâcher ou rire des propos du vieux.

— P't'être ben, m'sieur l'curé. Mais moi, j'ai pas étudié pour savoir parler. On a rien qu'à me r'gârder les culottes. Si j'avais étudié, j'aurais des culottes en sarge noire, comme vous.

Sur ce, Sauveur, cachant l'éclair malicieux de ses yeux, se détourna et rapidement se plia en deux pour ramasser le ruban à mesurer.

Quand il se releva, il avait le visage impassible, et le curé retint la semonce qu'il voulait lui servir, car ses tirades frisaient l'impertinence. Il n'était pas non plus tellement sûr qu'une réprimande aurait son effet, car Sauveur aimait avoir le dernier mot. Jamais, pourtant, il n'avait été aussi audacieux. Jusqu'ici ses allusions avaient été voilées et servies avec une finesse normande que le curé trouvait plus drôle que choquante. La violence de l'attaque ce matin et le sourire qu'affectait Sauveur en même temps laissaient le prêtre perplexe. Tellement surpris qu'il hésita un moment et que Sauveur en profita,

— Bon, dépêchons-nous si on veut pas passer trois heures à mesurer vot' saudit terrain, m'sieur l'curé, sauf vot' respect... Allez-vous tenir vot' boutte? On va mesurer sus l'long, ensuite on l'prendra sus l'large, pis on fera not' carré...

— C'est ça, Sauveur, le ruban a deux cents pieds. Marque à deux cents pieds, et j'avancerai quand tu me le diras. Commençons par la profondeur du terrain ici, au coin gauche.

— On va mesurer en bas d'abord?

C'est en traversant le terrain en diagonale, alors qu'ils passaient dans une dépression formant cet effet de vagues irréguilères, que Sauveur poussa tout à coup une exclamation qui ressemblait à un juron.

— Sauveur, admonesta le curé, qu'est-ce que tu as?

Du bout de son doigt, le bedeau touchait doucement à une espèce de boue noirâtre qui collait à la semelle et même au-dessus de la chaussure.

— Vous sentez pas, m'sieur l'curé?

— Sentir quoi? Qu'est-ce qu'il y a, Sauveur? Je ne comprends rien.

Mais Sauveur n'écoutait plus. Il s'était accroupi et il fouillait de la main dans une espèce de trou plein d'une boue noire et gluante. Et il fouillait aussi dans l'herbe jaunie, séchée, emmêlée, qui entourait le trou, et, partout où il touchait, sa main s'enduisait de cette poix...

Quand il se releva, il était pâle, et complètement interloqué.

— Vous savez pas, hein? V'nez icitte, fourrez-vous la main dans l'trou! Occupez-vous pas d'vos beaux ongles frais fait'. J'vous dis que ça vaut la peine. Aie, savez-vous c'que c'est ça? Ben, c'est de l'huile...

— De l'huile?

— De l'huile, torrieu! De l'huile pour faire du gaz, pis d'la graisse à moteur, pis toute...

Le curé haussa les épaules.

— Mon pauvre Sauveur, tu divagues... C'est probablement Robin, du garage, qui vient jeter ici des restes d'huile...

—Ah, non, m'sieur l'curé. Robin jette pas la vieille huile de panne. Y vend ça, pis y'a deux, trois gars qui s'chauffent avec des brûleurs à gouttes. Des casseaux emmanchés avec un tuyau qui dégoutte de l'huile sus un feu de brin de scie. Y jette pas une pinte d'huile! Même y chauffe son garage de c'te façon-là.

Le curé ne croyait pas Sauveur.

— De l'huile, Sauveur? Mais quelle sorte d'huile? Qu'est-ce que tu me racontes... Allons! Viens mesurer.

— Quand j'vous dis, m'sieur l'curé, que c'est un r'soudage d'huile, une mine d'huile, comme un puits, là! Y'a des millions de piasses qui vous tombent sus-à tête comme la manne des Juifs!

— Tu divagues, Sauveur.

Le bedeau se fâcha tout net. Il devint rouge comme une crête de coq.

—Crissez-moi donc la paix, vous!

Le curé n'eut qu'un cri de colère.

— Sauveur, tais-toi! Je n'endurerai pas de blasphèmes devant moi!

— Tâchez donc de raisonner, aussi, ça fait que vous en entendrez pas! Vous m'poussez à boutte, pis fâché j'peux vous en sortir long! J'vous dis que c'est de l'huile qui sort d'la terre, ça! Vous creyez-vous tout seul à savoir quèque chose? On n'a donc jamais rien vu, nous aut'? On est-y des maudits sauvages? J'ai été dans les plaines du Ouest moi, pis j'en ai vu des r'soudages d'huile, ça fait que j'sais de quoi j'parle. Ça, c'est de l'huile d'en d'ssour d'la terre, pis vous avez un puits d'huile drette sus vot' terrain!

Le curé s'approcha, s'accroupit à son tour, renifla

l'âcre odeur émanant du sol à cet endroit, posa délicatement le bout de son doigt sur la masse visqueuse.

— Ça bouillonne, dit-il. Regarde, Sauveur, ça bouillonne . . . vois-tu les bulles?

— C'est le gaz qui passe au travers . . . L'huile pisse par des craques, pis y'a du gaz qui vient s'mêler à ça . . . J'vous dis qu'on a fait toute une découverte là!

Le curé se releva, songeur.

— Je crois, dit-il que nous allons retourner au presbytère . . .

Il mit la main sur l'épaule de son bedeau.

— Excuse-moi, si j'ai pu douter de ta parole tout à l'heure. Ça me paraissait tellement fantastique ce que tu me disais là que je ne pouvais y croire. Mais si tu veux, nous allons retourner. Je vais faire venir quelqu'un que je connais qui nous renseignera plus exactement. Je voudrais que tu gardes le silence le plus complet sur cette découverte. Il se peut que nous fassions erreur. Ou encore il pourrait arriver que cette petite source soit sans valeur . . .

— Laissez faire, m'sieur l'curé. Faut que ça soye riche pour v'nir de même à ras la terre. Faut que ça sorte, ça! C'est comme les p'tits chiens d'une chienne. Vient le temps faut que ça sorte ou ben que ça casse. Ça s'adonne que la cassure s'est faite drette sus vot' terrain! C'est toute!

En chemin de retour, Sauveur, que le silence du curé agaçait, décida de reprendre le sujet.

— En tout cas, si c'est de l'huile qui vient d'la terre, dit-il, faut croire que vous allez pas déménager vot' cimetiére là . . . Ça serait pas creyable d'enterrer nos morts dans d'la bonne huile qu'on pourrait vendre...

Sauveur résista au secret durant une bonne heure. Chez lui, chez le cordonnier Desrochers, au restaurant Messier. Mais chez Guérard Demeules, n'y tenant plus, il confia la grande nouvelle au commis Désaulniers.

— Tu vas garder ça pour toi comme si c'était le déshonneur à ta fille. Mais moi pis l'curé, à matin on a découvert un r'soudage d'huile, d'la belle huile crute sus les nouveaux terrains pour le cimetiére . . .

Le commis Désaulniers confia le secret à sa femme, alors qu'il dînait chez lui ce midi-là. L'un des petits, Jean-Lucien, entendit et répéta le secret au fils du ferblantier Leblanc qui le dit à son père à quatre heures, l'école finie.

Le soir, à sept heures, tout le village était au courant.

Chapitre II

Dans Saint-Léonide, les âmes furent bien secouées. Et alors qu'on s'habitue à une rage de dents et qu'on en oublie la douleur; alors qu'on se fait à l'idée de météores périodiques qui viennent détruire les récoltes ou débâtir les granges; alors qu'on en serait venu à trouver naturelle la présence des loups dans la forêt voisine; alors qu'on aurait finalement accepté le déménagement du cimetière comme un mal inévitable auquel il valait mieux se soumettre, la stupéfiante nouvelle à propos de l'huile découverte sur les terrains même de la Fabrique vint semer non pas la joie mais la consternation, la jalousie, l'exaspération et la rage dans le coeur de chacun.

Cette huile ne jaillissait pas sur le terrain d'un bon citoyen, d'un pauvre, d'un voisin avec qui on pourrait peut-être conclure des marchés et partager cette bonne fortune. Non, il fallait que le destin, le destin aux gestes capricieux, fît soudre cette huile des terrains de la Fabrique! De la riche et prospère Fabrique! Partagerait-on ces largesses de la nature avec la population? C'eût été contraire à toute tradition. Les profits d'une fabrique ne vont-ils pas grossir les réserves des grandes corporation anglaises ou américaines? A Saint-Léonide, on n'avait pas dérogé à cette tradition, et le surplus accusé était depuis longtemps transformé au fur et à mesure en un intéressant portefeuille d'obligations d'utilités publiques ou de "holding trusts" américains, toutes entreprises n'ayant rien à voir avec l'essor industriel ou commercial du village ou des Canadiens français du reste de la province.

Tout d'abord, la nouvelle avait provoqué la stupéfaction. Puis, lentement, l'image se fit en chaque âme de cet argent prenant régulièrement le chemin des courtiers en valeurs. Issus des plus avertis, les commentaires se frayaient un chemin d'une maison à l'autre. C'en était trop! On avait accepté de mauvaise grâce mais sans combat soutenu le déménagement du cimetière: cet autre événement n'allait pas être absorbé aussi facilement par la population.

— Faut ben que ça arrive de même, déclara Henri-Georges Dosquet quand il put rassembler ses esprits à nouveau. C'est pas à des pauvres mangeux de misère comme nous aut' que ça arriverait. Faut que ça aille encore aux gros, aux curés !

Dosquet oubliait sa confortable aisance, sa fortune, puisqu'il faut appeler les choses par leur nom. Egale, sinon supérieure, à celle des villageois l'entourant, mais qui prenait soudain à ses yeux figure de pitance.

Partout on s'exclamait :

— Ça va pisser du sol, mille, quinze cents piasses par jour !

— Es-tu fou ! Mille piasses ? Aie, mets-en ! Dix mille, vingt mille piasses !

— Ça va rouler gros autour d'l'église... J'vous dis qu'on a besoin d'filer doux, nous aut' les p'tits, les ramasseux d'cennes !

Chez quelques vieux, quelques vieilles, une certaine résignation se manifestait, causée par la mort inévitablement proche et par le savoir qu'un peu plus d'argent ne changerait pas grand'chose à la vie. On montra donc plus de satisfaction véritable de la découverte. Encore qu'il y avait une sourde jalousie qui ne tarda pas à se manifester.

— C'est l'bon Dieu, déclara le vieux Lapensée, qui envoie ça pour aider la r'ligion. Y va vouloir se faire bâtir une grosse église en marbre pis décorée en or...

On sait ben, des millions d'piasses sus ses terrains à lui, au bon Dieu! On crérait quasiment à un miracle. Des miracles de même, c'est réservé aux curés...

Le curé, lui, ne mit pas de temps à se rendre compte de l'indiscrétion commise par Sauveur Potvin. Ce fut Aurélie qui la lui apprit.

— C'est-t-y vrai, s'exclama-t-elle en entrant dans le bureau du curé après le souper, alors qu'il lisait son *Devoir*, c'est-t-y vrai que c'te poche molle de Sauveur a été découvrir une r'source d'huile crute sur les terrains de la paroisse, monsieur le curé ?

— Qui vous a dit ça, ma fille ? demanda le prêtre.

— Ça s'parle c't'effrayant dans l'village, monsieur le curé. On entend rien que ça !

— J'aurais dû me douter aussi que la discrétion de Sauveur aurait des bornes...

Et il ajouta en souriant,

— En plus de ça, il faut admettre que c'était une fort belle nouvelle à propager !

Aurélie secoua la tête.

— Ben, pensez donc monsieur le curé, que c'est pas la façon que les gens prennent ça. Y paraît que même la vieille Desneiges, puis Camélienne Doré, puis même le gérant de la Caisse, puis même Désaulniers qui porte le grand collier de la Ligue du Sacré-Coeur à la Fête-Dieu, ben y paraît que même eux autres y disent que c'est pas juste...

— Pas juste? Mais qu'est-ce qui n'est pas juste, Aurélie?

— Pas juste, rapport que ça aurait dû sourdre sur un terrain appartenant à un paroissien. Y disent que la Fabrique est riche, qu'elle a pas besoin de ça, pensez donc ! Y disent aussi que vous allez vivre comme un vrai prince avec quinze, vingt mille piasses par jour... Y disent ben des affaires. Y disent qu'y a une paroisse en ville, assez riche que c'est pas croyable, puis le curé place l'argent dans toutes sortes de compagnies anglaises, des grosses compagnies, là. Puis y disent par ici qu'au lieu de donner c't'argent là aux Blôkes, que ça devrait être pris pour partir des industries locales pour aider à nos gens, bâtir des maisons, un aqueduc neuf... Ah, toutes sortes d'affaires, qu'y disent. Y'a même des jeunes qui parlent comme des vrais communisses...

— Mais qui vous a raconté tout ça, Aurélie ? A ma connaissance, vous n'êtes même pas sortie du presbytère.

— Non, mais vous comprenez, le central du téléphone est chez monsieur Leboeuf, hein ? Tout le monde vient le voir le maire, ou ben ils l'appellent. Puis Rozilda me dit tout ce qui s'passe.

Le curé soupira de nouveau.

— Il est bien impossible d'empêcher les langues de parler, Aurélie. Il faudra, pour l'instant, attendre à demain. Nous ne savons même pas si vraiment une nappe d'huile se trouve là. Nous savons qu'il y a de l'huile, nous y avons touché Sauveur et moi, nous l'avons vue là, devant nous. Mais nous ignorons s'il s'agit d'un simple accident de la nature ou vraiment d'un orifice donnant sur une nappe d'huile importante. Demain matin, un de mes amis de Montréal, un ingénieur minier, viendra discrètement examiner notre découverte. Je lui ai téléphoné.

— Oui, je sais. Rozilda m'a dit ça.

Mais dès le lendemain matin, ce qui avait été une conjecture devint un fait. Ce qui n'avait été qu'un rêve immense pour le curé devint, jusqu'à un certain point, une réalité.

L'ingénieur Laniel avait été bref.

— Je suppose que vous voulez savoir ce que j'ai déterminé, Alphonse ! Bien, voici. Nous devons naturellement déduire beaucoup plus qu'affirmer. Mais il y a centains signes qui ne trompent jamais. Un forage donnera des résultats qui vont certainement étonner beaucoup de gens.

— Il y a donc une nappe d'huile ? s'enquit le curé. Un réservoir souterrain ?

— Oui. Et je puis vous assurer de ceci : quand une nappe d'huile a besoin de sortir son trop-plein par des fissures naturelles du sol, c'est qu'elle est grande, qu'elle est immense. Celle-là semble s'étendre des côteaux à la rivière et avoir au moins un mille de long.

Le curé en entendant ceci ne put s'empêcher de songer à Sauveur qui avait, en d'autres termes, supposé la même chose.

— Tant que ça? fit-il.

— Votre population devrait se compter heureuse. Chacun de vos contribuables est un millionnaire en perspective. Un forage effectué sur chaque terrain ou presque de votre village devrait produire un puits abondant qui aura vite fait d'enrichir son homme.

Songeur, le curé avait les yeux perdus dans l'espace.

— Ce que vous venez de dire, Armand, vous en êtes bien sûr ?

— Bien ... écoutez ...

— Aucune marge d'erreur ?

— Ah ça ! Evidemment, il y en a toujours ...

— Mais d'après vous, à combien de profondeur se trouverait cette nappe ?

— Pas très loin sous terre. Je dirais même qu'il y a affleurement et cela expliquerait le jaillissement sur vos terrains. Disons, mille ou deux mille pieds ...

— Il me semblait qu'on ne trouvait l'huile qu'à de très grandes profondeurs ...

— Voilà pourquoi je dis qu'il y a sûrement un affleurement ici. Probablement comme une poche, un gonflement de cette nappe, et c'est la pression de gaz engendrée par l'absence de toute issue qui a forcé un peu de cette huile à travers les fissures.

Il tendit la main au curé Bossé.

— Ça vous va, Alphonse, ce que je vous apprends ce matin ?

Le curé sourit largement.

— Oui ... Ça me va à plus d'un point de vue ... Ça me va si bien que vous ne saurez jamais toute la gratitude que j'ai pour votre science.

Dans l'après-midi, une camionette portant des haut-parleurs commençait à circuler dans le village et dans les rangs. C'était le curé Bossé qui l'avait réquisitionnée de la ville pour annoncer à ses paroissiens :

"Ce soir, à la salle du collège, réunion de toute la population de Saint-Léonide, des rangs comme au village. Une grande nouvelle sera annoncée. Venez tous, c'est dans l'intérêt de chacun... Ce soir, à la salle du collège, réunion de..."

Chapitre III

Jamais on n'avait vu si grande foule à une réunion des citoyens de Saint-Léonide, et le curé Bossé eut peine à se frayer un passage dans l'escalier, puis dans le hall, et ensuite à travers le groupe compact occupant la salle jusqu'en ses recoins.

La foule semblait nerveuse, tendue jusqu'au point d'éclatement. Le curé Bossé sentit avec douleur qu'une haine véritable animait les paroissiens, une haine spontanée, capable de tout.

"Voilà donc ce qui nous attend?" songea-t-il. Une grande compréhension s'était faite en lui quand Aurélie lui avait décrit les sentiments de ses concitoyens. Depuis cet autre instant où le prêtre avait touché du doigt certaines réactions de ses paroissiens en face de la régie diocésaine, une nouvelle science avait surgi peu à peu dans son subconscient. Comme une infiltration de lumière. Il comprenait mieux la révolte de ses congénères. Hier encore il aurait fustigé le rebelle, mais maintenant qu'il croyait saisir les causes profondes de mainte défections, il se sentait porté à l'indulgence. Son souvenir lui rappelait la vie menée par ses confrères. Il repassait en sa tête les menées audacieuses devant lesquelles il s'était volontairement fermé les yeux dans le passé. Ce soir, devant ses paroissiens hostiles, il ne trouva en son coeur aucun reproche, mais une connaissance de leurs angoisses qui lui fit excuser tous ces regards, cette raideur, la manifeste inimitié qu'il lisait sur chaque visage.

Il atteignit la scène à l'avant de la salle, y monta lentement, et debout devant ses ouailles, promena sur eux un regard beaucoup plus empreint de pitié que de réprobation.

— "Mes amis, dit-il. Mes bons amis . . . !"

Il y eut des ricanement au fond de la salle et pour un moment il craignait de voir la violence déclenchée par la seule audace de quelques jeunes à l'arrière. Il se fit un remous, des murmures coururent au-dessus des têtes.

— Mes chers amis... soyez patients un moment. Oubliez ce que vous ressentez de dépit et de jalousie. Si je vous disais, bien sincèrement, que je comprends chacune de vos angoisses . . . Même lorsque vous avez envié la Fabrique, votre curé, la vie qu'il mènerait . . . la vie, disons, que vous supposiez pour moi . . .

Il sourit doucement, esquissa un geste qui semblait l'imposition de la main sur toutes les têtes. Puis il reprit:

— C'est une bonne nouvelle que je viens vous dire. L'huile n'est pas seulement sous nos terrains à nous de la Fabrique. L'huile est partout. L'huile est sous le village et plus grand encore. Autant la Fabrique peut s'enrichir des puits qu'on creusera sur ses terrains, autant chacun de vous peut de son propre chef en profiter, car sous chacun des emplacements de votre village, il y a cette nappe d'huile, cette nappe de richesse...

— Vous êtes certain de ça? s'exclama 'Mégilde Parthenais qui était assis dans la troisième rangée.

— Aussi certain que le sont les ingénieurs, déclara le curé. Un de mes amis est venu faire une inspection préliminaire ce matin. C'est un ingénieur minier de Montréal. D'après la formation géologique, d'après certaines indications, d'après des sondages électroniques, il semblerait que la nappe d'huile qui a cherché à se frayer un chemin sur nos terrains occupe la plus grande partie de notre sous-sol. Des côteaux en tout cas, jusqu'à la rivière, sur une longueur d'environ un mille . . . A la lumière des événements, il ne peut donc plus être question de déménager le cimetière. Puisque les jaillissements sont sur les terrains de la Fabrique, les forages les plus importants seront effectués là d'abord, du moins je le suppose, bien qu'à ce sujet je n'ose me poser en expert. Pour l'instant, toutefois, le projet de déplacer notre cimetière est abandonné.

Le silence persistait et le curé ajouta d'une voix douce:

— Je ne veux donner de conseils à personne, mais vous êtes ici ce soir, tous ensemble. Il me semble que vous devriez discuter plus avant cette bonne fortune qui vous échoit et prendre les mesures que vous jugerez nécessaires. Pour ma part, je vous ai annoncé la bonne nouvelle et je vais me retirer.

En quelques pas rapides il descendit de l'estrade, s'ouvrit un chemin le long du mur. Dans la salle, le silence pesant se rompit tout à coup. La tension avait atteint son comble. Et, fait bizarre, au lieu de se réaliser en une joie immense, magnanime, bruyante, ce fut encore une fois le contraire qui se produisit. La colère qui, tout le jour, avait gonflé leur coeur et n'avait pu s'échapper, par égard pour leur pasteur, était encore là prête à déborder. Charriant dans son cours de vieilles rancunes, elle s'était ouvert une issue jusqu'à la surface. Le curé parti, on eût tôt fait de se retrouver tel qu'on était. La fortune proche amenait l'instinct de puissance. On avait acquis la force en entrevoyant la richesse. Sans le savoir, le curé Bossé avait tout déclenché.

Rien ne résiste au billet de banque. C'est un sésame et c'est aussi une arme. Confusément, ils sentaient tous en eux cette acquisition de nouveaux privilèges. La prudence n'était plus nécessaire, du moins dans les relations entre amis, parents et voisins. On ne serait plus esclave des héritages à préserver, quoi qu'il advienne! La dépendance est une chaîne solide, un bât lourd à porter: chacun voulait s'en délivrer.

Cela se traduisit tout d'abord par des altercations indistinctes, se manifestant au sein de groupes épars. Les voix montèrent, s'enflèrent et devinrent bientôt un chassé-croisé d'invectives. La tension se résorbait en la mise à nu des haines, des ressentiments, des jalousies.

— Laisse faire! hurlait Didace Vigeant à Jos Grandmaison, le boucher au placide visage. Laisse faire! Ça fait dix ans que tu jettes tes entrailles de cochon pis de boeuf à ras ma clôture de ligne. Ben, tu vas voir que l'Bureau d'Hygiène à Québec y danse quand on y fait sonner des piasses dans les oreilles! Y danse peut-être rien que dans ce temps-là, mais j'vas en avoir en maudit à faire sonner! Ça sera pas des guerlots de gars de Saint-Amable! Ça va être des cloches en bel argent, tu vas voir!

En renchérissant, Tancrède Leblanc projeta son venin.

— Y'a pas rien que l'boucher qui va prendre son trou! J'en ai moi aussi à faire danser qu'y vont s'user les semelles pas pour rire! On a passé not' vie à s'faire manger par les trois ou quatre gros par icitte, pis les suiveux, les licheux, les braillards, les couennes qui rampent à plat ventre quand l'docteur Pigeon parle, ou ben quand l'maire Leboeuf parle, ou ben quand c'est 'Mégilde Parthenais qui s'en mêle!

— Ferme-toi, langue sale à Leblanc! cria 'Mégilde. Si ça fait longtemps que tu souffres, c'est parce que personne t'aurait trusté par icitte, toi pis ta langue, pis tes manigances derrière le dos des gens! Les pas honnêtes, ça accuse toujours les plus forts qu'eux aut', ou ben les plus honnêtes, de toutes sortes de choses...

On cria, on tapa du pied. Tancrède Leblanc hurla en réponse:

— As-tu envie de m'traiter d'voleur, 'Mégilde Parthenais?

Mais 'Mégilde éclata de rire.

— Es-tu fou, Leblanc? J'sus pas si bête que ça . . .

— Qui c'est qui est voleur? continua Tancrède au milieu du tobu-bohu général. Qui c'est?

On criait de partout: "C'est toi, Leblanc! C'est toi l'voleur! Poursuis-nous tout' pour libelle, ça va t'coûter cher . . . C'est toi l'voleur . . ."

Palmyre Otis, de la première rangée, réussit de sa voix sépulcrale à dominer le tumulte à son tour.

— Lâchez donc les insinuations pis tombez sus l'fait'... Tout ça vient du canneux. C'est encore lui! Moi, j'sus d'avis qu'on s'en aille chez nous. C't'une manigance de canneux, ça, d'un gars d'la ville, un effronté qui vient par icitte pour nous régenter.

Ce fut un tollé général. On criait: "Shoo! Shoo! Palmyre...! Ferme-toi, assis-toi! On veut pus t'entendre!"

Une période cacophonique fit suite à cet échange. Des îlots de violence se formaient. Autour de Didace Vigeant (approuvé par ses voisins pour avoir dit son fait au boucher Grandmaison), autour de 'Mégilde Parthenais (attaqué dans son honnêteté...) et autour de Bouchard. Seul Palmyre Otis se trouvait sans supporteur.

Debout à l'avant-scène, les bras élevés devant lui, le maire Leboeuf cherchait à imposer le silence. Il criait, mais sa voix était couverte par le tumulte.

Dans la porte, le grand Benoit Leclerc hurla aux gens se pressant autour de l'escalier extérieur, piétinant le gazon:

— Le maire parle! Fermez-vous! Y va tout arranger ça!

Des rires remplacèrent les insultes. Des exclamations de sarcasme retentirent, et l'un des frères St-Germain cria à son tour:

— Dis-nous c'qu'y va dire, le Ben! T'es ben placé pour entendre!

De l'avant où 'Mégilde Parthenais s'était résigné de mauvais gré au silence partit un cri vers Benoit Leclerc.

— Fermez-vous donc, les gens dehors, qu'on écoute not'maire!

Albini Leboeuf parlait.

— ... vraie surprise, on sait ben! Des surprises de même, faudrait pas en avoir dix dans la vie, on mourrait d'la maladie d'coeur, ça s'rait pas long! Mais à c't'heure qu'on l'a la surprise, faut pas s'laisser aller en rond comme des dindes qui suivent un jar.

Tancrède Leblanc, debout, gesticulait.

— J'veux la parole pour une question! criait-il. Donnez-moi la parole avant de nous faire perdre not' temps avec des grands discours!

— Prends la parole, dit le maire. Tu t'es jamais cousu la gueule avec un zippeur, que j'sache!

— De quoi c'est que voulez discuter? J'ai des terrains, moi. Pis d'aut' en ont. Ceux qui ont des terrains vont voir à faire d'l'argent avec, pis les autres y s'licheront.

Sous l'assaut de Tancrède Leblanc, le maire, bon politicien, ne broncha pas. Il sourit avec pitié, regarda la salle comme pour la prendre à témoin de l'imbécilité de Tancrède, puis, pondérément, il répondit à l'interlocuteur intempestif. Ça ne lui déplaisait aucunement, car, entre les deux, il n'y avait jamais eu d'amitié perdue.

— Tancrède, assis-toi donc! Reste tranquille! Tout l'monde pense comme toi. Y'a du monde qui savent pas quoi faire. Même toi, tu s'rais ben embêté si les gars des compagnies d'huile venaient te voir. C'est ça qu'on veut arranger. On veut discuter, s'organiser pour avoir plein profit! Attends donc que monsieur l'banquier ait parlé. Ensuite, si t'es pas content, tu parleras toi aussi. On peut pas être plus honnête, hein?

Le banquier Dorval, pendant ce temps, était monté sur la scène.

C'était un homme très grand, très maigre, la bouche fendue largement. Des lunettes chevauchaient le nez long et mince. Il marchait lentement, parlait lentement, mais il apportait à tout jugement une profonde pondération, une mesure extraordinaire. En quelques semaines seulement il s'était acquis la confiance de tout le village. La sobriété de ses opinions avait su plaire aux rusés et astucieux paysans. Il n'hésitait pas non plus à se déranger pour accommoder un client de la banque, même le dimanche ou le soir, alors qu'une transaction — toujours conclue argent comptant — exigeait que l'acheteur sortît de son encaissement dix ou douze mille dollars.

Il fut clair et précis.

— En résumé dit-il, voici la situation où vous vous trouvez tous. Sous votre village existe une grande nappe d'huile. La plupart d'entre vous possèdent une propriété. Plusieurs d'entre vous, même, grâce à cette propriété ou grâce à d'autres biens, possèdent un terrain ou des terrains assez vastes. Il se peut que presque tous ces terrains soient propices au forage d'un puits d'huile. Quoi qu'il en soit, personne ici n'a l'outillage ou le savoir nécessaire à ces forages. L'ingénieur, ami de monsieur le curé, qui est venu examiner la source huileuse semble d'avis que la nappe est considérable. Mais le dernier mot ne vous appartient pas, non plus qu'il appartient aux ingénieurs. Seule une compagnie d'huile peut vous dire la nature exacte du gisement et ce qu'il peut donner en rendement. D'un autre côté, si chacun de vous transige indépendamment avec la compagnie, il peut arriver que les plus audacieux, les plus avertis en affaires, vendent leurs terrains et que la compagnie, lorsqu'elle aura acheté suffisamment d'emplacements, choisisse de n'utiliser que ceux-ci pour ses forages. Vous vous rendez compte? Il est bien inutile pour eux de forer un puits à cinquante pieds d'un autre. Et s'ils ont le terrain voulu au premier puits, ils n'en achèteront pas plus. Me comprenez-vous? Tenez, voici un exemple: Chez madame Lecompte, madame Aurélie Lecompte, la compagnie pourrait bien forer un puits. Mais chez sa voisine, mademoiselle Camélienne Doré, qu'auraient-ils besoin de forer? Vous voyez ce que je veux dire?

Il allait continuer, mais la voix de Camélienne Doré s'éleva. Elle s'était installée sur la première rangée de chaises dès qu'elle avait aperçu le maire Leboeuf sur l'estrade. Et tant qu'il avait parlé, elle avait bu ses paroles comme se boit un nectar. Mais maintenant elle était furibonde.

— Comme ça, vous l'banquier, vous allez favoriser la veuve Lecompte qui est même pas propriétaire! C'est elle qui va s'enrichir, puis moi, une pauvre fille, une pauvre hère, j'aurai pas une cenne?

— Je n'ai jamais dit ça, rétorqua Marc Dorval patiemment.

— Non, ben, quoi c'est que vous avez dit d'abord? s'écria Tancrède Leblanc.

Des protestations s'élevèrent de toutes parts. 'Mégilde Parthenais le premier se tourna vers Tancrède.

— Arrête donc d'nous bâdrer avec tes folleries, Leblanc. On a tout compris nous aut'. Le banquier donnait un exemple. Si y'a des gens dans la salle qui sont trop bouchés pour comprendre que c'est rien qu'un exemple, tâche de pas te faire passer pour aussi niaiseux qu'eux aut', au moins! T'es pas déjà assez fin d'avance!

— Ah, mon espèce de maudit gueulard! cria Tancrède.

Il ne put continuer, car Camélienne Doré renchérissait.

— Vous apprendrez, 'Mégilde Parthenais, que j'suis pas plus bouchée que vous. Le banquier a dit qu'y favoriserait la veuve Lecompte, mais pas moi! Y'a dit ça devant nous autres en pleine face! Ça prend un homme effronté pas ordinaire!

Mais le maire Leboeuf vint à la rescousse. Il s'avança.

— Monsieur Dorval, dit-il, continuez votre discours. Laissez faire les ceusses qui savent pas sus quel bord qu'ils ont la complaisance! On est pas pour perdre not' temps à discuter avec du monde de même. Pis vous, Camélienne Doré, vous m'avez toujours parue pas mal ignorante, mais jamais comme à soir. Sauf vot' respect, si vous comprenez pas l'français, bâdrez-nous donc pas. L'banquier a jamais parlé de vendre un terrain ou ben un autre. D'abord, c'est pas à lui, ensuite, on est icitte pour parler. Pis si vous continuez à nous déranger, m'en va aller vous faire sortir par Benoit là-bas... Pis toi, Tancrède, si tu trouves pas mieux que ça comme gueulage, ferme-toi donc. Tu passes pour bouché, comme dit 'Mégilde, à part de ça c'est pas ben honnête d'empêcher l'monde de s'comprendre...

Frappée au coeur, frappée dans son secret amour par la déclaration du maire, Camélienne Doré fondit en larmes, se leva et sortit, le visage entre les mains. Tancrède Leblanc, pâle, la bouche mauvaise, jurait à voix basse en s'asseyant.

Le maire Leboeuf regarda la foule avec un air de saint et martyr qui va s'installer sur un gril, soupira longuement et fit un signe au gérant de la banque.

— Allez-y, m'sieur l'banquier, continuez!

Quelques applaudissements épars retentirent dans la salle et Marc Dorval reprit le sujet.

— En somme, fit-il, vous vous trouvez tous dans une situation assez délicate. Il se peut que la plupart d'entre vous ne profitent jamais de cette huile, alors que d'autres, dont les terrains sont moins grands, s'enrichiront. Il y aura sûrement des offres faites à chaque propriétaire par nos spéculateurs locaux et régionaux. L'appât d'un gain immédiat, dans l'ignorance où vous êtes de ce qui va se passer, peut vous sourire, et alors seulement un ou deux, plus favorisés déjà, feront toute la fortune... Tenez, un autre exemple, et *seulement* un exemple. Disons que vous, monsieur Leblanc, vous décidiez de vendre votre terrain sur la grand'rue. *Vous ne savez pas* si la compagnie d'huile l'achèterait. Plutôt que de le voir là, à ne rien rapporter, vous le vendriez peu-être demain matin à qui vous offrirait cinq mille dollars. Mais si l'acheteur le revend lui, vingt mille dollars, plus une royauté sur chaque baril d'huile, qui va faire de l'argent? Pas vous. Cinq mille dollars contre cent mille, vous savez aussi bien que moi lequel des deux l'emporterait...

Un murmure parcourut la salle. On voyait la logique de cette argumentation. Et chacun de ceux qui étaient propriétaires commençait à se demander si le sort le favoriserait.

— C'est pourquoi j'ai un plan à vous proposer, dit le banquier. Un plan audacieux. Mais par ce plan, personne ne perdra.

Une grande curiosité les animait. Dans la porte. Benoit Leclerc répétait à mi-voix les déclarations de Dorval, déclarations qui étaient ensuite transmises de bouche en bouche le long du grand escalier, puis en bas, sur le gazon, à ceux qui se pressaient là.

— Dites-le vot' plan, cria Didace Vigeant. Jusqu'à c't'heur, vous avez ben parlé... ! Moi, j'sus avec vous!

— Aucun d'entre vous, poursuivait le banquier, ne peut savoir d'avance si la fortune lui sourira. Même si vous avez dix terrains, vous ne savez pas si la compagnie d'huile sera intéressée à ceux-là en particulier. D'un autre côté, la nappe d'huile est sous le village entier. Au point de vue moral, si l'on envisage la chose avec complète honnêteté, tout le monde devrait en profiter. Je vous suggère donc de former, dès ce soir et demain matin, une corporation qui englobera tous les droits miniers de chacun des citoyens du village possédant un bien, et même de ceux des rangs. Disons que chacun de vous souscrit les droits miniers sur ses terrains à cette corporation? Ainsi, lorsque la compagnie enverra ses représentants, ceux-ci achèteront, disons 30 % des droits sur les terrains, plus la royauté sur chaque baril. Et voici ce qui arrive. Les profits sont partagés proportionnellement entre tous ceux qui ont des terrains et ainsi chacun de vous sera certain de profiter de cette richesse...

'Mégilde Parthenais se leva tranquillement, le visage soucieux.

— Monsieur Dorval, dit-il, vous nous avez jeté une bombe en plein ciel! J'veux pas avoir l'air de tirer l'oreille, mais j'sus pas capable de m'rentrer ça dans la tête. Comme ça, moi, j'ai dix terrains, dix emplacements... J'prendrais ça, pis j'le mettrais dans l'tas? Ça va-t-y m'payer, une affaire de même? J'parle de payer là, de vraiment payer...

Le banquier eut un geste lent, en levant les épaules.

— Naturellement, monsieur Parthenais...

Les murmures commençaient à se propager dans la salle. Les paroles du gros 'Mégilde faisaient leur effet. Et déjà les courants d'opinion se dirigeaient en tout sens.

Le maire Leboeuf cria.

— Taisez-vous, le banquier a pas fini!

— Je sais que cela vous surprend, continua Marc Dorval. Mais ce que je vous suggère n'est après tout qu'une coopérative. Naturellement, chacun recevra une part proportionnelle au nombre de pieds carrés de terrain qu'il possède et dont il a inscrit les droits miniers à la coopérative... Ne trouvez-vous pas ce moyen sûr plus intéressant qu'une transaction individuelle possible qui peut bien aussi ne pas se matérialiser?

Des approbations commençaient à s'élever. Transmise au dehors par Benoit Leclerc, la nouvelle apportait des cris d'encouragement. Le plan Dorval semblait plaire à la majorité.

Le maire Leboeuf prit place devant ses gens.

— J'ajouterai rien. Mais j'peux dire ça par exemple: on a tout c'qui faut pour organiser not' affaire icitte à soir. Monsieur l'avocat Demeules est dans la salle. Y peut nous expliquer comment c'est qu'on peut avoir la charte pis les lettres patentes dret demain, p't'être ben, hein m'sieur l'avocat?

L'avocat hocha la tête.

— On peut faire envoyer qu'ri l'cadastre de la paroisse et du village, continua le maire. Chacun pourrait signer une manière de procuration. L'avocat Demeules, demain, pourrait préparer les papiers pour aller à Québec nous sortir la charte. Y'en a-t-y qui trouvent ça plein d'allure?

Pendant qu'il parlait, une soudaine commotion s'était produite à l'entrée de la salle.

Le docteur Piegon, nu-tête, l'air sombre, s'était frayé un chemin avec de grandes difficultés. La porte était complètement obstruée, et ce n'était que grâce à des bousculades assez rudes qu'il avait pu finalement entrer. Il longea le mur, déplaça les gens, s'excusa en murmures à peines audibles. Il aperçut 'Mégilde Parthenais, forma un mot avec ses lèvres silencieuses: "Ti-Blanc?"

'Mégilde montra son frère assis loin de lui. Le docteur fit un signe à l'aspirant hotelier, fit un signe aussi à 'Mégilde et les deux hommes entreprirent à leur tour de sortir.

Ils se retrouvèrent sur le trottoir du collège, sous l'arche de métal où étaient inscrits les mots: SCIENCE, CHARITE, DIGNITE.

— Quoi c'est qu'il y a docteur? demanda 'Mégilde. Arrivez-vous de Québec?

Le médecin fut bref. Sa voix tranchait comme un scalpel.

— Oui, dit-il. Venez avec moi.

Les deux hommes montèrent dans la voiture à la suite du docteur et celui-ci les conduisit vers sa demeure.

Là, ils entrèrent dans le bureau et le médecin referma soigneusement la porte.

— Pis? demanda Ti-Blanc, vous l'avez eu, l'permis?

Le docteur tira sauvagement de sa poche la liasse de billets de banque que Ti-Blanc lui avait remise le matin.

— Tiens, dit-il. Tiens, le voici ton permis! Le voici au complet!

Ti-Blanc, les yeux durs, regardait le docteur. 'Mégilde tournait en rond, son grand corps puissant comme tendu.

— Ça marche pas, docteur?

— Non, ça ne marche pas, 'Mégilde...

— Y veulent pas l'donner l'permis?

Ti-Blanc laissait parler 'Mégilde. Son frère avait toujours su discuter mieux que lui lorsque la situation devenait critique.

— Non, ce n'est pas ça, dit le docteur. Ce n'est pas ça du tout.

— S'ils veulent l'donner, l'permis, pourquoi c'est faire que vous r'venez les mains vides?

— Parce qu'ils a été accordé, le permis!

— Quoi? firent les deux Parthenais.

— Il a été accordé jeudi dernier.

'Mégilde eut un rugissement. Ti-Blanc, en arrière, s'exclama:

— Ça prend des enfants de chienne!

— Qui c'est qui l'a l'permis? demanda 'Mégilde soudain soupçonneux. Ecoutez, vous, docteur, essayez pas d'nous jouer dans les cheveux! Essayez pas d'nous passer un Québec! Des gars comme vous, ça s'rencontre souvent. C't'affaire-là de permis commence à puer en maudit. Ça fait qu'envoyez fort, expliquez-vous!

—L'explication est simple, 'Mégilde, et vos injures n'arrangent rien.

— On vous a donné quinze mille piasses! Virez pas autour du pot'... Vous vous êtes vanté de pouvoir aller à Québec pis en revenir avec un licence d'hôtel. Ça prenait quinze mille piasses. Comment ça s'fait que vous revenez icitte les mains vides? V'là c'que j'veux savoir, moi!

— Je vais vous l'expliquer, 'Mégilde...

— Si vous étiez pas assez pesant, c'était de faire graisser vos gars par un autre, un plus fort, c'est toute! D'abord, c'est ça que ça coûte, une licence l'hôtel. Quinze mille piasses pis un p'tit quèque chose à tous les mois ou à peu près pour la caisse électorale, plus les p'tites dépenses du député en cas qu'y voudrait s'bâtir ou ben aller en Floride. Moi, j'sus pas contre. Vendre d'la boisson, surtout quand on n'est pas obligé de toujours se cacher d'la Provinciale, c'est payant. Autant que l'privilège coûte quèque chose. D'un autre côté, si c'est pour coûter tant que ça, on n'a pas d'temps à perdre à vous laisser gâter notre affaire. Pis si vous aviez pas les connections, c'était de pas aller mêler les cartes là-bas...

— 'Mégilde, calmez-vous et écoutez-moi. Je n'ai jamais rien mêlé, je n'ai rien gâté! Quelqu'un m'a devancé! La semaine dernière, jeudi, pour être précis. Un type de la ville que vous connaissez peut-être... Gendron, qui est fort auprès du député et de l'organisation provinciale, est allé. Il a versé vingt-cinq mille aux gens voulus, le permis a été accordé, et j'ai su que Gendron avait même acheté une maison ici...

Ce fut Ti-Blanc qui interrompit le docteur.

— Gendron? s'exclama-t-il. Eugène Gendron?

— Oui.

Un chapelet de blasphèmes coula de sa bouche.

— 'Mégilde! gémit-il. 'Mégilde, tu sais pas hein? Gendron, c'est l'gars qui a acheté ma grande maison au village, la grande maison à côté du bureau de poste...

'Mégilde laissa échapper un juron de première grandeur. Le docteur soupira profondément, et Ti-Blanc, d'une voix étranglée, gémit:

— J'le savais-t-y, moi? J'savais-t-y qu'y voulait ça pour un hôtel? Y'est venu tout doucement vendredi. Y dit: "T'as une maison à vendre, Parthenais, à côté du bureau de poste? Combien c'que ça vaut, ça?" Ben moi, j'y ai dit: "Huit mille piasses,!" Ça fait qu'y barguine pas. Y sort un mille piasses, dix bills de cent. Y dit: "Ça colle-t-y pour les *errhes,* ça?" Ecoute-moi donc, si ça colle! J'en r'viens moi, des gars qui offrent cinquante piasses d'*errhes,* ça fait qu'en v'là un avec milles piasses... "Ça colle!" que j'y dis. Y m'montre la porte. "Grouille Parthenais, emporte tes actes, pis viens-t'en chez l'avocat Demeules. On vas signer ça en criant ciseau!" Y m'montre un rouleau. "J'ai dix mille icitte," qu'y dit, "j'vas fermer ça dret là, c'te vente-là..." Ben j'sus allé chez l'avocat, y'a rédigé un acte qu'on a signé tous les deux, pis Gendron m'a donné huit mille piasses, pis deux cents piasses pour des prélats, du bois de corde dans la cave, pis du charbon, différentes affaires icitte et là sus la propriété. V'là l'histoire...

'Mégilde Parthenais avait écouté sans mot dire.

— T'es rien qu'un maudit niaiseux, dit-il à son frère quand celui-ci eut terminé. Y vend une maison sans même demander si l'gars va s'partir une saloune en cachette, un bordel ou ben un repaire de bandits! Un gars que tu connaissais à peine! Justement la sorte de gars pour r'virer la maison en boxon drette icitte! Les gens auraient blâmé qui? Le gars du boxon, ou ben toi? Toi, mon Ti-Blanc! Toi, t'aurais été blâmé! J'en r'viens pas comme tu peux être innocent!

Il se tourna vers le docteur.

— Pis vous, j'vas dire c'que j'pense! Vous êtes rien qu'un torrieu de sans-dessein! Un maudit pas d'allure! Un gâteux d'sauce! Vous avez jamais été capable de faire aut' chose que soigner des p'tites vieilles pis faire trois, quatre discours en temps d'élections! A part de ça, pour que l'parti donne une licence icitte dans Saint-Léonide sans vous en parler avant, après vous avoir fait travailler pis vous avoir tapé sus l'épaule comme y'ont fait', vous devez pas être ben pesant!

Ou ben, c't'un parti d'cochons! Moi, en tout cas, quand j'me fais emmancher, c'est rien qu'une fois! Ça fait que vot' p'tite caisse électorale à Saint-Léonide, pis les votes que Ti-Blanc pis moi on contrôle icitte, ça va r'voler! Attendez voir les prochaines élections! Vous direz ça au député, hein? Vous y direz qu'y s'en trouve des votes! Pis j'vas aller plus loin qu'ça: j'vas en partir une place ben au chaud, pis pas loin de l'autre hôtel! J'vas marcher pas d'licence! Pis l'premier qui vient chiâler, la première police d'la Commission qui entre chez nous, moi j'vas parler! Pis l'village, pis l'comté vont en savoir long sus l'organisation! Y'a pas moyen d'avoir la moitié d'un merci pour l'aide qu'on donne . . . Savez-vous que j'ai donné pas loin de trois mille piasses à la dernière campagne, pis que Ti-Blanc en a donné deux mille? Pis quoi c'est qu'on a eu pour ça? Rien. Vous voyez, là? Rien. Ça fait que vous pouvez avertir vot' député qu'y va s'en passer d'nos contributions. Pis si y peut en avoir seulement la moitié de ça des autres dans l'village, y pourra licher la poussière du chemin pendant quinze jours! Nous aut' on a trois cent vingt-trois votes, Ti-Blanc pis moi! Des gars qui font c'qu'on leur dit d'faire! Demain, ces gars-là sont parés à voter libéral si j'leur fais signe. Pis croyez-vous que j'leur ferai pas signe? Attendez donc pour voir...!

Et 'Mégilde, suivi de son frère Ti-Blanc, sortit en claquant la porte.

Le docteur les laissa s'éloigner sans mot dire, puis il monta lentement, d'un pas pesant, les épaules courbées, jusqu'au petit salon où, comme à l'habitude, attendait sa femme. La radio jouait de la musique douce. Sur la table à côté de la grande chaise, le docteur trouva sa pipe, un livre, un "collins" froid, ses lunettes.

Sa femme l'accueillit avec un bon sourire.

Il se laissa tomber lourdement dans le fauteuil, se pencha et délaça ses chaussures. Le cou-de-pied dégagé, il s'allongea les deux jambes vers l'ottoman. Dans le fauteuil en face, sa femme le regardait, les jambes repliées sous elle, ses grands yeux noirs brillants sous le vif éclat de la lampe.

— Ça va mal? demanda-t-elle.

Le docteur Pigeon avala une gorgée du collins, reposa le verre sur la table et regarda sa femme, par dessous.

— Tu as . . . entendu? fit-il.

— Comment ne pas entendre? Ils criaient à tue-tête.

Le docteur fit la moue.

— Evidemment, je n'ai rien répliqué . . . Il n'y avait pas grand chose à dire . . . Ils ne sont pas les seuls à s'être fait jouer un mauvais tour. Et je suis celui qui a reçu la vraie claque, pas eux. Pas tellement les Parthenais . . . Eux, c'est du point de vue affaire . . . Moi, c'est du point de vue . . . politique.

— Mais comment une telle chose a-t-elle pu arriver? demanda sa femme.

Le docteur Pigeon eut un sourire indéfinissable. Une grande lassitude parut sur son visage.

— Ce n'est pas une histoire tellement propre, dit-il au bout d'un temps.

Madame Pigeon eut un rire bref, sarcastique

— Oh, en politique, ce n'est jamais blanc comme neige . . . Toi-même, tu n'es pas sans tache. Après tout, l'histoire du permis . . .

— Ça semblait te plaire . . .

— Ecoute, docteur . . . Je songeais surtout à nos vieux jours. Mais si tu crois que ça me plaisait de te voir pris dans de semblables combines . . . Obtenir le permis à ton nom avec l'argent de Ti-Blanc, le forcer à t'accepter comme associé, ensuite . . .

— Oh, je sais, répliqua-t-il. Je sais . . . Au fond, je suis peut-être autant dégoûté de moi-même que des autres . . . Et bien content que cela soit fini.

— Fini?

— Ma femme, je viens d'être témoin d'une combine... Tu dis que moi j'en fais des combines? Bah! je suis un enfant, un novice en politique! Imagine, si tu peux, le député libéral Lanciault qui obtient un permis à Québec?

— Es-tu sérieux?

— Oui, je suis sérieux, très sérieux.

— Mais, comment a-t-il pu obtenir ça?

— Je vais te donner quelques éclaircissements.

Il hésita un moment, se redressa dans son fauteuil.

— Est-ce que le déplacement du cimetière y est pour quelque chose? demanda-t-elle soudain.

— Indirectement, oui. En tout cas, voici: il y a tout un groupe de mêlé dans l'affaire. D'abord, Edmour Lanciault . . . Puis un organisateur provincial. Il y a aussi Grivard . . .

— Grivard? L'homme d'oeuvres?

— Oui . . . Un autre grand ami de Monseigneur! C'est juste si les curés ne lui baisent pas la bague! Lui donc, puis certains appels téléphoniques, un mot glissé au hasard d'une conversation, plus, bien entendu, vingt-cinq mille dollars . . .

— Et c'est ça le secret?

— Oui. Déduis-en ce que tu voudras maintenant. Tout ce que je puis te dire, c'est que ma pauvre petite influence et même celle du député, ça ne pesait pas gros. Les canons tonnaient. Et nous, tu comprends, avec nos tire-pois... c'était vraiment tragique.

— Docteur, dis-moi quelque chose. Qui accuses-tu en somme?

— Oh, personne . . . Peut-être bien le système . . . Le système qui permet à un homme comme moi de se mettre les doigts dans de pareilles combines. Et le système qui force d'autres, infiniment plus vulnérables, infiniment plus respectables, à des compromissions de ce genre . . .

— Docteur!

— On ne peut pressurer constamment pour obtenir des faveurs sans un jour s'exposer à payer de retour. Cela crée des tolérances qui s'expliquent mal, des supports incompréhensibles et des alliances qui font frémir . . .

— Et maintenant, dit-elle, qu'est-ce que tu vas faire?

Il eut un petit rire, se redressa, prit le livre sur la table, la pipe qui se trouvait à côté,

— Sais-tu, ma femme, dit-il, ce qui vas arriver dès demain?

— Non.

— Je vais faire de la médecine comme je n'en ai pas fait depuis longtemps . . .

Chapitre IV

Les jours passèrent. Trois jours. Trois longues et impatientes journées pour tous les gens de Saint-Léonide. Pierre-Etienne Loiselle, gérant de la Caisse populaire, avait dûment écrit à une compagnie d'huile, la Inter Continental Oil, et l'on attendait.

De Québec, on attendait la charte; de Montréal les Crésus pétroliers.

Le gérant de la Caisse populaire se voyait assailli d'appels téléphoniques, de visites nerveuses. Mais il n'avait pas encore de nouvelles à donner. "Non, madame Lecompte . . . " "Non, monsieur St-Germain . . . " "Non, monsieur Souard... non, je n'ai pas de nouveau. Mais ça ne devrait pas tarder."

Et puis, le matin du quatrième jour, le téléphone retentit une fois de plus dans le bureau de la Caisse populaire. Cette fois, une voix forte, modulée, un fort accent anglais: on désirait parler à Pierre-Etienne Loiselle.

— "Monsieur Loiselle? Jé souis le vice-président de l'Inter Continental Oil . . . Nous avons votre letter ici . . . J'envoie notre représentant aujourd'hui . . . Vous pouvez le recevoir, yes? Ça ne vous dérange pas?"

Ça ne dérangeait aucunement. Au contraire! Dès l'appareil rapproché, Pierre-Etienne Loiselle communiqua avec l'avocat Demeules et le maire Leboeuf, les chargeant l'un comme l'autre de répandre la nouvelle dans le village afin de calmer un peu les anxiétés. L'avocat Demeules était reposé. Il avait terminé le travail à temps et un de ses confrères à la ville était à vérifier les actes de vente pour chacune des propriétés du village. La tâche serait de longue haleine.

Informé de la chose, le maire Leboeuf laissa presque tomber un cercueil contenant sa lugubre marchandise, pour accourir à la Caisse.

— Il sera ici vers deux heures cet après-midi, déclara Loiselle. Tenons-nous prêts à le recevoir.

A deux heures, nerveux, frais rasés, endimanchés comme des finissants de collège agricole le jour de la remise des diplômes, le visage sérieux et la mine de gens qui veillent au corps, les trois élus du peuple accueillaient l'agent de l'Inter Continental Oil.

Seulement, double malheur et deux fois hélas!, celui-ci ne parlait pas un mot de français.

— Et moi qui parle pas l'anglais! déplora le maire.

— Pour ma part, je le comprends peut-être un peu, dit l'avocat Demeules. S'il ne parle pas trop vite, je vais me débrouiller . . .

— Moi, je parle, fit Loiselle. Je vais interpréter.

— None of you speaks English? demanda le négociateur.

Il était typique de ses fonctions. Plutôt blond, le visage semé de taches de rousseur, il portait avec aisance des vêtements de bonne coupe et son attitude était celle d'un homme habitué aux affaires et qui en a vu bien d'autres. A la porte, sa voiture attirait déjà les curieux. C'était une longue Buick décapotable, rouge flamme. Carosse princier, digne de gens qui brassent des millions.

— None of you gentlemen speaks English? répéta-t-il au comité. That's a pity! I hope we can still come to some agreement.

Loiselle, prenant son courage à deux mains, s'avança un peu.

Ils étaient tous assis dans son bureau. Pierre-Etienne avait cédé sa place au maire, l'avocat Demeules était assis sur le rebord de la fenêtre et l'Anglais était dans un des fauteuils en érable (don de l'école des Arts et Métiers de la ville à l'occasion du dixième anniversaire de la Caisse populaire).

— I speak a little En-glish, prononça Loiselle.

Un sourire rasséréna le visage de l'étranger.

— Good... that's going to make it easier.

Le maire grommela en aparté.

— Ça prend des Anglais pour nous envoyer des gars qui parlent pas français. Y s'croient des vrais maîtres, y'a pas à dire!

— Il n'est pas temps de le renvoyer, répliqua l'avocat. Autant en tirer notre parti. Vas-y Pierre-Etienne, fais de ton mieux.

— Sauveur Potvin he dig and he find oil, dit le jeune gérant.

— Oh, yes? Could I see this place where he found it?

— Ah oui. Yes. It is in the village not far. Wait a minute... Here we have some rapports from man know all about mine. Special man ingénieur with a lot of diplômes and who go to big school...

— You mean a mining engineer? dit l'homme.

— That is what I mean, yes. He come and write papers, rapports...

— Reports?

— Yes.

Il n'importuna pas l'agent de la compagnie d'huile pendant que celui-ci prenait connaissance du mémoire préparé par l'ingénieur Laniel, de Montréal. Bien qu'il fût rédigé en français, l'Anglo-saxon semblait le lire avec assez de facilité. Quand il eut fini, il posa les trois feuilles sur le pupitre, resta songeur un moment.

— This report is certainly interesting, fit-il après une période qui leur parut un siècle. Now, let's go and see the findings.

— You mean, now? s'enquit Pierre-Etienne.

— Yes, if it's possible.

— Oh yes, yes... very possible, as you say. We go now.

Autour de la source d'huile découverte par Sauveur Potvin, l'ingénieur de la compagnie s'attarda longuement. Il s'agenouilla, toucha au liquide noirâtre, y goûta du bout de son doigt, le sentit. Puis se relevant, il examina interminablement la formation du sol, la position de la source. A pas comptés, il arpenta tout le terrain, alla explorer sur le faîte du côteau, par-dessus une clôture. Puis il revint.

— Its looks like the real thing, dit-il d'une voix brève.

Puis il fit signe aux trois hommes de le suivre et se dirigea vers la puissante voiture rouge.

De retour dans le bureau de la Caisse Populaire, il semblait plongé dans une rêverie. Pierre-Etienne le ramena à la réalité. Il lui tardait de savoir.

— Well, the oil she good, yes?

L'anglais fit la moue.

— Surface oil is always good. Yes, it's good oil. It's oil, anyway . . . Now, let's see how we can work this out . . . All of the village land is owned outright, I suppose?

— Qu'est-ce qu'il dit? demanda l'avocat.

— Il veut savoir si les terrains appartiennent tous à quelqu'un.

— Tu parles d'une question bête! s'exclama le maire Leboeuf.

— What do you mean? demanda Pierre-Etienne.

— I mean that some of the land might be owned by the goverment, or by your own municipal governing body. In somes villages, where there are few houses, most of the lots are municipality property. But here, being an old village, tightly built, I presume the lots are privately-owned for the most part. Do you understand that?

— Oh, yes, fit Pierre-Etienne. I understand!

Se tournant vers l'avocat, il traduisit,

— Il suppose que la plupart des terrains sont la propriété de particuliers. C'est ce que j'avais deviné tout à l'heure...

— Dis-lui que c'est comme ça, excepté pour les terrains où l'huile a été trouvée, qui appartiennent à la Fabrique, et puis naturellement les terrains de l'église, du collège et du couvent. La municipalité a seulement un terrain, le grand coin de la rue du collège et de la rue du Bord de l'Eau, là où est le croquet...

— Yes... pardon! oui, répondit Pierre-Etienne. Mais c'est pas nécessaire de lui dire ça. On perd du temps.

— Now, continua l'Anglais, let's see. We'll want to drill of course. On the land where the findings were made, and then on several other lots. We have to explore if we're to determine the best-producing fissures...

— Il dit qu'ils vont forer sur le terrain de la Fabrique et sur d'autres terrains aussi, parce qu'il leur faut trouver le meilleur endroit...

— We'll take options, of course.

— J'ai compris ça, s'exclama Leboeuf. Y parle des options. Ben parle-z-y de not organisation, c'est l'temps.

— Oui...

Le jeune homme ajusta sa cravate, lissa ses cheveux élégamment ondulés, caressa sa moustache, chercha ses mots...

— We have spécial here, mister, dit-il. We have... look at paper.

Il tendit un papier sur lequel étaient inscrites les grandes lignes de la coopérative qui verrait à la vente et à la cession des terrains villageois. Pendant que l'Anglais examinait le papier, Pierre-Etienne lui expliqua la nature de l'entreprise.

— We put all goods together...

— Goods?

— Les biens... I mean the land... all the lots here together. You take option on whole t'ing and pay royautés and money for only the lots you have oil coming from, and all people here get some money. Not only one man or two mans but all people. It's une coopérative!

— Oh, I see, a land cooperative? A sort of collective bargaining agency... Well, that's good. That's very good.

— How much you pay for, say, option for drill the oil and look for good place?

— It depends on how much we're gambling on results. If results are fairly certain, as on the lot where the findings were made, then we may go as high as ten thousands. On less sure proposition, we go as low as five hundred...

Pierre-Etienne Loiselle se mordit la lèvre pendant quelques secondes, puis il expliqua aux deux autres membres du comité,

— Pour les options, ça dépend de la valeur possible des puits qu'ils peuvent percer. Comme sur le terrain de la Fabrique, ça pourrait aller aussi haut que dix mille... Sur un autre terrain, aussi bas que cinq cents.

Il s'adressa à l'agent,

— Excuse me one minute, I got to talk to the comité here.

— Surely, go ahead.

— Pardon me... I want to know. You read French good, I see you... You dont speak French?

— Trèss trèss peu... Jé lis français, but I cant speak it. I understand most of it if it's spoken slowly, though.

Leboeuf manifesta sa mauvaise humeur en un anglais qui surprit grandement ses partenaires.

— Why dont send man can speak!

L'agent étendit les mains, eut un geste d'impuissance.

— It was a mistake, and I apologize for it. The next time you will be dealing with one of our French-Canadian representatives. Le prochaine foâ, yes?

— Ce que je voulais dire, déclara Pierre-Etienne, c'est que nous pourrions lui suggérer quelque chose comme ceci: au lieu d'options à prix variable, pourquoi ne fixerions-nous pas un taux de base au pied carré, et suivant le nombre de pieds carrés de nos emplacements qu'ils jugeront utiles de forer, le montant de l'option générale sera établi...

— C'est très logique, approuva Demeules.

— Nous pourrions simplement suggérer un chiffre aujourd'hui, et lors des prochaines discussions, ils porraient nous donner leur réponse. Il parle de dix mille pour un terrain riche, cinq cents pour un terrain douteux... Il faudrait établir une moyenne. Disons de deux mille au terrain, par exemple. Or, si cela s'applique à un emplacement de cent par cent, soit dix mille pieds carrées, cela se chiffrerait à... cinq cents le pied. Disons que nous acceptons les options sur une base de vingt-cinq cents le pied carré? Puis ensuite un paiement additionnel de un dollar le pied carré si le terrain est productif, et par la suite la royauté sur chaque baril de pétrole brut extrait de la terre...

Le représentant de l'Inter Continental Oil avait suivi des yeux le mouvement des lèvres de chacun exactement comme l'aurait fait un sourd. Puis il approuva de la tête.

— You've spoken quite slowly there, and I've caught the drift of what you were saying. You mean to offer a standard option rate that would be a medium between high and low price, then a fixed square foot purchase price of one dollar a square foot, and the usual 10% royalty. Is that it ?

— Yes, that's it.

Etienne, surpris, déclara au maire et à l'avocat,

— Il a compris tout ce que je disais en français !

— That's a fair proposition. I'll take it back to my directors, and we'll study it. Then, next week, we'll send our crews to do preliminary soundings and a geological survey. Our agent will be with them, and if the findings are satisfactory, we'll work an option form according to your offer, if it's accepted. Then we'll be able to proceed.

— Il va envoyer leurs experts examiner les terrains et préparer des relevés géologiques. Leur agent, celui qui parle français, je suppose, va être avec l'équipe. Et puis, si les résultats sont satisfaisants, il aura des formules d'option à nos taux, si ceux-ci sont acceptables par le bureau de direction.

— Autrement dit, conclut le maire Leboeuf, on s'asseoit, pis on attend ?

— Oui.

— C'est aussi bien comme ça, déclara l'avocat Demeules. Notre charte sera émise, nous aurons une existence vraiment légale, et nous pourrons transiger avec plus de liberté d'action.

— We like better wait, dit Pierre-Etienne à l'agent. We have charter, she's being asked to Québec and she come back. When your man come, we have everyt'ing ready to talk business.

— Qu'est-ce que tu lui as dit? demanda Leboeuf.

— Qu'on serait encore mieux placé pour parler d'affaires la semaine prochaine...

— Ah, bon.

— That's fine with me, Mister Loiselle. I'll report to my directors, and as I say, next week our men will be here, and with them our French-speaking agent.

— Now, somet'ing else, demanda Pierre-Etienne. You have idea how big square foot land you need for looking at oil ?

L'agent réfléchit un moment.

— From the look of what I've seen, and since this it flat country with only a ridge, a "coteau" as you say in French, it means that we'll have to dig in many places to find the exact formations below... You can count on, at least a hundred thousand square feet...

Un calcul rapide fit siffler Pierre-Etienne de surprise.

— Twenty-five thousand dollars, eh ?

L'agent éclata de rire.

— Peanuts, my dear man, when you're looking for oil. Peanuts . . . !

— Il dit, déclara Pierre-Etienne aux autres, que d'après l'apparence du terrain ici, bien plat, avec seulement le côteau comme indice, ils vont être forcés de forer à plusieurs endroits pour découvrir les formations de roc sous la terre et leur nature... Il parle de cent mille pieds carrés d'option... Vingt-cinq mille dollars, seulement pour des options...

— Y'a parlé d'peanuts, dit le maire Leboeuf.

— Oui. Il dit que vingt-cinq mille, c'est des "peanuts" quand on est à la recherche de l'huile... C'est riche à millions, ces grosses compagnies-là!

A l'heure du bureau de poste, il ne restait personne, évidemment, à ignorer la teneur des conversations avec l'agent de l'Inter Continental Oil. Et déjà chacun supputait la part qu'il recevrait de ces argents.

Seul 'Mégilde Parthenais ne calculait rien. Il revenait de la ville où il avait rencontré le député. Et c'était un grand contentement qui lui envahissait l'âme. Car maintenant Saint-Léonide, nouveau Klondyke, aurait grand argent à dépenser et peu d'endroits pour ce faire. Le député provincial lésé dans ses prérogatives et mis en colère par ce qui venait d'arriver à ce permis d'hôtel avait, par on ne sait quelle manoeuvre, réussi à faire pencher de nouveau les plateaux de la balance de son côté, à Québec, et il avait formellement promis à 'Mégilde que tout d'abord il disgracierait le docteur Pigeon et se trouverait un autre organisateur local. Lui peut-être, 'Mégilde? Et que d'autre part (et 'Mégilde avait entendu la conversation téléphonique entre le député et quelqu'un de haut placé à Québec. Un ministre, pas moins...) on enlèverait le permis d'hôtel de Gendron un mois exactement après la mise en marche de son établissement. Ce serait fait sous un prétexte quelconque, et Ti-Blanc serait effectivement le nouveau détenteur.

— On y pense pas! déclara 'Mégilde à sa femme. Des gars comme nous aut', ça vaut quinze docteurs Pigeon, ça! Cinq mille piasses de cotisations rien qu'à nous deux. Pis à part de ça, des votes, pis ben d'autres affaires... Tiens, quand l'député est venu à la chasse, de qui c'est qui l'a mené chez eux parce qu'y était trop saoûl pour conduire son char? De qui c'est qui l'a empêché de s'faire barbotter par quèque bandit parmi nos gens, hein? C'est moi, 'Mégilde. Pis qui c'est qui y'a organisé son p'tit voyage dans les Laurentides, avec des filles de Montréal? Y m'a demandé si j'y verrais pas. J'ai arrangé ça, pis y s'est ben amusé, lui pis un aut' député pis un gars haut placé au gouvernement. Y'ont eu un beau campe, pis des filles smattes, d'la boisson en masse, pis pas achalés à part de ça. J'ai fermé ma gueule. Tu vois, tu chicanais dans l'temps. Tu m'croyais parti sus la frippe avec eux aut'. Mais j'ai rien pris, j'leur ai laissé les femmes. Moi, j'voyais à toute, j'avais ma tête, pis y'avaient confiance en moi. Ça fait qu'y ont eu leur fun! Tu vois que ça paie, hein, Ludivine?

Chapitre V

Dès le départ de l'ingénieur Laniel, le curé Bossé avait téléphoné à son évêque. Brièvement, il lui avait expliqué pourquoi le déménagement du cimetière devenait impossible.

A quatre heures arrivait à Saint-Léonide-le-Confesseur un chanoine gras et grand, que le curé connaissait de vue et qu'il savait agir souvent en émissaire de l'évêque dans des cas particuliers.

Le chanoine transmettait les avertissements de Monseigneur: on demandait au curé Bossé la discrétion sur la trouvaille; on lui enjoignait surtout de conserver le secret vis-à-vis ses paroissiens.

— Il arrive parfois, monsieur le curé, que Son Excellence préfère ne pas exposer toutes les raisons des directives qu'Elle fait tenir aux membres du clergé diocésain.

Alphonse Bossé rougit jusqu'aux oreilles.

— Je comprendrais, parvint-il à dire, qu'on tienne à ce principe lorsqu'il s'agit de dogme ou d'action catholique, ou encore de projets qu'on a conçus dans le secret et qu'on veut mener à bonne fin... (il songeait surtout aux raisons invoquées par l'évêque pour ne pas ébruiter le projet du Chemin de la Croix). Mais dans cette question, je ne vois pas...

Le chanoine sourit.

— Laissez-moi vous donner un conseil, dit le chanoine. Je crois que Monseigneur n'appréciera pas l'attitude que vous semblez vouloir prendre.

Un moment, le curé subit les assauts d'une colère croissante qui bouillait en lui. Mais il se retint. Il ne gagnerait rien à se dresser contre ce chanoine placide dont le visage ne trahissait aucune pensée intérieure. Il savait d'avance se buter à une muraille, s'il lui prenait fantaisie de combattre.

Mais au juste, que voulait-il?

— Clarifions la situation, si vous le voulez bien, monsieur le chanoine. Vous me demandez le silence?

Le chanoine fit une moue indifférente.

— Tout ceci est sans grande conséquence. Monseigneur juge qu'une nouvelle comme celle-là, surtout si elle émane de la cure, a besoin tout d'abord d'être pesée et soupesée. Vous avez découvert de l'huile? Bon. Disons que le fait se confirme...

— Il est confirmé, monsieur le chanoine.

— Par vos soins?

— Oui.

— Monseigneur, de son côté, voudra établir une seconde vérification. Il faut toujours être deux fois prudent, deux fois sage, deux fois circonspect...

Le curé était sur des charbons ardents. Même si les paroles du chanoine dénotaient un semblant de logique, il se demandait comment révéler à ce prélat que déjà...

— Vous savez, monsieur le chanoine...

Mais le dignitaire éleva la main.

— La consigne du silence que vous demande l'évêché au sujet de cette huile a de multiples buts, comme elle procède de multiples raisons. Rien ne sert de se jeter à corps perdu dans une aventure. Des événements comme ceux-là dépassent les facultés comme l'expérience de vos fabriciens. Et sans vouloir diminuer votre valeur personnelle, je suis convaincu que vous n'avez jamais présidé aux opérations d'un champ pétrolifère.

Alphonse Bossé eut un mouvement d'impatience.

— Naturellement, dit-il d'une voix brève, je ne suis que curé...

Le chanoine étendit les mains.

— Voilà, constata-t-il. Voilà exactement l'obstacle, et vous le comprenez... Il faut surtout un délai de quelques jours. Pendant ce temps, on procédera avec prudence. On étudiera tous les aspects d'une pareille découverte...

Mais le curé Bossé interrompit le chanoine.

— Vous ne comprenez pas, s'exclama-t-il, la paroisse est au courant! Je voudrais garder le silence que je ne le pourrais pas.

— Bossé, dit-il, pauvre Bossé. Ce qui vous manque, c'est une vue d'ensemble. C'est la catholicité de vue qui marque notre religion. Vous ne pensez pas en termes de corporation religieuse dont votre paroisse ne serait qu'un simple service, qu'un infime rouage. A l'encontre des prêtres véritablement animés d'esprit religieux; à l'encontre des curés qui regardent le vaste réseau de l'Eglise et tiennent compte des besoins de l'ensemble, vous ne voyez que votre clocher, votre paroisse, vos gens... Vous allez me dire, je suppose, qu'en révélant ce secret vous agissiez pour le bien de vos gens... ?

Autant par le fond que par la forme, cette sortie du souriant chanoine exaspérait le curé. Mais il se garda bien de perdre son sang-froid.

— Naturellement, dit-il. L'huile se trouve partout sous le village, et...

— Mais le bien du diocèse? coupa le chanoine. Le bien de l'archidiocèse, qu'en faites-vous?

— Je ne pouvais faire autrement! La découverte sur nos terrains n'est qu'un accident. Nous n'occupons qu'une très faible surface des terrains pétrolifères. Il valait beaucoup mieux tout révéler...

Le curé Bossé puisa au fond de son courage.

— Ne trouvez-vous pas, dit-il au chanoine d'un ton ferme, que les gens se permettent assez de redire sur l'attitude que prend l'Eglise en face de l'argent et des transactions financières en général?

D'un ton uniforme, mais dont la menace n'échappa point au curé, le chanoine demanda:

— Vous, trouvez-vous à redire? Approuvez-vous ceux qui critiquent leurs prêtres? Leurs évêques? Le mode administratif encouragé par les archevêques?

Mais le curé secoua la tête lentement.

— Non, je ne critique rien, monsieur le chanoine. Je vous dis tout simplement que mes paroissiens, comme les paroissiens des autres endroits du diocèse, auraient peut-être fort mal interprété mon silence... Il se serait produit des indiscrétions. D'ailleurs, mon bedeau...

Il n'eut pas le temps de poursuivre. La sonnerie du téléphone retentit, insistante.

C'était le maire Leboeuf.

“Monsieur le curé, j'vous demande pardon... J'sais que vous avez d'la compagnie. J'ai vu le Cadillac à la porte du presbytère...”

“Oui, Albini, oui, c'est exact.”

“Bon, ben, j'vous appelle pas pour rien. Figurez-vous qu'y vient d'me venir un gars d'la ville. Un avocat... J'le connais de nom. C'est lui qui est dans les honneurs le temps des congrès eucharistiques ou ben dans les messes pontificales. C'est un Chevalier de quèque chose, mais pas un Chevalier de Colomb...”

“Du Saint-Sépulcre?”

“Oui... Ben, y v'nait pour acheter mes terrains sus l'bord de l'eau. J'ai pas dit un mot, mais j'ai fait' comme le banquier avait dit, j'y ai pas vendu. Y m'offrait deux mille piasses, en argent sonnant... Y dit que c'est pour bâtir des campes...”

Le curé resta silencieux un moment au bout du fil.

"M'avez-vous compris, monsieur le curé?"

"Oui... oui, Albini. J'ai très bien compris, très bien..."

"J'ai pensé que vous aimeriez savoir ça..."

"Tu as bien fait de me téléphoner. Et naturellement, il est reparti?"

"Oui, mais y'est allé chez Tristan Messier..."

"Ah, tiens?"

"On sait ben que Tristan vendra rien, hein? Pas d'la manière que les choses s'arrangent..."

"Je te remercie, Albini. Tu m'as rendu un très grand service..."

Le curé raccrocha. Il regardait le chanoine comme s'il le voyait pour la première fois. En lui se faisait une grande lumière. Tout un aspect de la vie lui était révélé que sa candeur passée l'avait empêché de découvrir et, par la suite, interdit d'admettre, alors que de part et d'autre on s'évertuait à le convaincre.

— Monseigneur, déclara-t-il au chanoine d'une voix décidée, se laisse fort mal conseiller par le député Lanciault et par d'autres de ses familiers et amis.

— Je ne... saisis pas bien. Que voulez-vous dire?

— Oh... rien...

Puis, avec un étrange sourire sur les lèvres, le curé Bossé rapporta au chanoine la conversation qu'il venait d'avoir au téléphone.

— Ah? fit le prélat d'un air étonné quand il eut fini. En effet, cet avocat m'accompagnait... Il m'a dit avoir des affaires à régler à Saint-Léonide, alors je lui ai offert de faire route avec moi... Mais j'ignorais que...

Le curé haussa les épaules.

— Non, personne ne sait jamais rien, monsieur le chanoine. L'ignorance, comme le silence, est un refuge merveilleux où s'engouffrent toutes les rébellions, tous les dégoûts, toutes les protestations de la conscience...

Il ferma les yeux un moment, les rouvrit.

— Cet avocat, un homme intègre, dit-il, un homme cité aux honneurs...

Il était debout devant le chanoine.

— Vous êtes venu me demander le silence, monsieur le chanoine, pour donner le temps à l'évêché de prendre clairement conscience de la situation. Mais je crois que maintenant l'évêché devrait être en mesure de savoir tout autant que nous à quoi s'en tenir. Si, par contre, Son Excellence n'est pas au courant de ce qui se passe à Saint-Léonide, elle le sera dès votre retour, et je suis persuadé que notre évêque, une fois renseigné, fera tout en son pouvoir pour empêcher l'exploitation des Léonidiens.

Le prélat semblait nerveux. Sa mission prenait une tournure inattendue. Il ne lui restait plus qu'à prendre congé. Le voyant se lever, le curé eut un geste las des deux mains.

— Allez, ramenez cet avocat à la ville . . . Mes gens ne lui vendront pas de terrain. Et dites à Son Excellence que je n'ai pu, par simple devoir de chrétien, garder secret un tel acte de Dieu qui rendait riches mes gens et infiniment prospère la paroisse.

Il ajouta avec un sourire en coin, qui n'était pas de l'ironie, mais qui n'était pas de la joie non plus,

— Et aussi le diocèse, monsieur le chanoine.

Lorsque le chanoine fut parti, le curé Bossé alla se placer à la fenêtre du salon et resta ainsi, l'oeil fixé sur son village, puis peu à peu ses traits se détendirent. Quand il quitta son poste d'observation, un sourire jouait sur ses lèvres minces. Dieu avait voulu que du temps de sa cure, les gens de Saint-Léonide devinssent plus riches. Il n'avait été que l'instrument bien indirect de la découverte. Mais il en était heureux. Il considérait maintenant sa tâche à peu près finie. Alphonse Bossé se retrouvait aguerri, cuirassé contre tout. Et ce qui, peu de semaines auparavant, eût fait naître en lui des craintes et des angoisses torturantes ne réussissait maintenant qu'à provoquer une lassitude passive et plutôt fataliste.

Trop d'événements s'étaient succédés, trop d'idoles avaient été renversées, trop d'illusoire quiétude s'était évanouie. S'il y avait mécontentement à l'évêché, le curé Bossé était de taille à le subir avec résignation. La sénérité commençait à poindre en son âme fatiguée.

L'âme allège, le curé Bossé retourna à son bureau d'un pas lent, savourant la quiétude qui entrait en son coeur.

Chapitre VI

Ainsi va la vie, coule l'eau des fleuves, vieillit notre pauvre terre fatiguée.

La rivière commençait à *frémir* le matin et des lamelles de glace s'amoncelaient sur les berges dénudées.

Dans les maisons, poêles et fournaises jetaient leur chaleur aimable, tandis que dehors les lessives raidissaient dans le vent. On sortait moins, mais les hommes vérifiaient le renchaussage des fondations, mettaient de l'ordre dans les hangars.

C'était la fin véritable des temps doux et l'annonce du grand hiver implacable et féroce. Bientôt la rivière ne serait qu'un large lit blanc, gelé et recouvert d'une neige lourde. Le vent hurlerait sous les combles, secouerait les branches et tourbillonnerait en ricanant autour des clôtures.

Pour l'heure, le cimetière était en place et le demeurerait longtemps. La politique avait perdu son docteur Pigeon et gagné l'homme idéal, retors et peu scrupuleux qu'était 'Mégilde Parthenais.

Saint-Léonide devenait village riche et, au lieu d'un Chemin de la Croix, on verrait bientôt s'élever les disgracieux édifices des forages pétrolifères. Un mois ou presque avait suffi pour changer la face de la région. Un mois étrange dans une vie villageoise. Un mois qui avait laissé dans chacune des âmes des traces bien marquées. Surtout dans l'âme du curé Bossé.

Il avait été un prêtre assez indifférent, recherchant la facilité plutôt que l'obstacle, la paix plutôt que l'enthousiasme et ses atermoiements, quoi qu'en ait dit le chanoine. Il avait été un prêtre doux, un homme sans grande ambition qui s'était contenté de monter en prestige, en grade et en responsabilités selon une courbe régulière et sans effort.

Et voilà que ce mois, ce mois unique, vertigineux, venait de le transformer. Les marques laissées en son âme étaient indélébiles. Elles s'y étaient tracé un sillon profond, douloureux.

De prêtre calme, il était devenue savant ès mystères de la vie moderne. Mais la leçon avait été plutôt négative Toute candeur, toute illusion s'étaient enfuies de son âme. Illusion que la profonde honnêteté tant décrite et tant chantée du villageoies et du paysan canadien-français! Disparue de son coeur la grande candeur envers la prétendue soumission aux Evangiles pratiquée dans son entourage! Diminuée la foi en l'autorité! Et s'il avait eu un respect quelconque pour la politique, le curé Bossé n'entretenait maintenant qu'un profond dégoût pour des administrateurs qui se servaient des permis d'hôtel comme d'une arme, des privilèges divers comme d'un appât. Ti-Blanc et son frère 'Mégilde avaient su combattre. Et la rumeur avait couru, s'était glissée jusque dans le presbytère, que le truc du député libéral ne fonctionnerait pas et que c'était Ti-Blanc le bénéficiaire éventuel du permis d'hôtel, précisément parce qu'il avait grassement contribué. à la caisse d'élection et surtout parce qu'il avait sous la main les argents sonnants et les votes requis pour supplanter et Gendron l'hôtelier et tout autre adversaire; qu'il avait en un mot su se servir de ses atouts pour neutraliser le tour de passe-passe de Lanciault.

Résultat négatif donc. Destruction et perte d'illusions. Le curé se réveillait du cauchemar, moulu, le coeur troublé par ces visions qu'il avait entrevues de la vie telle que vécue. Lui qui s'était mis à l'abri de ces atteintes devait maintenant les garder en mémoire: vénalité, hypocrisie, cupidité, ruse, astuce, irrespect, audace, acharnement à triompher.

Ce matin-là qui suivait de deux semaines la découverte du gisement d'huile, le curé était assis dans son bureau. La veille, le courrier lui avait apporté une lettre. Une lettre cachetée de cire rouge et marquée du sceau de l'évêque. Une grande enveloppe qu'il avait longuement hésité à ouvrir. Car il savait ce qu'elle devait contenir. Et même si l'annonce prévue répondait à ses secrets désirs, il gardait au fond de son coeur un attachement à cette paroisse, à cette église, à ce grand presbytère où il avait passé quinze calmes années.

Il y avait aussi en lui un reste d'amour-propre. Il savait que parmi le clergé l'on chuchoterait qu'il avait été puni pour son indiscipline. Que déjà la rumeur courait les presbytères. Et cela faisait mal au coeur du vieux prêtre que, pour avoir voulu être juste envers ses ouailles, on ait choisi de le punir comme un écolier.

Il lut la lettre brève, mais précise, qui confirmait les soupçons qu'il avait eus. Puis il prit sur le coin de son pupitre l'un des volumes qui s'y trouvaient. C'était un Évangile réunissant les quatre tomes. Il ouvrit au hasard et lut, tandis que deux grosses larmes coulaient sur ses joues plissées.

"Puis ils arrivèrent à Jérusalem et Jésus entra dans le temple. Là, il se mit à chasser ceux qui y vendaient et achetaient. Il renversa les tables des changeurs et les sièges des vendeurs de pigeons. Il ne permettait à personne de transporter aucun objet à travers le temple. Il leur faisait la leçon en ces termes: "N'est-il pas écrit: Ma maison sera appelée une maison de prière pour toutes les nations. Mais vous, vous en avez fait une caverne de voleurs.' *Les chefs des prêtres et les scribes entendirent ces paroles. Ils cherchaient les moyens de le faire périr. Ils le craignaient, en effet, parce que toute la foule était frappée par son enseignement.*

"Le soir venu, Jésus et ses disciples sortirent de la ville." (Mc., 11: 15-19)

Aurélie frappa doucement et entra.

— Monsieur le curé, il y a le maire Leboeuf qui veut vous voir . . .

Le prêtre referma l'Evangile et eut un signe de la tête.

— Non, ma bonne fille, pas ce matin. Dites-lui que je le verrai . . . demain, voulez-vous?

Aurélie allait sortir quand il la rappela.

— Revenez ici quand il sera parti. Je voudrais vous parler, ma fille.

Il savait ce que voulait le maire. La transaction entre l'Inter Continental Oil et les villageois se déroulait suivant le rythme normal. Cependant le curé avait conseillé aux fabriciens de ne pas inscrire les terrains de la Fabrique dans cette coopérative formée pour la répartition de tous les profits tirés des forages futurs. Par contre, les fabriciens, toujours suivant les conseils du curé, avaient offert de verser à cette coopérative la moitié des profits tirés des puits de la Fabrique. Aux protestations des marguilliers, lorsqu'on leur avait conseillé ce geste, le curé avait eu une éloquente réponse.

— Si nous nous inscrivons à la coopérative, nous recevrons une part assez importante des profits, à cause de la grande surface que nous possédons. La paroisse est déjà assez riche. Nous enlevons de ce fait du gain à des gens qui ont de la famille et qui en ont encore plus besoin que nous. Par contre, en versant la moitié de nos profits à la coopérative, pour répartir entre les paroissiens, nous remettons à ceux-ci comme un intérêt sur les sommes qu'ils ont contribuées depuis tant d'années pour le maintien, l'entretien et le progrès de leur temple et de ses pasteurs. La Fabrique n'a vraiment pas besoin d'argent. Et puisque les paroissiens deviendront riches, cette vérité apparaît de plus en plus évidente. D'ailleurs, je croirais logique d'assigner à l'évêché l'autre moitié de ces profits, moins un prélèvement de dix pour cent.

Les fabriciens, impressionnés par le calme inaccoutumé de leur curé, par une assurance qu'il avait soudain et qu'ils ne lui avaient jamais connue, par un drôle de regard en ses yeux qu'ils ne pouvaient identifier, obtempérèrent et les accords furent conclus de cette façon.

Seul l'évêché ne fut pas averti.

— Attendez pour ce faire, dit le curé, que les forages soient complétés et que l'on puisse avoir des chiffres assez précis à citer.

La visite du maire signifiait probablement que l'on avait reçu un rapport des explorations, puisque depuis déjà deux semaines les installations envahissaient une dizaine d'emplacements et que l'on forait à grands coups.

Aurélie revint, le visage inquiet.

— Il est parti? demanda le curé Bossé.

— Oui, y va r'venir après-midi par exemple. Y m'a dit que c'était important.

— Ça peut attendre, Aurélie. Asseyez-vous, je vous prie...

La servante s'inclina, mais resta debout.

— J'aime mieux debout, monsieur le curé. C'est ma place d'habitude.

Le curé soupira, prit la lettre de l'évêché, la tint entre ses mains un moment, et la remit ensuite en place sur le buvard.

— J'ai une nouvelle assez surprenante à vous annoncer...

— J'ai vu l'emblème de l'évêché, dit-elle. Monsieur le curé... ?

— Je pars, ma fille.

— Oh, non... non!

— Je suis nommé aumônier au couvent des Soeurs Contemplatrices du Saint-Suaire, à Sainte-Fabienne de Denninger, à l'autre bout du diocèse...

Aurélie, frappée de stupeur, regardait son curé bouche bée.

— Vous, aumônier?

— Oui, ma fille.

— Mais... mais...

— Ce n'est pas coutumier... J'admets qu'un curé est plutôt mis à sa retraite et laissé libre de vivre comme pensionnaire d'un couvent que nommé aumônier...

— Mais quand partez-vous, monsieur le curé?

— La semaine prochaine.

— Savez-vous qui... ? Ah, j'peux pas croire ça...

Y m'semble que c'est pas vrai. Y m'semble que c'est un rêve!

— Non, ma bonne Aurélie. Il n'y a rien de plus exact. Je partirai samedi en huit. Mon remplaçant sera l'abbé Surprenant, qui était à l'évêché jusqu'ici... C'est un gentil garçon, très capable, qui a bon caractère. Un homme très doux, très... soumis... Je suis sûr qu'il va faire un succès de notre belle paroisse de Saint-Léonide. Et vous serez bien avec lui, je vous l'assure.

La vieille servante pleurait copieusement, le visage caché dans son tablier blanc.

Le curé se leva, contourna son pupitre et vint lui tapoter distraitement l'épaule.

— Il ne faut pas mettre tout ça au grand tragique, Aurélie. J'avais besoin de ce repos, et je vous avoue que, malgré mon attachement à Saint-Léonide, je suis heureux de pouvoir enfin prendre la vie un peu plus doucement. Si vous voulez, vous allez commencer dès aujourd'hui à préparer mes malles, à vous occuper de trouver des caisses de bois pour tous mes livres, mes objets personnels.

La servante sortit et le curé se replongea dans sa méditation. Il parcourut presque tout l'Evangile selon saint Jean, y trouvant réconfort et apaisement.

Dans l'après-midi, quand vint le maire Leboeuf, le curé refusa net l'offre que le premier magistrat venait lui faire.

— Non, mon cher Leboeuf, je vous assure que je n'accepterai jamais. J'ai tout ce qu'il me faut pour couler une vieillesse heureuse. Je n'en veux pas plus. Un temps j'avais des ambitions... Mais, au fait, comment se fait-il que l'on ait songé à ça?

— C'est Justin Villiard.

— Tiens, ce brave Justin...

— C'est lui qui l'avait proposé à la fin de l'assemblée tenue à la salle du collège. Pour vous récompenser.

— Vous êtes tous bien bons...

— On fait c'qu'on peut, monsieur le curé.

— D'ailleurs, continua le prêtre, dimanche en chaire j'annoncerai mon départ.

— Hein?

— Je suis nommé aumônier à . . .

Mais le maire ne le laissa pas terminer.

— Avez-vous du trouble avec l'évêque?

— Albini, ne vous laissez pas emporter par votre imagination. J'avais depuis longtemps besoin de repos. Je suis nommé aumônier dans un cloître. On ne peut trouver situation plus tranquille, comme vous pouvez le deviner.

— En êtes-vous content de ça?

— Bien naturellement, il me déplaît de me séparer de vous tous . . . J'ai vécu de bonnes années ici. Mais je me fais vieux, je crois avoir mérité un peu de calme.

Malgré les objurgations faites au maire, le curé savait bien que la nouvelle allait, comme toutes les autres nouvelles, se répandre dans le village, tel un feu d'herbe dans les sécheresses d'août.

Il se résigna d'avance à recevoir les gens, à répondre aux nombreux appels téléphoniques, sachant bien qu'il serait chaviré par toutes ces marques de sympathie, par ces adieux répétés.

Dans les jours qui suivirent, ce fut une procession. Même le maire revint.

— Le comité, dit-il, veut pas accepter vot' refus. Y disent toutes, pas rien que les membres du comité mais tout le monde dans Saint-Léonide, que vous devez accepter notre offre. Après toute, ça appauvrira personne, pis vous, ça va faire votre affaire. On a pensé que un pour cent, d'après nos calculs, de tous les argents que ça va nous payer, c't'huile-là, devrait vous r'venir, à vous pis à Sauveur Potvin, vu que lui y'a même pas de maison pis encore moins de terrain . . . C'est grâce à vous deux si on a toute c'te richesse-là qui s'en vient . . . A part de ça, comme c'est décidé par le comité, d'adon que vous voudriez pas, vous allez être ben forcé d'accepter.

Le curé inclina la tête. Il ne savait comment, avec cette gorge serrée, il pourrait parler.

— Puisque vous insistez, dit-il d'une voix basse et tremblante d'émotion, je vous promets à tous d'employer cet argent qui me reviendrait à la création d'un fonds d'aide aux orphelins, aux enfants illégitimes. Vos enfants, ici à Saint-Léonide, sont privilégiés, surtout avec cette richesse qui leur reviendra. Mais il n'en est pas de même partout. Plus que jamais devons-nous songer aux autres, aux déshérités... Je vous suis reconnaissant aussi d'avoir pensé à Sauveur. La vie ne l'a pas gâté...

Le maire Leboeuf tendit la main à son pasteur.

— C'est un beau geste, monsieur le curé. Moi, j'vas parler aux autres dans l'village... Savez-vous quoi c'est qui serait une sacrée belle affaire? Votre un pour cent, vous, ça r'vient à dire que vous l'mettez là-dedans dans l'aide aux orphelins pis aux p'tits bâtards, hein? Ben, supposons que nous aut' on accote ça? Un pour un. Ça fait que le fonds, y serait de deux pour cent de nos revenus d'huile icitte pis on pourrait l'appeler...

— La Fondation Saint-Léonide? suggéra le pasteur.

— Non. J'ai mieux que ça comme idée. La fondation Bossé. Pis on va nommer trois citoyens comme administrateurs, des gens comme le banquier par exemple ou ben encore le gérant de la Caisse. Vous, ben vous pourrez leur dire comment faire pour régenter la façon de donner l'argent, pis à qui... C'est correct, ça ?

Emu, le curé ne put répondre. Il serra longuement la main du maire, et celui-ci, avec une grimace heureuse, déclara,

— On a ben des défauts, mais on est pas de l'engeance... Quand quèqu'un nous pousse dans l'dos, on arrive quasiment à être du bon monde! Nettoyez-nous d'la politique, du commarce, d'la mesquinerie, pis on a le coeur presquement blanc. Pas vrai ça, monsieur le curé?

Le prêtre leva les épaules et sourit d'un air d'impuissance comique.

— Qu'est-ce que tu veux que je dise, mon pauvre Albini? Un moment vous me paraissez des monstres de cupidité, et tout à coup vous vous révélez charitables et pleins de compréhension... Quoique, à ce compte-là, personne ne soit parfait... Je ne sais vraiment plus quoi penser.

Le maire secoua la tête de bas en haut.

— Perdez pas toutes vos illusions, monsieur Bossé. J'vous dis pas que tout l'monde va emboîter le pas. Y'en a par icitte qui sont mauditement poignés après leur cennes. Même quant' y'en ont à pas savoir quoi en faire, y se sentent pas lousses c't'effrayant! J'vas essayer, c'est tout ce que j'peux dire. Souhaitez-moi bonne chance!

EPILOGUE

Le curé Bossé attendit le courrier de dix heures avant de faire ses adieux définitifs à Aurélie.

Il y avait, sur le dessus de la pile d'enveloppes blanches, bleues ou jaunes, une longue lettre portant le nom de l'Inter Continental Oil Limited.

Le curé l'ouvrit avec trépidation. Que lui voulait-on? Car elle était bel et bien adressée à son nom, et portait son titre maintenant vécu de curé de Saint-Léonide.

La lettre était rédigée en français et expliquait avec concision que . . .

" . . . *Nous avons vérifié tous les titres des terrains sur lesquels la* Coopérative Pétrolière de Saint Léonide-le-Confesseur *détient des droits. Nous avons aussi examiné les titres du terrain appartenant à votre Fabrique, et sur lequel nous sommes à effectuer des forages.*

Il ressort de tout ceci que ce terrain vous a été vendu en 1949 par monsieur Vincent Langlois pour une somme de mille dollars ($1,000) sans considérations. Malheureusement, l'avocat Demeules, agissant comme notaire contractuel, a omis ou oublié d'inscrire le transfert des droits miniers. Ceux-ci, qui appartenaient en bonne et due forme au propriétaire précédent, n'ayant pas été cédés au cours de la vente, reviennent de plein droit aux hoirs et ayant cause.

Votre fabrique recevra donc une somme de deux mille dollars ($2,000) en compensation pour l'utilisation de ce terrain pour nos fins, alors que le droit d'option, l'achat futur et le paiement des royautés se feront à Mademoiselle Gabrielle Langlois, seule héritère du propriétaire précédent et maintenant domiciliée à Montréal."

Longtemps, le curé Bossé garda la lettre devant lui. Puis il relut chaque ligne. Ainsi donc, dans toute cette affaire, l'Oeuvre et Fabrique de Saint-Léonide-le-Confesseur ne recevrait que deux mille dollars, alors que la véritable bénéficiaire serait la fille de Vincent Langlois. Le curé Bossé savait que la jeune fille gagnait péniblement sa vie comme serveuse dans un restaurant de Montréal.

Il prit la lettre, la replia, la glissa dans une enveloppe blanche qu'il adressa, sans commentaire aucun, à l'évêque.

A onze heures ce matin-là, le curé Bossé quitta Saint-Léonide.

A ses paroissiens, il avait annoncé son départ pour la fin de la journée, afin d'éviter toute nouvelle émotion. Le dernier passage de sa longue voiture sombre fut à peine remarqué dans le village. L'activité était fébrile. Les rues étaient encombrées de véhicules et des plates-formes roulantes de l'Intercontinental Oil.

Peu de paroissiens virent partir leur pasteur.

Sur la belle route pavée qui mène vers Sainte-Fabienne, le chemin à peine recouvert par une mince couche de neige glacée qui courait, balayée par le vent sur l'asphalte grise, le curé pressa l'accélérateur, se raidit les épaules, et fixa les yeux droit devant lui, vers la nouvelle vie, vers la tranquillité tant désirée, vers le bonheur peut-être, ou du moins ce qui s'en rapprocherait le plus . . .

FIN

ACHEVÉ D'IMPRIMER
SUR LES PRESSES DE L'IMPRIMERIE ELECTRA
POUR LES ÉDITIONS DE L'ACTUELLE INC.

Des hommes qui bâtissent le Québec, collaboration, **3.00**

Deux innocents en Chine rouge, P.E. Trudeau, J. Hébert, **2.00**

Drapeau canadien (Le), L.A. Biron, **1.00**

Drogues, J. Durocher, **3.00**

Egalité ou indépendance, D. Johnson, **2.00**

Epaves du Saint-Laurent (Les), J. Lafrance, **3.00**

Ermite (L'), L. Rampa, **4.00**

Exxoneration, R. Rohmer, **7.00**

Fabuleux Onassis (Le), C. Cafarakis, **4.00**

Félix Leclerc, J.P. Sylvain, **2.50**

Fête au village, P. Legendre, **2.00**

France des Canadiens (La), R. Hollier, **1.50**

Francois Mauriac, F. Seguin, **1.00**

Greffes du coeur (Les), collaboration, **2.00**

Han Suyin, F. Seguin, **1.00**

Hippies (Les), Time-coll., **3.00**

Imprévisible M. Houde (L'), C. Renaud, **2.00**

Insolences du Frère Untel, F. Untel, **2.00**

J'aime encore mieux le jus de betteraves, A. Stanké, **2.50**

Jean Rostand, F. Seguin, **1.00**

Juliette Béliveau, D. Martineau, **3.00**

Lamia, P.T. de Vosjoli, **5.00**

Louis Aragon, F. Seguin, **1.00**

Magadan, M. Solomon, **6.00**

Maison traditionnelle au Québec (La), M. Lessard, G. Vilandré, **10.00**

Maîtresse (La), James et Kedgley, **4.00**

Mammifères de mon pays, Duchesnay-Dumais, **3.00**

Masques et visages du spiritualisme contemporain, J. Evola, **5.00**

Michel Simon, F. Seguin, **1.00**

Michèle Richard raconte Michèle Richard, M. Richard, **2.50**

Mozart, raconté en 50 chefs-d'oeuvre, P. Roussel, **5.00**

Nationalisation de l'électricité (La), P. Sauriol, **1.00**

Napoléon vu par Guillemin, H. Guillemin, **2.50**

Objets familiers de nos ancêtres, L. Vermette, N. Genêt, L. Décarie-Audet, **6.00**

On veut savoir, (4 t.), L. Trépanier, **1.00 ch.**

Option Québec, R. Lévesque, **2.00**

Pour entretenir la flamme, L. Rampa, **4.00**

Pour une radio civilisée, G. Proulx, **2.00**

Prague, l'été des tanks, collaboration, **3.00**

Premiers sur la lune, Armstrong-Aldrin-Collins, **6.00**

Prisonniers à l'Oflag 79, P. Vallée, **1.00**

Prostitution à Montréal (La), T. Limoges, **1.50**

Provencher, le dernier des coureurs des bois, P. Provencher, **6.00**

Québec 1800, W.H. Bartlett, **15.00**

Rage des goof-balls (La), A. Stanké, M.J. Beaudoin, **1.00**

Rescapée de l'enfer nazi, R. Charrier, **1.50**

Révolte contre le monde moderne, J. Evola, **6.00**

Riopelle, G. Robert, **3.50**

Struma (Le), M. Solomon, **7.00**

Terrorisme québécois (Le), Dr G. Morf, **3.00**

Ti-blanc, mouton noir, R. Laplante, **2.00**

Treizième chandelle (La), L. Rampa, **4.00**

Trois vies de Pearson (Les), Poliquin-Beal, **3.00**

Trudeau, le paradoxe, A. Westell, **5.00**

Ultimatum, R. Rohmer, **6.00**

Un peuple oui, une peuplade jamais! J. Lévesque, **3.00**

Un Yankee au Canada, A. Thério, **1.00**

Une culture appelée québécoise, G. Turi, **2.00**

Vizzini, S. Vizzini, **5.00**

Vrai visage de Duplessis (Le), P. Laporte, **2.00**

ENCYCLOPEDIES

Encyclopédie de la maison québécoise, Lessard et Marquis, **8.00**

Encyclopédie des antiquités du Québec, Lessard et Marquis, **7.00**

Encyclopédie des oiseaux du Québec, W. Earl Godfrey, **8.00**

Encyclopédie du jardinier horticulteur, W.H. Perron, **8.00**

Encyclopédie du Québec, Vol. I et Vol. II, L. Landry, **6.00 ch.**

ESTHETIQUE ET VIE MODERNE

Cellulite (La), Dr G.J. Léonard, **4.00**
Chirurgie plastique et esthétique (La), Dr A. Genest, **2.00**
Embellissez votre corps, J. Ghedin, **2.00**
Embellissez votre visage, J. Ghedin, **1.50**
Etiquette du mariage, Fortin-Jacques, Farley, **4.00**
Exercices pour rester jeune, T. Sekely, **3.00**
Exercices pour toi et moi, J. Dussault-Corbeil, **5.00**
Face-lifting par l'exercice (Le), S.M. Rungé, **4.00**
Femme après 30 ans, N. Germain, **3.00**
Femme émancipée (La), N. Germain et L. Desjardins, **2.00**
Leçons de beauté, E. Serei, **2.50**
Médecine esthétique (La), Dr G. Lanctôt, **5.00**
Savoir se maquiller, J. Ghedin, **1.50**
Savoir-vivre, N. Germain, **2.50**
Savoir-vivre d'aujourd'hui (Le), M.F. Jacques, **3.00**
Sein (Le), collaboration, **2.50**
Soignez votre personnalité, messieurs, E. Serei, **2.00**
Vos cheveux, J. Ghedin, **2.50**
Vos dents, Archambault-Déom, **2.00**

LINGUISTIQUE

Améliorez votre français, J. Laurin, **4.00**
Anglais par la méthode choc (L'), J.L. Morgan, **3.00**
Dictionnaire en 5 langues, L. Stanké, **2.00**
Petit dictionnaire du joual au français, A. Turenne, **3.00**
Savoir parler, R.S. Catta, **2.00**
Verbes (Les), J. Laurin, **4.00**

LITTERATURE

Amour, police et morgue, J.M. Laporte, **1.00**
Bigaouette, R. Lévesque, **2.00**
Bousille et les justes, G. Gélinas, **3.00**
Candy, Southern & Hoffenberg, **3.00**
Cent pas dans ma tête (Les), P. Dudan, **2.50**
Commettants de Caridad (Les), Y. Thériault, **2.00**
Des bois, des champs, des bêtes, J.C. Harvey, **2.00**
Ecrits de la Taverne Royal, collaboration, **1.00**
Hamlet, Prince du Québec, R. Gurik, **1.50**
Homme qui va (L'), J.C. Harvey, **2.00**
J'parle tout seul quand j'en narrache, E. Coderre, **3.00**
Malheur a pas des bons yeux (Le), R. Lévesque, **2.00**
Marche ou crève Carignan, R. Hollier, **2.00**
Mauvais bergers (Les), A.E. Caron, **1.00**
Mes anges sont des diables, J. de Roussan, **1.00**
Mon 29e meurtre, Joey, **8.00**
Montréalités, A. Stanké, **1.50**
Mort attendra (La), A. Malavoy, **1.00**
Mort d'eau (La), Y. Thériault, **2.00**
Ni queue, ni tête, M.C. Brault, **1.00**
Pays voilés, existences, M.C. Blais, **1.50**
Pomme de pin, L.P. Dlamini, **2.00**
Printemps qui pleure (Le), A. Thério, **1.00**
Propos du timide (Les), A. Brie, **1.00**
Séjour à Moscou, Y. Thériault, **2.00**
Tit-Coq, G. Gélinas, **4.00**
Toges, bistouris, matraques et soutanes, collaboration, **1.00**
Un simple soldat, M. Dubé, **4.00**
Valérie, Y. Thériault, **2.00**
Vertige du dégoût (Le), E.P. Morin, **1.00**

LIVRES PRATIQUES – LOISIRS

Aérobix, Dr P. Gravel, **3.00**
Alimentation pour futures mamans, T. Sekely et R. Gougeon, **3.00**
Apprenez la photographie avec Antoine Desilets, A. Desilets, **5.00**
Armes de chasse (Les), Y. Jarrettie, **3.00**
Bougies (Les), W. Schutz, **4.00**
Bricolage (Le), J.M. Doré, **4.00**
Bricolage au féminin (Le), J.-M. Doré, **3.00**
Bridge (Le), V. Beaulieu, **4.00**
Camping et caravaning, J. Vic et R. Savoie, **2.50**
Caractères par l'interprétation des visages, (Les), L. Stanké, **4.00**
Ciné-guide, A. Lafrance, **3.95**
Chaînes stéréophoniques (Les), G. Poirier, **6.00**
Cinquante et une chansons à répondre, P. Daigneault, **3.00**
Comment prévoir le temps, E. Neal, **1.00**
Comment tirer le maximum d'une mini-calculatrice, H. Mullish, **4.00**
Conseils à ceux qui veulent bâtir, A. Poulin, **2.00**
Conseils aux inventeurs, R.A. Robic, **3.00**
Couture et tricot, M.H. Berthouin, **2.00**
Dictionnaire des mots croisés, noms propres, collaboration, **6.00**
Dictionnaire des mots croisés, noms communs, P. Lasnier, **5.00**
Fins de partie aux dames, H. Tranquille, G. Lefebvre, **4.00**
Fléché (Le), L. Lavigne et F. Bourret, **4.00**
Fourrure (La), C. Labelle, **4.00**
Guide complet de la couture (Le), L. Chartier, **4.00**
Guide de l'astrologie (Le), J. Manolesco, **3.00**
Hatha-yoga pour tous, S. Piuze, **4.00**
8/Super 8/16, A. Lafrance, **5.00**
Hypnotisme (L'), J. Manolesco, **3.00**
Informations touristiques, la France, Deroche et Morgan, **2.50**
Informations touristiques, le Monde, Deroche, Colombani, Savoie, **2.50**
Interprétez vos rêves, L. Stanké, **4.00**
J'installe mon équipement stéréo, T. I et II, J.M. Doré, **3.00 ch.**
Jardinage (Le), P. Pouliot, **4.00**
Je décore avec des fleurs, M. Bassili, **4.00**
Je développe mes photos, A. Desilets, **6.00**
Je prends des photos, A. Desilets, **6.00**
Jeux de société, L. Stanké, **3.00**
Lignes de la main (Les), L. Stanké, **4.00**
Massage (Le), B. Scott, **4.00**
Météo (La), A. Ouellet, **3.00**
Nature et l'artisanat (La), P. Roy, **4.00**
Noeuds (Les), G.R. Shaw, **4.00**
Origami I, R. Harbin, **3.00**
Origami II, R. Harbin, **3.00**
Ouverture aux échecs (L'), C. Coudari, **4.00**
Photo-guide, A. Desilets, **3.95**
Plantes d'intérieur (Les), P. Pouliot, **6.00**
Poids et mesures, calcul rapide, L. Stanké, **3.00**
Poissons du Québec, Juchereau-Duchesnay, **2.00**
Pourquoi et comment cesser de fumer, A. Stanké, **1.00**
La retraite, D. Simard, **2.00**
Tapisserie (La), T.-M. Perrier, N.-B. Langlois, **5.00**
Taxidermie (La), J. Labrie, **4.00**
Technique de la photo, A. Desilets, **6.00**
Techniques du jardinage (Les), P. Pouliot, **6.00**
Tenir maison, F.G. Smet, **2.00**
Tricot (Le), F. Vandelac, **3.00**
Trucs de rangement no 1, J.M. Doré, **3.00**
Trucs de rangement no 2, J.M. Doré, **4.00**
Vive la compagnie, P. Daigneault, **3.00**
Vivre, c'est vendre, J.M. Chaput, **4.00**
Voir clair aux dames, H. Tranquille, **3.00**
Voir clair aux échecs, H. Tranquille, **4.00**
Votre avenir par les cartes, L. Stanké, **4.00**
Votre discothèque, P. Roussel, **4.00**
Votre pelouse, P. Pouliot, **5.00**

LE MONDE DES AFFAIRES ET LA LOI

ABC du marketing (L'), A. Dahamni, **3.00**
Bourse (La), A. Lambert, **3.00**
Budget (Le), collaboration, **4.00**
Ce qu'en pense le notaire, Me A. Senay, **2.00**
Connaissez-vous la loi? R. Millet, **3.00**
Dactylographie (La), W. Lebel, **2.00**
Dictionnaire de la loi (Le), R. Millet, **2.50**
Dictionnaire des affaires (Le), W. Lebel, **3.00**
Dictionnaire économique et financier, E. Lafond, **4.00**
Divorce (Le), M. Champagne et Léger, **3.00**
Guide de la finance (Le), B. Pharand, **2.50**
Loi et vos droits (La), Me P.A. Marchand, **5.00**
Secrétaire (Le/La) bilingue, W. Lebel, **2.50**

PATOF

Cuisinons avec Patof, J. Desrosiers, **1.29**
Patof raconte, J. Desrosiers, **0.89**
Patofun, J. Desrosiers, **0.89**

SANTE, PSYCHOLOGIE, EDUCATION

Activité émotionnelle (L'), P. Fletcher, **3.00**
Apprenez à connaître vos médicaments, R. Poitevin, **3.00**
Caractères et tempéraments, C.-G. Sarrazin, **3.00**
Comment nourrir son enfant, L. Lambert-Lagacé, **4.00**
Comment vaincre la gêne et la timidité, R.S. Catta, **3.00**
Communication et épanouissement personnel, L. Auger, **4.00**
Complexes et psychanalyse, P. Valinieff, **4.00**
Contraception (La), Dr L. Gendron, **3.00**
Cours de psychologie populaire, F. Cantin, **4.00**
Dépression nerveuse (La), collaboration, **3.00**
Développez votre personnalité, vous réussirez, S. Brind'Amour, **3.00**
Douze premiers mois de mon enfant (Les), F. Caplan, **10.00**
Dynamique des groupes, Aubry-Saint-Arnaud, **3.00**
En attendant mon enfant, Y.P. Marchessault, **4.00**
Femme enceinte (La), Dr R. Bradley, **4.00**
Guérir sans risques, Dr E. Plisnier, **3.00**
Guide des premiers soins, Dr J. Hartley, **4.00**
Guide médical de mon médecin de famille, Dr M. Lauzon, **3.00**
Langage de votre enfant (Le), C. Langevin, **3.00**
Maladies psychosomatiques (Les), Dr R. Foisy, **3.00**
Maman et son nouveau-né (La), T. Sekely, **3.00**
Parents face à l'année scolaire (Les), collaboration, **2.00**
Personne humaine (La), Y. Saint-Arnaud, **4.00**
Pour vous future maman, T. Sekely, **3.00**
15/20 ans, F. Tournier et P. Vincent, **4.00**
Relaxation sensorielle (La), Dr P. Gravel, **3.00**
S'aider soi-même, L. Auger, **4.00**
Volonté (La), l'attention, la mémoire, R. Tocquet, **4.00**
Vos mains, miroir de la personnalité, P. Maby, **3.00**
Votre écriture, la mienne et celle des autres, F.X. Boudreault, **2.00**
Votre personnalité, votre caractère, Y. Benoist-Morin, **3.00**
Yoga, corps et pensée, B. Leclerq, **3.00**
Yoga, santé totale pour tous, G. Lescouflar, **3.00**

SEXOLOGIE

Adolescent veut savoir (L'), Dr L. Gendron, **3.00**
Adolescente veut savoir (L'), Dr L. Gendron, **3.00**
Amour après 50 ans (L'), Dr L. Gendron, **3.00**
Couple sensuel (Le), Dr L. Gendron, **3.00**
Déviations sexuelles (Les), Dr Y. Léger, **4.00**
Femme et le sexe (La), Dr L. Gendron, **3.00**
Helga, E. Bender, **6.00**
Homme et l'art érotique (L'), Dr L. Gendron, **3.00**
Madame est servie, Dr L. Gendron, **2.00**
Maladies transmises par relations sexuelles, Dr L. Gendron, **2.00**
Mariée veut savoir (La), Dr L. Gendron, **3.00**
Ménopause (La), Dr L. Gendron, **3.00**
Merveilleuse histoire de la naissance (La), Dr L. Gendron, **4.50**
Qu'est-ce qu'un homme, Dr L. Gendron, **3.00**
Qu'est-ce qu'une femme, Dr L. Gendron, **4.00**
Quel est votre quotient psycho-sexuel? Dr L. Gendron, **3.00**
Sexualité (La), Dr L. Gendron, **3.00**
Teach-in sur la sexualité, Université de Montréal, **2.50**
Yoga sexe, Dr L. Gendron et S. Piuze, **4.00**

SPORTS (collection dirigée par Louis Arpin)

ABC du hockey (L'), H. Meeker, **3.00**
Aïkido, au-delà de l'agressivité, M. Di Villadorata, **4.00**
Baseball (Le), collaboration, **2.50**
Bicyclette (La), J. Blish, **4.00**
Comment se sortir du trou au golf, Brien et Barrette, **4.00**
Course-Auto 70, J. Duval, **3.00**
Courses de chevaux (Les), Y. Leclerc, **3.00**
Devant le filet, J. Plante, **3.00**
Entraînement par les poids et haltères, F. Ryan, **3.00**
Expos, cinq ans après, D. Brodeur, J.-P. Sarrault, **3.00**
Football (Le), collaboration, **2.50**
Football professionnel, J. Séguin, **3.00**
Guide de l'auto (Le) (1967), J. Duval, **2.00**
(1968-69-70-71), **3.00 chacun**

Guide du judo, au sol (Le), L. Arpin, **4.00**
Guide du judo, debout (Le), L. Arpin, **4.00**
Guide du self-defense (Le), L. Arpin, **4.00**
Guide du trappeur, P. Provencher, **4.00**
Initiation à la plongée sous-marine, R. Goblot, **5.00**
J'apprends à nager, R. Lacoursière, **4.00**
Jocelyne Bourassa, J. Barrette et D. Brodeur, **3.00**
Karaté (Le), Y. Nanbu, **4.00**
Livre des règlements, LNH, **1.50**
Lutte olympique (La), M. Sauvé, **4.00**
Match du siècle: Canada-URSS, D. Brodeur, G. Terroux, **3.00**
Mon coup de patin, le secret du hockey, J. Wild, **3.00**
Moto (La), Duhamel et Balsam, **4.00**
Natation (La), M. Mann, **2.50**
Natation de compétition (La), R. Lacoursière, **3.00**
Parachutisme (Le), C. Bédard, **4.00**
Pêche au Québec (La), M. Chamberland, **5.00**
Petit guide des Jeux olympiques, J. About, M. Duplat, **2.00**
Puissance au centre, Jean Béliveau, H. Hood, **3.00**
Raquette (La), Osgood et Hurley, **4.00**
Ski (Le), W. Schaffler-E. Bowen, **3.00**
Ski de fond (Le), J. Caldwell, **4.00**
Soccer, G. Schwartz, **3.50**
Stratégie au hockey (La), J.W. Meagher, **3.00**
Surhommes du sport, M. Desjardins, **3.00**
Techniques du golf, L. Brien et J. Barrette, **4.00**
Techniques du tennis, Ellwanger, **4.00**
Tennis (Le), W.F. Talbert, **3.00**
Tous les secrets de la chasse, M. Chamberland, **3.00**
Tous les secrets de la pêche, M. Chamberland, **3.00**
36-24-36, A. Coutu, **3.00**
Troisième retrait (Le), C. Raymond, M. Gaudette, **3.00**
Vivre en forêt, P. Provencher, **4.00**
Vivre en plein air, P. Gingras, **4.00**
Voie du guerrier (La), M. di Villadorata, **4.00**
Voile (La), Nik Kebedgy, **5.00**

Ouvrages parus à L'ACTUELLE JEUNESSE

Echec au réseau meurtrier, R. White, **1.00**
Engrenage (L'), C. Numainville, **1.00**
Feuilles de thym et fleurs d'amour, M. Jacob, **1.00**
Lady Sylvana, L. Morin, **1.00**
Moi ou la planète, C. Montpetit, **1.00**
Porte sur l'enfer, M. Vézina, **1.00**
Silences de la croix du Sud (Les), D. Pilon, **1.00**
Terreur bleue (La), L. Gingras, **1.00**
Trou (Le), S. Chapdelaine, **1.00**
Une chance sur trois, S. Beauchamp, **1.00**
22,222 milles à l'heure, G. Gagnon, **1.00**

Ouvrages parus à L'ACTUELLE

Aaron, Y. Thériault, **3.00**
Agaguk, Y. Thériault, **4.00**
Allocutaire (L'), G. Langlois, **2.50**
Bois pourri (Le), A. Maillet, **2.50**
Carnivores (Les), F. Moreau, **2.50**
Carré Saint-Louis, J.J. Richard, **3.00**
Centre-ville, J.-J. Richard, **3.00**
Chez les termites, M. Ouellette-Michalska, **3.00**
Cul-de-sac, Y. Thériault, **3.00**
D'un mur à l'autre, P.A. Bibeau, **2.50**
Danka, M. Godin, **3.00**
Débarque (La), R. Plante, **3.00**

Demi-civilisés (Les), J.C. Harvey, **3.00**
Dernier havre (Le), Y. Thériault, **2.50**
Domaine de Cassaubon (Le), G. Langlois, **3.00**
Dompteur d'ours (Le), Y. Thériault, **3.00**
Doux Mal (Le), A. Maillet, **3.00**
En hommage aux araignées, E. Rochon, **3.00**
Et puis tout est silence, C. Jasmin, **3.00**
Faites de beaux rêves, J. Poulin, **3.00**
Fille laide (La), Y. Thériault, **4.00**
Fréquences interdites, P.-A. Bibeau, **3.00**
Fuite immobile (La), G. Archambault, **3.00**
Jeu des saisons (Le), M. Ouellette-Michalska, **2.50**
Marche des grands cocus (La), R. Fournier, **3.00**
Monsieur Isaac, N. de Bellefeuille et G. Racette, **3.00**
Mourir en automne, C. de Cotret, **2.50**
N'Tsuk, Y. Thériault **3.00**
Neuf jours de haine, J.J. Richard, **3.00**
New Medea, M. Bosco, **3.00**
Ossature (L'), R. Morency, **3.00**
Outaragasipi (L'), C. Jasmin, **3.00**
Petite fleur du Vietnam (La), C. Gaumont, **3.00**
Pièges, J.J. Richard, **3.00**
Porte Silence, P.A. Bibeau, **2.50**
Requiem pour un père, F. Moreau, **2.50**
Scouine (La), A. Laberge, **3.00**
Tayaout, fils d'Agaguk, Y. Thériault, **3.00**
Tours de Babylone (Les), M. Gagnon, **3.00**
Vendeurs du Temple (Les), Y. Thériault, **3.00**
Visages de l'enfance (Les), D. Blondeau, **3.00**
Vogue (La), P. Jeancard, **3.00**

Ouvrages parus aux PRESSES LIBRES

Amour (L'), collaboration **7.00**
Amour humain (L'), R. Fournier, **2.00**
Anik, Gilan, **3.00**
Ariâme . . .Plage nue, P. Dudan, **3.00**
Assimilation pourquoi pas? (L'), L. Landry, **2.00**
Aventures sans retour, C.J. Gauvin, **3.00**
Bateau ivre (Le), M. Metthé, **2.50**
Cent Positions de l'amour (Les), H. Benson, **4.00**
Comment devenir vedette, J. Beaulne, **3.00**
Couple sensuel (Le), Dr L. Gendron, **3.00**
Des Zéroquois aux Québécois, C. Falardeau, **2.00**
Emmanuelle à Rome, 5.00
Exploits du Colonel Pipe (Les), R. Pradel, **3.00**
Femme au Québec (La), M. Barthe et M. Dolment, **3.00**
Franco-Fun Kébecwa, F. Letendre, **2.50**
Guide des caresses, P. Valinieff, **4.00**
Incommunicants (Les), L. Leblanc, **2.50**
Initiation à Menke Katz, A. Amprimoz, **1.50**
Joyeux Troubadours (Les), A. Rufiange, **2.00**
Ma cage de verre, M. Metthé, **2.50**
Maria de l'hospice, M. Grandbois, **2.00**
Menues, dodues, Gilan, **3.00**
Mes expériences autour du monde, R. Boisclair, **3.00**
Mine de rien, G. Lefebvre, **3.00**
Monde agricole (Le), J.C. Magnan, **3.50**
Négresse blonde aux yeux bridés (La), C. Falardeau, **2.00**
Niska, G. Mirabelle, **12.00**
Paradis sexuel des aphrodisiaques (Le), M. Rouet, **4.00**
Plaidoyer pour la grève et la contestation, A. Beaudet, **2.00**
Positions +, J. Ray, **4.00**
Pour une éducation de qualité au Québec, C.H. Rondeau, **2.00**
Québec français ou Québec québécois, L. Landry, **3.00**
Rêve séparatiste (Le), L. Rochette, **2.00**
Séparatiste, non, 100 fois non! Comité Canada, **2.00**
Terre a une taille de guêpe (La), P. Dudan, **3.00**
Tocap, P. de Chevigny, **2.00**
Virilité et puissance sexuelle, M. Rouet, **3.00**
Voix de mes pensées (La), E. Limet, **2.50**